BESTSELLER DO USA TODAY

Implore.
Excite.
Submeta.

Songs of Submission
Livro Um

CD

Editora
Charme

1ª Impressão 2017

Produção Editorial - Editora Charme
Capa e Fotos - CD Reiss
Criação e Produção Gráfica - Verônica Góes
Tradução - Monique D'Orazio
Preparação de texto - Juliana Bueno
Revisão - Ingrid Lopes

Este livro segue as regras da Nova Ortografia da Língua Portuguesa.

CIP-BRASIL, CATALOGAÇÃO NA PUBLICAÇÃO
SINDICATO NACIONAL DE EDITORES DE LIVROS, RJ

Reiss, CD
Implore. Excite. Submeta /CD Reiss
Titulo Original - beg. tease. submit.
Série Song of Submission - Livro 1
Editora Charme, 2017.

ISBN: 978-85-68056-43-1
1. Romance Estrangeiro

CDD 813
CDU 821.111(73)3

www.editoracharme.com.br

Editora
Charme

CD Reiss

Implore.
Excite.
Submeta.

Tradução: Monique D'Orazio

implore. excite. submeta.

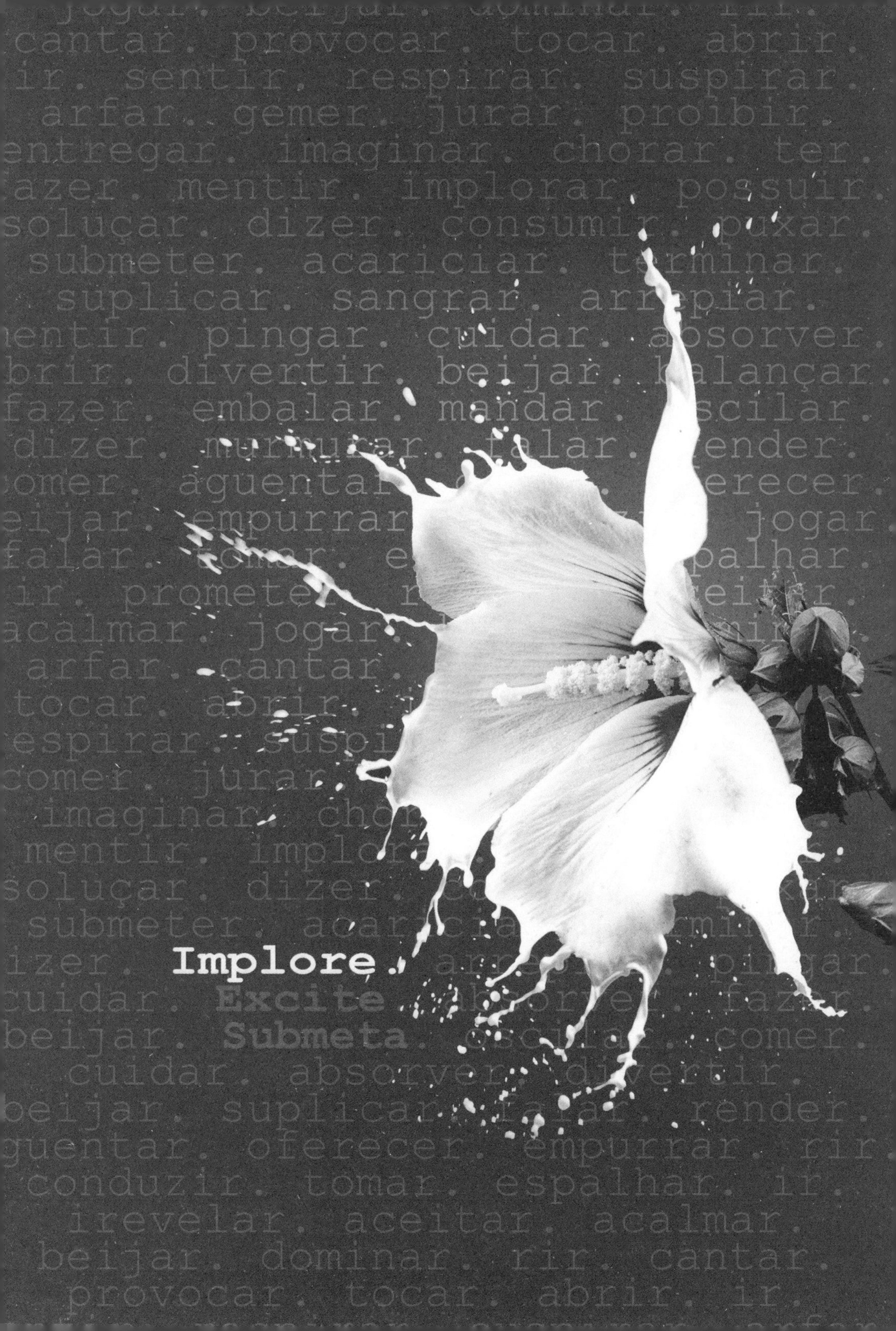
Implore.
Excite
Submeta

Capítulo um

No auge da última nota, com meus pulmões ainda cheios, na passagem do poder físico para o impulso emocional, fui cegada pelo sonho da noite passada. Como a maioria dos sonhos, não tinha uma história. Eu estava em cima de um piano de cauda, no bar da cobertura do Hotel K. Apesar de o hotel verdadeiro não ter piano, eu estava em cima dele, nua da cintura para baixo, apoiada nos cotovelos. Meus joelhos estavam mais afastados do que era fisicamente possível. Clientes bebiam seus coquetéis de trinta dólares e me assistiam cantar. Era uma melodia sem letra, mas eu a conhecia bem, e, conforme o homem estranho com a cabeça entre as minhas pernas me lambia, eu cantava mais e mais alto, até despertar com as costas arqueadas e os lençóis ensopados, sustentando o dó médio como se minha vida dependesse disso.

Assim como a última nota da nossa última canção, que eu sustentei como se um estranho estivesse cuidando do meu prazer em cima de um piano que não existia. Extraí aquela última nota de tudo que eu tinha, do fundo do meu diafragma, sentindo a música vibrar nos ossos da minha caixa torácica e o suor brotar do meu rosto. Era a minha nota. Era o que o sonho me dizia. Mesmo depois que Harry parou de dedilhar as cordas, depois que o teclado da Gabby silenciou, eu gritei aquela última nota chorosa como se estivesse agarrada à borda de um precipício.

Quando abri os olhos na boate escura, eu sabia que havia cativado a plateia; cada uma das pessoas ali me olhava como se eu tivesse acabado de lhes arrancar a alma, colocá-las em envelopes e despachá-las de volta para suas mães, com postagem a cobrar. Mesmo nos poucos segundos silenciosos depois que parei, naquele momento em que a maioria dos cantores se preocupava se tinha perdido a plateia no meio do caminho, eu sabia que não; todos só precisavam de permissão para aplaudir. Quando sorri, a permissão foi concedida, e eles ovacionaram.

Nossa banda, a Spoken Not Stirred, colocou o Thelonius Room abaixo. Um ano de compor e ensaiar as músicas e um mês marcando presença tinham sido pagos ali, naquele momento.

A plateia. Era isso que importava. Era por ela que eu tinha dado tudo de mim. Por ela que eu tinha excluído tudo na minha vida que não fosse um teto sobre a minha cabeça e comida na minha boca. Eu não queria nada da plateia, exceto aquela ovação.

Curvei-me em agradecimento e saí do palco, seguida pela banda. Harry correu até o banheiro para vomitar, como sempre. Eu ainda podia ouvir os aplausos, os pés batendo. O salão contava com cem pessoas, mas o público parecia ser de milhares. Eu queria aproveitar o momento para me banhar em algo diferente de decepção e fracasso que acompanhavam uma carreira na indústria musical, mas ouvi Gabrielle ao meu lado, batendo seu polegar direito e dedo do meio. Seus olhos eram vazios, voltados para um canto, enormes como xícaras de chá. Acompanhei esse olhar e encontrei exatamente nada. O canto estava vazio, mas ela fitava aquele espaço como se um espelho de si mesma estivesse ali e ela não gostasse do que via.

Olhei para Darren, nosso baterista. Ele olhou para mim, depois para sua irmã, que batia os dedos daquele jeito desde a puberdade.

— Gabby — chamei.

Ela não respondeu.

Darren cutucou seu bíceps.

— Gabs? Tudo sob controle?

— Vai se foder, Darren — Gabby respondeu categoricamente, sem desviar os olhos do canto vazio.

Darren e eu nos entreolhamos. Tínhamos sido o primeiro amor um do outro, lá em Los Angeles. No ensino médio de artes performáticas, e mesmo depois do rompimento simples e suave, tínhamos aprofundado nossa amizade até o ponto em que não precisávamos conversar com palavras.

Com nossas expressões, dissemos um ao outro que Gabby estava de novo com problemas.

— A gente foi demais! — Harry fez um gesto obsceno quando saiu do banheiro, ainda abotoando as calças. — Você foi incrível. — Ele me deu um soquinho no braço, inconsciente do que estava acontecendo com

Gabby. — Meu coração partiu um pouco em *Split Me*.

— Obrigada — eu disse, sem emoção. Senti gratidão, mas tínhamos outras preocupações no momento. — Onde está o Vinny?

Nosso empresário, Vinny Mardigian, apareceu como se fosse convocado, todo alegre e sorridente. Um idiota de marca maior. Eu realmente não o suportava, mas ele parecia confiante e competente quando nos conhecemos.

— Você está feliz? — perguntei. — Vendemos todos os nossos ingressos a preço cheio. Agora, quem sabe, da próxima vez, a gente não precise pagar para tocar?

— Olá, Monica Gostosa. — Esse era seu apelido favorito para mim. O cara tinha a personalidade de um aterro sanitário e um ataque de tubarão em águas sangrentas. — Que bom ver você também. Estou com a Performer's Agency na linha. O cara está ali fora.

Ótimo. Eu precisava ser representada pela Agência Xumbrega como eu precisava de um buraco na cabeça. Mas eu era uma artista, esperava-se que aceitasse tudo que a indústria tinha para me dar, com um sorriso no rosto e as pernas abertas.

Vinny, é claro, não conseguia ficar com a boca fechada. Ele estava embriagado pela Performer's Agency e pela fama mundial que achava que a agência poderia nos dar. Ele não entendia que dar um passo mais ou menos para frente era a mesma coisa que dar um passo inteiro para trás.

— Vocês têm uma plateia aí fora só esperando pelo bis. Todo mundo aqui faz a sua parte e todos ficam felizes.

Apurei os ouvidos e, com toda certeza, as pessoas ainda estavam batendo palmas, e Gabby ainda fitava aquele canto.

Darren levou Gabby para casa depois do bis, que ela tocou como a prodígio insana que ela é, mas depois apagou de novo. Sua depressão tinha sido beneficiada pela música, mas reaparecia provocada por quase qualquer coisa, mesmo que ela estivesse tomando os remédios.

Ela já havia tentado suicídio duas vezes, depois de duas semanas fitando cantos e reclamando sobre não conseguir sentir nada sobre nada. Fui eu que a encontrei na cozinha, sangrando na pia. Tinha sido espantoso para todos. Ela ficou com meu quarto extra, e Darren mudou-se de uma república infestada de gente em West Hollywood para uma quitinete a um quarteirão de distância. Tocávamos música juntos porque a música era o que a gente fazia, e porque mantinha a Gabby sã, o Darren perto, e eu longe das coisas erradas. Mas mal dava para a gente se sustentar à base de cachorros-quentes. Todos nós trabalhávamos, e até eu ter conseguido meu bico atual no bar da cobertura do Hotel K, tive que abrir mão até de comprar café porque não tinha nem um tostão furado no bolso.

Como a Spoken Not Stirred tinha atraído mais gente do que o custo dos nossos ingressos garantidos, tínhamos conseguido ganhar trezentos dólares naquela noite. Quinze por cento iam para Vinny Lixo e $68 dólares seriam para pagar a multa de Harry por estacionar em local proibido, pois ele imaginou que, se ia levar o baixo e o amplificador, poderia estacionar em uma zona de embarque e desembarque de passageiros na Sunset Strip antes das seis da tarde. Dividimos o resto em quatro.

O Hotel K era um diamante novo modernista de trinta andares no meio de um bairro lixo de sobrados e forro de estuque. O negócio de fazer bares em coberturas de Los Angeles tinha ficado fora de controle. Não dava para sacudir um agente de talentos morto sem bater em alguma construção nova com bar e piscina na cobertura, que pulsava com música dia e noite. O lado positivo da epidemia era que tinha serviço de garçonete em qualquer lugar, e as garotas altas e magras que conseguiam deslizar entre os bêbados de boca suja, ao mesmo tempo em que seguravam bandejas pesadas sobre a cabeça sem atingir ninguém, eram uma absoluta necessidade. A desvantagem, para alguém alta e magra como eu, era que eu poderia ser substituída facilmente. Não dava para sacudir uma menina alta e magra em Los Angeles sem bater em outra.

Darren e eu tínhamos demorado demais discutindo quem ficaria de olho em Gabby. Ele a convenceu a ficar na casa dele durante a noite, embora "convencer" não fosse a palavra a ser usada quando se falava de alguém que não se importava com onde dormia, ou com nada, de um jeito ou de outro.

Corri do elevador para o vestiário do hotel, os cinquenta dólares que eu tinha ganhado por segurar uma plateia de cem pessoas na minha mão leves dentro do meu bolso. Tirei o casaco e o enfiei no armário, depois tirei minha camisa. Eu não tinha um segundo a perder antes que Yvonne, de quem eu assumiria o turno, começasse a falar mal de mim por deixá-la esperando no salão. Arranquei um vestido decotado que mostrava mais perna do que decoro de dentro da minha bolsa e me esforcei para entrar nele.

— Você está atrasada — disse Freddie, meu gerente. Ele fedia a cigarros, o que eu achava nojento.

— Me desculpe, tive um show. — Chutei os sapatos e tirei as calças por baixo do vestido. Eu não tinha tempo para me preocupar com o que Freddie pensava de mim.

— Que bom para você. — Freddie cruzou os braços, amarrotando seu terno marrom de risca. Ele tinha uma verruga na bochecha e exibia uma expressão enrugada mesmo quando olhava dentro da minha camisa, o que era quase toda vez que nós conversávamos.

Não esperei para discutir. Calcei novamente meus sapatos, fechei a porta do armário com uma pancada e corri para o salão.

— Yvonne! — Eu a peguei no corredor dos fundos enquanto ela dobrava um bolo de gorjetas dentro do bolso.

— Monica, garota! Onde você estava?

— Me desculpa. Obrigada por atender as minhas mesas. Como posso te compensar?

— Se eu não chegar em casa a tempo, você pode pagar a hora extra da babá.

— Sem problemas — eu disse, embora fosse um grande problema.

— Jonathan Drazen está na sua mesa. — Ela colocou a mão no coração. — Ele é lindo e dá gorjeta quando gosta do que vê. Então seja gentil. — Ela me entregou as comandas da minha zona de mesas.

Drazen era o chefe do meu chefe, o dono do hotel, mas nossos caminhos nunca tinham se cruzado. Aparentemente, ele viajava muito e passava pouco ou nenhum tempo na cobertura quando estava na cidade, por isso não nos conhecíamos. Esse desdobramento era mais irritante do que qualquer coisa. Eu tinha acabado de receber a ovação da minha vida em uma boate muito legal e estava me banhando na aceitação calorosa. Eu não precisava me provar de novo, e com base em quê? Se não fosse pela minha música, eu não me importava.

O lugar estava lotado: o pior tipo de europeus de ponta a ponta, os pesos pesados de Hollywood e uma variedade de habitués. A piscina era um retângulo grande no centro de todo aquele espaço. Cadeiras vermelhas a cercavam, e uma ampla área de bar com mesas e cadeiras ficava mais ao lado. Pequenas tendas com sofás dentro contornavam a maior parte da cobertura, e, quando as cortinas se fechavam, deixávamos fechadas até parecer que alguém tinha fugido sem pagar.

Fiquei no balcão de serviço, folheando minhas comandas. Cinco mesas, duas com estrelinhas nos cantos direitos superiores. Tinham sido colocadas ali pelo Freddie, e queriam dizer que tinham gente importante. Era necessário dar atenção especial.

Minha primeira bandeja era para uma dessas mesas. Coloquei um sorriso no rosto e me orientei através da multidão para entregar a bandeja para uma mesa no canto. Quatro homens, e eu sabia quem era Drazen imediatamente. Ele tinha cabelo ruivo cortado logo abaixo das orelhas, bagunçado de forma absolutamente precisa. Vestia jeans e uma camisa cinza que mostrava os ombros largos e os bíceps firmes. Seus lábios cheios se distenderam sobre os dentes perfeitos e naturais quando ele viu sua bandeja chegando, e eu fui pega um pouco de surpresa pela forma como eu não conseguia parar de olhar para ele.

— O-oi — gaguejei. — Sou eu que vou atender vocês hoje. — Sorri. Sempre funcionava. Então, pensei em coisas felizes porque isso deixava meu sorriso genuíno. Observei Drazen mover seu olhar do meu rosto sorridente para os meus seios, depois para os quadris, e parar nas minhas panturrilhas. Senti como se estivesse sendo aplaudida novamente.

Ele olhou para o meu rosto. Olhei-o de volta, e ele franziu os lábios. Peguei-o olhando, e ele pareceu justificadamente envergonhado.

— Olá — disse ele. — Você é nova. — Sua voz ressoava como um violoncelo, mesmo por cima da música ambiente.

Verifiquei as comandas da Yvonne e peguei um copo baixo com gelo e um líquido âmbar da bandeja.

— O seu é o Jameson's?

— Obrigado. — Ele acenou com a cabeça para mim, mantendo os olhos no meu rosto e fora do meu corpo. Mesmo assim, eu sentia como se estivesse sendo devorada viva, sugada e diluída, bocado por bocado. Um sentimento líquido caiu sobre mim, e eu parei de fazer o meu trabalho por meio segundo, enquanto me permitia ser completamente saturada por essa sensação cálida. Naquele momento, é claro, alguém — um homem, a julgar pelo peso do impacto — empurrou ou foi empurrado, e minha bandeja subiu pelos ares.

Por um segundo, os copos ficaram suspensos no ar como um punhado de glitter, e eu pensei que poderia apanhá-los. Senti o som do impacto muito tempo depois de três gim-tônicas espirrarem sobre cada convidado. Fiquei chocada e sem palavras quando todos na mesa se levantaram, mãos para o alto, pingando, roupas escurecendo pela umidade no colo e no peito. Um suspiro coletivo foi emitido por todos que estavam no raio dos respingos.

Freddie parecia um zumbi sentindo o cheiro de cérebros frescos.

— Você está demitida. — Depois se virou para Drazen e disse: — Posso fazer alguma coisa pelo senhor? Nós temos camisas...

Drazen sacudiu a mão para tirar os respingos.

— Está tudo bem.

— Eu sinto muitíssimo — disse eu.

Freddie ficou entre mim e meu ex-chefe, como se eu fosse implorar para ter meu emprego de volta, o que eu nunca faria, e disse:

— Pegue suas coisas.

Capítulo dois

Foda-se. Foda-se esse emprego e tudo mais. Eu podia encontrar outro. Prometi a mim mesma que ia me dar bem e, quando isso acontecesse, eu voltaria naquele lugar com meu séquito fenomenal, e Freddie iria me servir com o que eu quisesse, em troca de gorjeta nenhuma. Nem mesmo um centavo. E Jonathan Drazen ia se sentar ao meu lado e me olhar do jeito que ele fez antes de eu derramar o gim-tônica em cima dele, mas como se eu fosse uma igual, não um pedaço de doce trabalhando em troca de gorjetas.

Bati a porta do meu armário com força.

Eu encontraria outro emprego logo, logo. Sempre pagava minhas despesas de moradia primeiro, mas a gente devia dinheiro ao estúdio e eu não poderia tirar nem mais um tostão do Harry.

Freddie veio andando pelo corredor escuro, pés virados para fora, caminhando como um pato em uma missão.

— Vá se foder, Freddie. Estou caindo fora e, diga-se de passagem, você é um...

— O Sr. Drazen quer falar com você.

— Ele que se foda. Ele não pode requisitar minha presença. Eu não trabalho mais pra ele.

Freddie sorriu como um gato astuto.

— Às vezes, ele indeniza as que duram pouco tempo aqui, se ele fica com remorso. Tirou a sorte grande. Depois disso, você pode dar o fora daqui se não quiser dormir com ele. Eu gostaria de vê-lo não comer alguém, pra variar.

Ele se aproximou mais um passo. Eu não sabia por que ele iria querer chegar perto o suficiente para me tocar, então não me afastei, e, quando ele deu um tapa na minha bunda, fiquei tão atônita que não me mexi. Ele terminou o tapa com um beliscão.

— O que você...?

Mas ele já estava se afastando, cotovelos dobrados, como se a vida de outra pessoa precisasse ser um inferno e ele fosse o cara certo para fazer isso. Fiquei ali com a boca aberta, setenta por cento zangada com ele por ser um absoluto molestador e trinta por cento chateada comigo mesma por ter ficado chocada demais para lhe acertar um murro na cara.

Eu tinha orgulho. Eu tinha tanto orgulho que atender ao chamado de Jonathan Drazen para "tirar a sorte grande" era a coisa mais humilhante que eu poderia pensar em fazer. Mas lá estava eu, na frente de sua porta entreaberta no trigésimó andar, batendo, não porque precisava do dinheiro (o que eu precisava) e não porque queria que ele me olhasse daquele jeito novamente (o que eu também queria), mas porque eu não poderia ter sido a primeira garçonete a levar um tapa na bunda, ou pior, de Freddie. Se Drazen não soubesse da ditadura de Freddie, ele precisava saber.

O escritório era virado para as colinas de Hollywood, que deviam ser deslumbrantes durante o dia. À noite, o bairro era apenas um respingo de luzes cintilantes sobre uma tela preta. Ele estava atrás de sua mesa, com as costas para a janela, e a iluminação suave causava um brilho lisonjeiro na pele perfeita do seu antebraço. Ele usava um jeans limpo e uma camisa branca. A madeira escura e o vidro fosco acentuavam o fato de o escritório ter sido pensado para ser um espaço confortável, e, mesmo sabendo que o cenário estava me manipulando, eu relaxei.

— Entre — disse ele.

Pisei no tapete, e a maciez aliviou a dor causada pelos saltos altos.

— Desculpa ter derramado a bebida. Eu pago pela limpeza, se quiser.

— Eu não quero. Sente-se. — Seus olhos verdes cintilavam à luz das luminárias. Eu tinha que admitir que ele era deslumbrante. Seu cabelo acobreado ondulava nas pontas, e seu sorriso poderia iluminar mil cidades. Ele não podia ter mais do que trinta e poucos anos.

— Vou ficar em pé — respondi. Eu estava vestindo uma saia curta e, a julgar pela maneira como ele me olhava na cobertura, se eu me sentasse, receberia outra olhada que me faria querer pular em cima dele.

— Eu quero me desculpar pelo Freddie — ele disse. — Ele é um pouco mais agressivo do que deveria.

— Precisamos conversar sobre isso — falei.

Ele ergueu uma sobrancelha e deu a volta na mesa, parando na frente dela. Ele usava uma colônia que roubava o aroma das folhas de sálvia em um dia nebuloso: limpo, seco. Ele se apoiou na mesa, colocando as mãos para trás, e eu podia ver todo o comprimento de seu corpo: ombros largos, cintura estreita e quadris retos. Ele me olhou novamente, depois até o chão. Senti como se ele tivesse tirado as mãos de mim, e no mesmo instante me senti excitada e com vergonha. Eu não ia ser intimidada nem assustada. E não ia deixá-lo desviar os olhos de mim. Se ele quisesse me encarar, ele que me encarasse. Coloquei as mãos nos quadris e deixei minha linguagem corporal desafiá-lo a deixar os olhos desviarem-se para onde eles queriam ir, não para o chão.

Porque, ele que se fodesse.

— O Freddie é um babaca. — Percebi, por sua expressão, que era o jeito errado de começar. Eu precisava guardar as opiniões e expressões insinuantes para mim e declarar os fatos. — O Freddie falou que você vai tentar dormir comigo, por exemplo. — Ele sorriu como se realmente fosse tentar dormir comigo e tivesse sido pego no flagra. — Depois — continuei, porque eu queria tirar o sorriso daquela cara linda —, ele passou a mão na minha bunda.

O sorriso derreteu como se fosse um cubo de gelo em uma frigideira quente. Ele tirou os olhos famintos dos meus, um alívio por um lado e uma decepção, por outro.

— Eu ia te oferecer uma indenização.

— Não quero seu dinheiro.

— Me deixe terminar.

Assenti, sentindo um calor se espalhar pelo meu rosto.

— A indenização era no caso de você não querer continuar trabalhando aqui — disse ele. — Mesmo que não suporte o cheiro do gin que você derrubou em mim, eu não acho que deva perder seu emprego por isso. Mas agora que você me disse isso, o que devo fazer? Se eu der a indenização, vai parecer que estou te subornando. E se eu *des*demitir você, parece que estou deixando você ficar porque tenho medo de ser processado.

— Já entendi — disse eu. — Se ele disse que você ia tentar dormir comigo, então tem seus próprios problemas para esconder, e nada iria trazer tudo isso à tona de forma mais eficiente do que uma ação judicial. — Esperei uns segundos para ver se podia depreender alguma informação em seus olhos, mas ele estava com a máscara de homem de negócios, então resolvi usar a minha de sarcasmo. — Em que posição terrível você está, hein?

Seu movimento afirmativo me disse que ele me entendia. Sua posição era privilegiada. Ele podia fazer escolhas sobre a minha vida com base em sua conveniência.

— O que você faz, Monica?

— Sou garçonete.

Ele deu uma risadinha, olhando-me diretamente, e eu queria cair ali mesmo.

— Essa é a sua circunstância. Não é quem você é. Faculdade de Direito, talvez?

— Nem morta.

— Professora, marceneira, jogadora de vôlei? — Ele emendava as palavras uma na outra rapidamente, e eu imaginei que ele pudesse pensar em outras cem profissões potenciais antes de acertar.

— Tenho uma banda.

— Eu gostaria de ver você tocar um dia.

— Eu não vou dormir com você.

— De fato. — Ele andou atrás de sua mesa. — Eu suponho que ninguém tenha testemunhado essa suposta passada de mão na bunda?

— Correto.

Ele abriu uma gaveta e mexeu entre alguns arquivos.

— Eu contratei o Freddie, e é responsabilidade minha ser o chefe dele. A sua responsabilidade é reportar para alguém além de mim. — Ele me entregou um pedaço de papel. Era um panfleto padrão do serviço de proteção aos direitos trabalhistas dos Estados Unidos. — Os números estão aí. Faça uma denúncia. E me envie uma cópia, por favor. Protegeria nós dois.

Fiquei olhando para o papel. Drazen poderia ter muitos problemas se denúncias suficientes fossem feitas. Eu pretendia contar às autoridades o que tinha acontecido porque não suportava o Freddie, mas me senti um pouco envergonhada que Drazen acabasse recebendo uma citação ou fosse investigado.

— Você não é um babaca — disse eu.

Ele baixou a cabeça, e, embora eu não pudesse ver seu rosto, imaginei que ele estava sorrindo. Ele pegou um cartão do bolso e contornou a mesa.

— Meu amigo Sam é dono da Stock, no centro. Acho que é melhor para você. Vou falar para ele que é capaz de você ligar.

Quando peguei o cartão de visitas, senti um ímpeto que não pude resistir. Estendi a mão um pouco mais do que deveria e rocei meus dedos nos dele. Uma descarga de prazer percorreu meu corpo, e o dedo dele se mexeu para prolongar o toque.

Eu tinha que me afastar desse cara o mais rápido possível.

Capítulo três

O clima de Los Angeles no fim de setembro era igual ao clima do meio de julho em qualquer outro lugar: quente como boca de cachorro, tão quente que nenhum desodorante aguentava, quente como escapamento de carro. Gabby parecia melhor do que na noite anterior, mas Darren e eu estávamos ligados.

Gabby disse que ia sair para andar e, tentando garantir que ela não fosse sozinha, sugeri que nós duas fôssemos tomar sorvete artesanal na Sunset Strip.

Sentamos no pátio externo para que o barulho disfarçasse a nossa conversa. Fiquei mexendo no meu sorvete de morango com manjericão enquanto ela considerava o seu de wasabi com mel por mais tempo do que ela teria considerado uma semana atrás.

— É um bom dinheiro — disse ela, tentando me convencer a pegar um bico de quinta à noite em um barzinho. — E não paga para tocar. Só pega o dinheiro e volta pra casa.

— Eu detesto esses bicos. Odeio tocar música ambiente.

— Duzentos dólares? Ai, Monica. Você não tem que aprender música nenhuma; um ensaio, talvez dois, e já era.

Gabby tinha passado a infância levando reguadas nos dedos cada vez que cometia um erro no piano. Suas habilidades tinham ficado tão perfeitas que ela mal precisava ensaiar hoje em dia. Gabby era tão obsessiva que cada momento seu acordada era gasto comendo, tocando ou pensando em tocar. Ou seja, a palavra "ensaiar" não podia ser aplicada, pois implicava um artista tirando um tempo do seu dia para acertar alguma coisa, não uma perfeccionista compulsiva fazendo algo natural como respirar. Ela era um gênio, e, com todas as probabilidades, seu talento somado à sua natureza perfeccionista levava à depressão.

— Eu só quero cantar minhas próprias músicas — disse eu.

— Você pode tocá-las no meio. Apenas, vamos. Se eu não conseguir um vocal, vou perder o show, e eu preciso dele. — Esse agudo na voz significava que ela estava oscilando entre o desespero e o vazio emocional, o que me deixava apavorada. — Mô, eu mal posso esperar para o próximo show da Spoken. Tenho 25 anos, não me resta mais muito tempo. Não *nos* resta muito mais tempo. Passa um mês, passa outro e eu não sou ninguém. Deus, não tenho nem um agente. O que vai acontecer comigo? Não consigo suportar. Acho que vou morrer e acabar que nem a Frieda DuPree, tentando a vida inteira e depois, quando estiver com sessenta e tantos anos, ainda vou estar frequentando audições.

— Você não vai acabar que nem a Frieda DuPree.

— Tenho que continuar trabalhando. Toda noite que passa sem alguém me ver tocar é uma oportunidade perdida.

Essa droga de "repetição faz a perfeição" que a gente aprende na escola. Sair e tocar. Continuar trabalhando. Ser dono do seu futuro. Professores ensinavam à pobre molecada que eles podem ser vistos se saírem tocando violino no meio da rua, se precisarem. Alimentadores de sonhos. Eles que se danem. Alguns desses alunos deviam ter seguido carreira contábil, mas essa linha de pensamento de merda os deixou sonhando por anos demais.

Olhei para Gabby e seus grandes olhos azuis implorando consideração. Ela estava no meio de um ataque de ansiedade. Se continuasse pelas próximas semanas, os ataques de ansiedade se tornariam menos frequentes, e os olhares fixos vazios nos cantos da casa se tornariam mais frequentes se ela não tomasse os remédios regularmente. Então viriam os problemas: outra tentativa de suicídio, ou pior, um sucesso. Eu amava a Gabby.

Ela era como uma irmã para mim, mas às vezes eu desejava ter uma amiga que não desse tanto trabalho.

— Tá bom — disse eu. — Uma vez, tá? Você pode encontrar alguma outra pessoa em toda Los Angeles para cantar da próxima vez.

Gabby assentiu e ficou batendo o polegar no dedo médio.

— Tudo bem — ela disse. — Vai ser bom, Monica. Você vai arrasar.

Vai sim. — As palavras tinham aquele ar de "a repetição faz a perfeição", como se ela dissesse aquilo apenas para preencher o espaço.

— Acho que também vou precisar — disse eu. — Fui despedida ontem à noite.

— O que você fez?

— Derrubei bebidas no colo do meu chefe.

— Aquele tal de Freddie?

— Jonathan Drazen.

— Oh... — Ela colocou as mãos na boca. — Ele também é dono da boate R.O.Q., em Santa Monica. Então nem tente arrumar emprego lá.

— Você sabia que ele é lindo?

Uma voz veio de trás de mim.

— Falando de mim novamente? — Darren tinha aparecido: salva pelo gongo.

— Jonathan Drazen demitiu ela ontem à noite — disse Gabby.

— E quem é esse? — Ele se sentou, colocando o laptop sobre a mesa.

— Ele não fez isso. Foi o Freddie. Drazen só me ofereceu uma indenização e me encaminhou para a Stock.

— E aparentemente ele é lindo. — Ele arqueou uma sobrancelha para mim. Dei de ombros. Darren e eu já tínhamos superado um ao outro, mas ele acabava comigo ao menor sinal de fraqueza. — Não te ouço falar assim de um cara já faz um ano e meio. Eu pensei que você ainda estivesse apaixonada por mim. — Devo ter ficado corada, ou meus olhos podem ter entregado alguma faísca escondida de sentimento, pois Darren abriu o laptop de repente. — Vamos ver que tipo de wi-fi eu consigo pegar aqui.

— Não falo assim sobre os homens porque prefiro o celibato a contar mentiras.

Darren digitava sem parar no laptop.

— Jonathan Drazen. Trinta e dois anos de idade. Velho. — Ele olhou para mim por cima da tela.

— Não subestime a beleza dele. Eu mal conseguia falar.

— Ganhou seu dinheiro à moda antiga.

— Pai rico?

— Uma linhagem longa de gente rica. Ele ganha mais com juros do que o PIB inteiro de Myanmar. — Darren estava lendo uma página ou outra. Ele amava a internet como a maioria das pessoas ama filhotes e bebês. — Magnata imobiliário. O pai dele era um bêbado e perdeu uma parte do dinheiro. Nosso Jonathan III... — Ele deixou a frase no ar e continuou passando a página. — Bacharelado na Universidade da Pensilvânia. MBA em Stanford. Ele trouxe o negócio de volta à tona. Zilionário. Ele é um bom partido, se você conseguir afastá-lo das quatrocentas outras mulheres com quem ele é fotografado o tempo todo.

— Blá-blá-blá. Não estou nem aí.

— Por que não? Como se você não transasse há... quanto tempo? — Darren continuava clicando aqui e ali, fingindo que não se importava com minha resposta, mas eu sabia que ele se importava.

— Homens são más notícias — respondi. — São uma distração. Eles fazem exigências.

— Nem todos os homens são o Kevin.

Kevin foi meu último namorado, o que tinha problemas de controle que me deixaram longe dos homens por dezoito meses.

— Blá-blá-blá... Também não vou falar sobre o Kevin. — Raspei o fundo do meu copinho de sorvete.

Darren virou o laptop para eu poder ver a tela.

— Esse é ele?

Jonathan Drazen estava entre uma mulher e um homem que eu não reconheci. Desci na página de fofoca. Sua beleza irlandesa era inegável ao lado de qualquer pessoa, até mesmo das estrelas de cinema.

— Ele *foi* fotografado com um monte de mulheres — eu disse.

— Sim, para sua informação, ele anda comendo todo mundo desde que se divorciou. Se você o quiser, provavelmente ele vai topar. Só estou dizendo. — Ele cruzou as pernas e olhou para a Sunset Strip.

Gabby tinha um olhar distante, observando os carros.

— A esposa dele era Jessica Carnes — Gabby recitou como se estivesse lendo um jornal na cabeça dela —, a artista. Drazen se casou com ela na casa do pai dele, em Venice Beach. Ela é meia-irmã de Thomas Deacon, o agente de esportes da APR, que tem um bebê com a Susan Kincaid, a *hostess* do Key Club, cujo irmão joga basquete com Eugene Testarossa. Nosso agente dos sonhos na WDE.

— Um dia, Gabster, sua obsessão com as inter-relações de Hollywood vai ser recompensada. — Darren fechou o laptop com um clique. — Mas não hoje.

Acho que alguém poderia estar no Hotel K, ser vendada, levada para a Stock e acreditar que poderia ter dado uma volta e sido colocada no mesmo lugar onde tinha começado: na mesma piscina, nas mesmas cadeiras, nos mesmos sofás, com a mesma música e com os mesmos idiotas segurando as mesmas bebidas e dando as mesmas gorjetas. O que estava diferente é que não teria Freddie. A Stock tinha Debbie, uma asiática alta que usava gola mandarim, camisas bordadas e calças pretas. Ela conhecia cada superstar só pelo rosto, e eles a amavam tanto quanto ela os amava. Ela sabia quem era um magnata do cinema e quem era atriz e os colocava lado a lado, onde pudessem ter o tipo mais profissional de fricção. Ela organizava as mesas das garçonetes de acordo com o gosto do cliente e agradava as meninas até elas trabalharem como máquinas.

Ela era a pessoa mais legal para quem eu já trabalhei.

— Sorria, menina — dizia Debbie. Eu estava lá havia uma semana e ela sabia exatamente quantas mesas eu conseguia atender, como eu era rápida em comparação às outras e quais eram meus pontos fortes: aparentemente, minha personalidade magnética. — As pessoas olham para você — ela disse. — Elas não conseguem evitar. Sorria.

Era difícil sorrir. Tivemos três shows bons seguidos, depois Vinny desapareceu no ar. Tínhamos batido na porta do escritório dele em Thai Town, depois fomos até sua casa em East Hollywood e ligamos quatrocentas vezes. Nada de Vinny. Cada show que ele tinha arrumado para a gente não rolou. Meu impulso estava diminuindo e eu não gostava disso.

— Qual é o seu maldito problema? — disse um cara ao jogar uma nota de um dólar e três moedas de dez centavos na minha bandeja. — Você precisa de uma carreira de coca ou alguma coisa assim? — Ele parecia qualquer outro imbecil supremo de cabelo loiro tingido e espetado, usando Hugo Boss e partindo para a ofensa pessoal em questão de segundos depois de três cervejas. Mas Debbie havia escrito seu nome na comanda, provavelmente como um favor para mim. O nome era Eugene Testarossa, o próprio cara da WDE que eu queria conhecer havia meses. Na minha depressão por causa do Vinny idiota, eu não o tinha reconhecido.

Eu o persegui em direção ao banheiro no meu intervalo e esbarrei em um peito duro que cheirava a sálvia verde e nevoeiro.

— Monica — disse Jonathan. — Oi. Sam me disse que ele contratou você. — Seus olhos verdes me fitavam, e eu queria me desfazer sob o peso deles. Enquanto ele me olhava, seu rosto passou do divertimento ao interesse. — Você está bem?

— Tudo bem, só um dia ruim. Sei lá. — Dei mais um passo em direção ao banheiro, mas ele não parecia propenso a me deixar ir tão facilmente.

— Recebi sua notificação. Obrigado. Foi muito profissional.

— Você achou que uma garçonete não sabia formar uma frase? — Seu olhar me disse que eu estava agindo como uma filha da mãe. Ele não merecia o meu pior lado. Tentei pensar rápido; eu não queria uma enxurrada de perguntas sobre a minha vida naquele momento. — Os Dodgers perderam... e eu sou de Echo Park e tal, então fiquei um pouco chateada.

— Os Dodgers ganharam esta noite. — Seus lábios apertados e seus olhos intrigados me diziam que ele entendia que eu estava brincando, em parte.

Troquei os pés, sentindo como se fosse uma criança apanhada na mentira sobre beijar atrás do ginásio.

— Sim. Aquele maldito Jesus Renaldo arrancando na nona entrada daquele jeito.

— Ele tem cinco bons arremessos por jogo.

— Ele costuma jogar lá no banco.

— Ou tentar jogar na mão do defensor. — Ele balançou a cabeça. Nessa hora, ele parecia bem normal, não como o cara atrás da mesa, me despindo com os olhos.

— Me desculpe ter sido grossa agora há pouco.

— Estou acostumado.

— Não, você não está. Sem essa. As pessoas são legais com você durante todo o dia.

Ele encolheu os ombros.

— Você mentiu sobre por que estava chateada. Vou mentir sobre como as pessoas me tratam.

— Vou ter isso em mente.

— Pode ter — disse ele, pigarreando. — Eu tenho ingressos para esta temporada na linha da primeira base.

Senti meus olhos se iluminarem um pouco, e ter ficado tão animada com alguma coisa assim me deixava envergonhada.

— Eu podia te levar um dia desses — continuou ele.

— Você não viu um jogo dos Dodgers até ter assistido das arquibancadas. Ingresso de seis paus, falou?

Ele riu, e eu ri muito. Em seguida, Debbie apareceu no final do corredor.

— Monica! — ela gritou, batendo no pulso num sinal universal de atraso.

— Merda! — gritei e corri de volta para minha estação, virando para acenar para Jonathan antes de dobrar no corredor.

Coloquei um sorriso no rosto e assumi minha persona mais agradável possível. Avistei Jonathan na ponta do bar, falando com o Sam e a Debbie, rindo de alguma piada que eu não conseguia ouvir. Quando fui para a estação pegar minha bandeja, ele olhou para mim e eu senti seu olhar. Ele era lindo, sem dúvida. Eu poderia escrever canções sobre aquele rosto, aquelas bochechas, aqueles olhos, aquele perfume seco.

Quem me dera ele fosse embora. Tentei não olhar, mas ele e Sam ainda estavam conversando à uma da manhã. Debbie estava na outra ponta, no balcão de serviço, contando os recibos, quando eu apareci com uma comanda e não aguentei mais.

— Me desculpa por estar conversando com o Sr. Drazen no corredor — falei. — Eu trabalhava para ele.

— Eu sei.

— Ele vem sempre aqui?

— Ele e Sam são próximos desde que frequentaram Stanford juntos, então... uma vez por semana? Eu deveria cuidar para que ele aparecesse com mais frequência?

Meu rosto ficou quente. Para Debbie, que lê pessoas como se fossem placas de néon na rua, o rubor era visível mesmo na luz fraca. Eu olhei de relance para ele do outro lado do bar. Ele estava olhando para Debbie e para mim. Então ergueu seu copo com pedras de gelo um tanto já derretidas no fundo. Sam tinha ido cuidar de algumas questões noturnas do hotel, e Jonathan estava sozinho.

— Perfeito — Debbie disse para mim. — Você vai lá e serve o refil da bebida dele. — Ela chamou o barman, que poderia ser modelo e trabalhava o corpo mais do que a mente. — Robert, dê a bebida do Sr. Drazen para a Monica.

— Debbie, sério — falei.

— Por quê? — perguntou Robert, servindo um copo de uísque *single malt* tão no alto, que eu teria que pegar um guindaste para alcançar. — Não sou bonito o bastante?

— Você é bonito o bastante — disse Debbie. — Agora faça. — Ela pôs a mão no meu antebraço e falou calmamente. — Você precisa de mais prática para lidar com a classe social dele. Para você, como pessoa. Se acostumar só vai beneficiar você. Agora vá.

Receber conselhos de mãe era legal, eu acho. Minha mãe tinha sido mais ou menos ausente desde que eu tinha entrado no ensino médio, que era mais ou menos a mesma época em que ela e meu pai se mudaram para Castaic, ao norte de Los Angeles. Nunca me senti abandonada, mas gostaria de ter tido um pouco de ajuda para lidar com essas coisas corriqueiras do dia a dia.

Drazen me observou dar a volta no bar com seu uísque. Eu me perguntava se ele sabia que isso me fazia sentir intimidada, ou se ele sequer tinha pensado a respeito. Eu tinha curiosidade em saber se a diferença em nossas posições relativas o incomodava ou o excitava. Ele era um zilionário e um cliente. Eu era uma garçonete sem um tostão furado. Tinha que ser algo excitante.

— Obrigado — disse ele, quando substituí o guardanapo e a bebida sobre o balcão, uma tarefa que Robert poderia ter feito na metade do tempo.

— De nada.

Nós ficamos nos olhando por um segundo ou dez. Eu não tinha nada para acrescentar à conversa, mas seu magnetismo tornava as palavras irrelevantes. Fiz menção de me afastar, mas ele disse:

— Eu estava falando sério sobre assistir ao jogo.

— Eu estava falando sério sobre a arquibancada.

— Eu gostaria de conhecer alguém antes de me arrastarem além do campo central. — Ele fez o gelo tilintar nas paredes internas do copo. — A companhia tem que ser muito envolvente para chegar tão longe da base.

Eu queria mencionar a cor deslumbrante de seus olhos. Queria tocar sua mão, que estava apoiada na beirada do balcão. Em vez disso, eu disse:

— Suas outras fãs deixam você pronto para qualquer coisa, ainda mais se estiver usando vermelho.

— Posso encontrar você depois do trabalho?

O batuque ruidoso no meu peito deve ter sido audível. Não era o fato de eu não ter sido convidada para sair e nem o objeto de proposta nenhuma no último ano e meio; era simplesmente fácil demais recusar todos os homens que me queriam de uma forma educada. Se eu tivesse um cérebro na cabeça, rejeitaria Jonathan Drazen de cara. Educadamente.

— Talvez — respondi. — A companhia tem que ser muito envolvente às duas e meia da manhã.

Sam apareceu, e, como eu não queria ser vista conversando com meu ex-chefe, me afastei sem confirmar que ele seria envolvente nessa hora ingrata.

Capítulo quatro

Passei a hora e meia seguinte me convencendo a não encontrar Jonathan depois do trabalho, se é que ele ia aparecer. Ele seria uma distração, eu sabia. Eu não conseguia estar no mesmo lugar que ele sem sentir que precisava tocá-lo.

Pensei em Kevin. Um belo espécime de homem, ele provocava muito do mesmo efeito que Jonathan Drazen provocava em mim, incluindo o frio na barriga e os arrepios nas bochechas.

Eu estava com Darren há mais de seis anos quando ele admitiu ter beijado Dana Fasano. Estávamos no processo de nos separar ou nos casar. Fui a uma festa no centro da cidade com um amigo cujo nome me fugia naquele momento, e lá estava ele, Kevin, falando com uma menina no canto. Quando ele olhou por cima da cabeça dela, seus olhos encontraram os meus como se ele os estivesse procurando. Congelei no lugar. Ele tinha olhos castanhos e cílios grossos e pretos, e, quando nos vimos, a distância entre nós era como quando a gente puxa uma corda de violoncelo: vibrava e fazia um lindo som.

Não o vi de novo por mais meia hora, mas mesmo assim eu o sentia me rodeando, ligada a ele, mesmo quando ele falava com diferentes pessoas. Por fim, na cozinha cheia de gente, ele estava atrás de mim, e eu sabia, pois podia senti-lo antes de vê-lo se aproximar e tirar uma cerveja da pia.

— Oi — disse ele.

— Oi.

Ele segurou a garrafa de cerveja na minha direção, suas mãos escorregadias sobre o vidro, água fria empoçando no encontro de sua pele com a garrafa.

— O abridor está aí?

Peguei a garrafa dele, estendendo mais a mão do que o necessário, da mesma forma como aconteceu com Drazen, de um jeito que pude tocar sua mão fria e molhada. Em seguida, apoiei a tampa da garrafa na borda de metal do balcão e puxei para baixo rapidamente. A tampinha dobrou e saiu, depois tilintou no chão. Estendi a garrafa para ele.

— Toma.

— Obrigado. — Ele ficou olhando para a garrafa, e depois para mim. — Está vendo aquela garota ali? — Ele apontou para uma menina da minha idade com cabelo curto e escuro, de legging listrada.

— Estou.

— Daqui a vinte minutos, ela vai vir aqui perguntar no que estou trabalhando para a minha exposição. Não quero dizer a ela.

— Então não diga.

Como se na hora certa, a menina viu Kevin e veio. Foi a primeira vez que vi de camarote como ele era uma pessoa carismática, e não seria a última.

— Seria melhor se ela não perguntasse. Minhas pinturas são secretas antes de uma exposição. Se eu disser, ela vai se apoderar. A alma dela vai se apoderar das minhas obras. Não consigo explicar. — A cozinha estava lotada, o que retardava o avanço das pernas listradas e nos forçava a nos aproximar e a sussurrar.

— Já entendi — respondi. Eu teria aceitado qualquer coisa que ele dissesse naquele momento. Eu teria afirmado entender de mecânica quântica se ele me explicasse. — Elas ainda não nasceram — continuei. — Se ela as vir enquanto estão sendo feitas, vai conhecê-las como filhos. Por dentro.

— Meu Deus, você me entende.

Eu não tinha uma resposta rápida. Eu queria entendê-lo. Queria entender tudo o que ele dizia daquele momento em diante. Ele tocou meu queixo.

— Se eu beijar você, ela vai virar e ir embora.

Em retrospecto, essa foi a pior cantada que ele poderia ter dado. Ele se saiu muito melhor no ano seguinte. Mas, na festa, a palavra "beijo" sussurrada de seus lábios lindos era tudo o que eu precisava. Coloquei a mão em seu ombro, e ele escorregou uma ao redor da minha cintura. Nossos lábios se encontraram, e eu segurei um gemido de prazer. Eu só tinha estado com Darren, e o amava. Eu sempre o amaria, mas beijar aquele rapaz, daquele jeito, com seu sabor de malte e chocolate, revelou sensações físicas que eu não sabia que poderiam ser provocadas por um beijo. Senti todos os poros de sua língua, cada curva de seus lábios. O mundo desligou e minha identidade tornou-se um brilho de desejo sexual.

Fui para casa mal conseguindo andar de tanto que eu o queria, e assim terminei de vez com Darren no dia seguinte. Se desejo fosse isso, eu precisava de mais. Eu me senti desperta, viva, não apenas sensual, mas sexual. Pensamentos dele me infectaram até que eu o vi novamente e nós caímos na cama, fodendo como animais selvagens.

Quando finalmente me afastei dele, choramingando, percebi que havia deixado minha sexualidade me controlar e me manipular através de Kevin. Ele pegou minha música e a esmagou sob o peso de seu próprio talento. Ele ignorava o que eu criava, desprezava, degenerava, até que, no prazo de três meses, eu não conseguia cantar sequer uma palavra, e qualquer instrumento que eu pegava acabava apenas espancado. Nunca me senti tão criativamente morta e tão sexualmente viva.

Quando tive a força de me afastar dele, jurei que nunca mais me aproximaria.

Fechei meu armário com força, pensando sobre aqueles assentos no jogo dos Dodgers na linha da primeira base. Uma empresa compra camarote. Um verdadeiro fã compra ingressos no nível do campo; os luxos que se danem. Eu nunca tinha visto um jogo daquele ângulo.

Debbie entrou no vestiário, tagarelando, flertando e batendo as portas dos armários e distribuindo nossos envelopes de gorjeta.

— Uma boa noite para todos — ela disse e, em seguida, se aproximou de mim. — Alguém está esperando por você na saída da frente. Se quiser evitá-lo, saia pelo estacionamento, mas seja simpática. Ele é um amigo do hotel.

— Posso perguntar uma coisa?

— Rápido, tenho que fechar os caixas.

— Quantas bebidas ele tomou? — perguntei com a voz mais baixa que consegui.

Debbie sorriu como se eu tivesse feito a pergunta mais certa possível.

— Duas. Ele mama devagar como um bebê.

— Eu sei que você não me conhece tão bem ainda, mas... sair pela frente seria um erro?

— Só se você levar isso muito a sério.

— Obrigada.

Debbie saiu para distribuir o resto dos envelopes.

Suas palavras tinham sido um alívio, na verdade. Tornava os limites muito mais distintos. Eu poderia sair, ficar perto dele e sentir a química do sexo entre nós, mas tinha que ter cuidado em ir para a cama. Aviso justo.

Jonathan Drazen estava no saguão, falando com Sam, rindo como um velho amigo. Eu não ia me aproximar dele com o meu chefe ali do lado. Sam parecia ser um cara legal, levando em conta os quinze minutos que tínhamos conversado. Com seu cabelo branco e corpo magro, ele parecia um apresentador de telejornal e tinha uma atitude de quem não brinca em serviço. Empurrei as portas giratórias, descobrindo que o destino havia dado uma mãozinha em decidir se eu deveria ir ver Drazen fora de um bar de cobertura ou não.

Eu havia dado três passos para a noite quente quando o ouvi chamar meu nome.

— Você está me perseguindo? — perguntei, diminuindo o passo na direção do estacionamento.

— Só queria companhia para caminhar até o meu carro.

Andamos pela Flower Street, o caminho mais comprido até o estacionamento subterrâneo. Qualquer pessoa normal teria ido por dentro do hotel.

— Como você conhece o Sam? — perguntei.

— Ele me apresentou para a minha ex-mulher, fato que eu tento não usar contra ele.

— Você é engraçadinho — eu disse. — Sempre foi azul?

Ele inclinou a cabeça alguns graus.

— Fã dos Dodgers — expliquei. — Eu acharia que você estava mais para fã dos Angels.

— Ah. Porque eu tenho dinheiro?

— Mais ou menos.

— Gosto um pouco do submundo — ele disse, e aquele sorriso podia iluminar a noite.

— É por isso que você veio me encontrar depois do trabalho? — perguntei, virando para a entrada do estacionamento.

— Mais ou menos.

Ele me deixou ir na frente pela passagem subterrânea, e eu senti seus olhos em mim enquanto eu caminhava. Não foi uma sensação desconfortável. Quando chegamos à base da rampa, paramos. Eu estacionava no piso dos funcionários e o carro dele estava na seção de manobristas. Estendi a mão para um aceno de adeus.

— Foi um prazer falar com você — disse eu.

— Igualmente.

Ficamos de frente um para o outro, caminhando de costas, em direções opostas.

— Nos vemos por aí — eu disse.

— Beleza. — Ele acenou, alto e bonito no piso plano claro e cinza do estacionamento.

— Se cuida.

— O que tenho que dizer?

— Você tem que dizer por favor — respondi.

— Por favor.

— Aonde você acha que vai me levar?

— Vamos lá. Mande uma mensagem para alguma amiga e fale com quem você está, caso eu seja um assassino psicopata.

A madrugada garantiu uma viagem sem trânsito até o lado oeste da cidade. Entrei em seu Mercedes conversível pensando que a maioria dos assassinos não dirigia com a capota aberta onde todos pudessem ver, então só deixei o vento chicotear meu cabelo e transformá-lo em um ninho de pássaro. Jonathan dirigia com uma só mão, e, enquanto eu observava o movimento de seus dedos mexendo e deslizando sobre a parte de baixo do volante, os pelos no dorso deles, o pulso forte, eu imaginava aquela mão em mim. Agarrei o assento de couro, tentando manter minha mente focada em alguma coisa, em qualquer outra coisa, mas o próprio couro parecia estar roçando atrás das minhas coxas do jeito errado.

— Então, você pega muitas garçonetes?

Ele sorriu e lançou um olhar para mim. O vento também estava fazendo loucuras no cabelo dele, mas o fazia parecer sexy. Já quanto a mim, eu tinha certeza de que parecia a Medusa.

— Só as muito atraentes.

— Acho que deveria entender isso como um elogio.

— Deveria, definitivamente.

— Eu não vou dormir com você...

— Você mencionou isso.

Talvez os rumores fossem verdadeiros, e ele fosse um mulherengo de marca maior. Bem, eu já tinha avisado que sexo estava fora de questão, então ele poderia ser mulherengo até cansar. Eu não estava nem aí. Eu era guiada pela curiosidade. Quem era esse cara? Como era ser ele? Não importava, afirmei para mim mesma, porque, mais uma vez, eu não tinha tempo para corações partidos.

— Qual é o seu instrumento, Monica? Você disse que tinha uma banda.

— Minha voz, na maioria das vezes — falei. — Mas eu toco de tudo. Piano, violão, viola. Aprendi a tocar teremim no ano passado.

— O que é isso?

— Ah, é lindo. A gente não encosta nele para trocar. Há um sinal elétrico entre duas antenas, e você move as mãos entre elas para criar um som. É a coisa mais assustadora que você já ouviu.

— Você toca sem encostar?

— Sim, você apenas move as mãos dentro dele. Como uma dança.

— Esse eu tenho que ver.

Quando ele inclinou a cabeça na minha direção, eu pensei: ah, não. Ele quer que eu toque para ele. Não ia rolar nunca. Por alguma razão, a ideia de esse cara me ver cantar ou tocar me fazia sentir vulnerável, e eu não estava nem um pouco a fim.

— Você pode assistir às pessoas tocando no YouTube.

— Verdade. Mas eu quero ver *você* tocar.

Eu não sabia aonde estávamos indo, por isso não sabia se o trajeto ainda seria longo. Eu queria eliminar esse assunto antes de falar alguma coisa que lhe desse algum controle sobre mim. Eu tinha que me lembrar de que ele era o amigo do meu novo chefe, e eu realmente gostava de trabalhar na Stock.

— O que você faz além de ser dono de hotéis e de pegar garçonetes muito atraentes?

— Sou dono de muitas coisas, e todas precisam de atenção.

Ele estacionou o carro na beira da estrada. Estávamos na parte mais seca de Mulholland, a parte que parecia um parque desolado em vez de contar com os imóveis mais caros no Condado de Los Angeles. Um *guardrail* baixo separava o carro de uma queda vertiginosa até o vale e suas luzes cintilantes de sábado à noite.

— Vamos dar uma olhada — disse ele, puxando o freio de mão.

Saí, grata pela oportunidade de descruzar as pernas, e bati a porta atrás de mim. Caminhei em direção à borda com vista para a cidade. Meus saltos ficavam batendo em pequenas valas de pedras, mas eu fingia que não. Eram confortáveis, mas não eram botas de caminhada. Fiquei perto do *guardrail*, apoiando-me nele com os joelhos. Eu o senti atrás de mim, fechando a porta dele e balançando as chaves. Eu já tinha estado em lugares assim antes. Havia milhares deles por toda a cidade, que era cercada por colinas e montanhas. Fazia muito tempo, antes mesmo de eu ter até beijado Darren, eu tinha passado por um lugar semelhante para dar uns pegas no banco de trás do Nissan de Peter Dunbar. E depois do baile de formatura, eu tinha bebido demais e feito amor com Darren atrás de uma árvore.

— Você mora por aqui? — perguntei.

— Eu moro em Griffith Park. — Ele deu um passo atrás de mim. — Aquelas luzes brilhantes são Universal City. À direita, aquela parte preta é o reservatório de Hollywood. — Eu podia sentir sua respiração na minha nuca. — Toluca Lake fica à esquerda. — Ele pôs as mãos no meu pescoço, onde todos os nervos do meu corpo agora estavam localizados, seguindo seu toque à medida que ele me acariciava, como se fosse as lousinhas mágicas que eu brincava enquanto criança. Quando a caneta se movia, o aglomerado de ímãs se juntava, e eu virei o pescoço para sentir mais dele. — O resto — disse ele — é o inferno na terra. Não recomendo.

Ele me beijou na base do pescoço. Seus lábios eram cheios e macios. A língua traçou uma linha pelo meu ombro. Perdi o fôlego. Eu não tinha nem uma palavra a dizer, mesmo quando senti sua ereção contra as minhas costas e as mãos se moverem sobre a minha barriga, apalpando-me através da roupa. Deus, eu não era tocada assim fazia tanto tempo... Quando foi que decidi que os homens davam trabalho demais? Fazia um ano e meio desde que eu tinha me livrado de Kevin como se ele fosse um casaco quente demais? Nem conseguia saber. Os lábios de Drazen eram mais do que lábios; eram minha memória física de quando me livrei do sexo para perseguir a carreira musical.

Torci o corpo, meus lábios à procura dos seus, minha boca aberta para ele como a dele estava para mim. Nós nos encontramos ali, línguas entrelaçando-se, seu peito nas minhas costas, as mãos dele movendo-se dentro da minha blusa, brincando com meus mamilos.

Gemi e me virei de frente. Ele me empurrou de encontro ao carro. O volume duro entre suas pernas parecia enorme na minha coxa. Ele desceu a mão e afastou minhas pernas, segurando firme o suficiente para pressionar o jeans na minha pele. Ele me olhou, e a intensidade do desejo em seus olhos era quase intimidante, mas eu já havia abandonado a razão há muito tempo. Fazia quilômetros. O pensamento de dizer: "Não, chega, eu preciso dormir para amanhã estar descansada e poder ensaiar" nem sequer me ocorreu. Ele pressionou os quadris entre as minhas pernas e me beijou de novo. Eu tinha fome dele. Uma bola incandescente, branca de calor, cresceu abaixo dos meus quadris. Continuamos nos beijando e nos esfregando, mãos por todo lado. Belisquei seu mamilo através da camisa e ele perdeu o fôlego, mordendo meu pescoço. Eu odiava minhas roupas. Odiava cada camada de tecido entre mim e o pau dele. Eu queria sentir sua pele suando na minha, seu pau rígido e quente, suas mãos nos meus seios. Eu queria que aqueles impulsos duros e secos fossem reais e escorregadios, deslizando dentro de mim.

A explosão de uma sirene machucou meus ouvidos. Quase engasguei com minha própria saliva. Jonathan olhou para o carro da polícia e a tensão no pescoço dele foi a última coisa que vi antes de a luz ficar forte demais para enxergar algo. Abaixei as pernas, e, quando ele saiu de mim, estendeu a mão para me ajudar a descer do capô.

— Bom dia — veio uma voz por trás da luz, do lado do motorista. A porta do passageiro se abriu e uma policial desceu.

— Bom dia — Jonathan e eu respondemos como duas crianças para a professora da terceira série. Ele enlaçou os dedos nos meus. A policial mirou a lanterna na minha cara, e eu me encolhi.

— Está tudo bem, moça?

— Está.

— Pode se afastar do cavalheiro, por favor? Venha na minha direção.

Eu fui, mãos à mostra, para ela saber que eu não iria pegar nada. A policial me levou para onde não poderíamos ser ouvidas.

— Você conhece esse cara? — ela questionou, brilhando uma luz nas minhas pupilas para ver se eu estava sob o efeito de algo mais forte do que feromônios.

— Conheço.

— Está aqui por vontade própria?

— Estou.

— Isso foi bem sensual. — Ela apagou a lanterninha. — Da próxima vez, arranjem um quarto, tá bom?

Capítulo cinco

As coisas esfriaram a caminho de casa. Fiquei com as pernas cruzadas e sua mão se manteve sobre o câmbio. Quando contei para Jonathan que a policial falou que devíamos arranjar um quarto, ele riu.

— Se ao menos ela soubesse com quem estava falando — disse ele. Após alguns segundos, ele parou num semáforo e se virou para mim. — Então, o que acontece com você dizendo que não ia dormir comigo e, em seguida, se esfregando no meu pau no capô do meu carro?

Fiquei um pouco irritada com a pergunta, porque foi ele que me levou lá e começou a beijar meu pescoço, mas eu também não podia fingir que não era igualmente responsável pelo calor bruto daquela cena.

— Eu só... — Tive que parar e pensar. O farol abriu, e, quando ele virou a cabeça de volta para a rua, eu senti como se pudesse falar. — Tenho coisas para fazer. Não posso ficar fodendo a noite toda porque estraga a minha voz. Não consigo pensar em um homem, em homem nenhum (não é nada pessoal), quando eu deveria estar compondo músicas. Encontrar noites suficientes para compor, entre shows e trabalho, é bastante difícil sem ter que achar tempo para encaixar um namorado. Então, quer dizer, eu tive que desistir de uma coisa na vida e foram os homens.

Ele assentiu e eu pensei sobre isso. Ele esfregou o queixo, que tinha um pouco de barba nascendo. Meu pescoço se lembrava dele com muito carinho.

— Eu entendo.

— Então, me desculpe por encorajar você. Foi um descuido da minha parte.

Seu riso foi alto e inadequado, considerando o que eu tinha acabado de dizer, mas ele não parecia envergonhado.

— O que é tão engraçado? — perguntei.

— Você está usando todas as minhas melhores falas.

— Não quis roubar seu poder.

— Não tem problema. Gostei de ouvir.

Eu me inclinei para trás e vi a paisagem mudar dos arbustos retorcidos de Mulholland para a extensão da rodovia 101. Como fui acabar naquele carro, às quatro da manhã, com um mulherengo famoso? Sim, ele era lindo e atraente e sabia de todos os lugares certos e as maneiras de me tocar, mas fala sério? O quanto eu tinha que ser estúpida para entrar nessa? Quantas mulheres tinham caído nessa roubada? E eu ia ser mais uma na fila?

O vento tornava difícil falar, até que, algum tempo depois, ele entrou no centro da cidade.

— Por que você sai comendo todo mundo por aí? — perguntei.

— O que você quer dizer?

— Todas as mulheres. Você tem uma certa reputação.

— Tenho? — Ele sorriu, sem me olhar enquanto dirigia.

— E isso não te espantou?

— Eu me garanto. Confio nos meus instintos e na minha determinação. Você me deixou curiosa, só isso.

Ele encolheu os ombros.

— Qual você acha que sua reputação é?

— Eu não tenho.

— É claro que tem. Todo mundo tem. Quando as pessoas falam sobre Monica, o que elas dizem, além de que ela é linda?

Deixei o elogio passar batido. Vindo de alguém que quase encontrou o caminho para dentro das minhas calças, não significava muito.

— Acho que dizem que eu sou ambiciosa. Espero que digam que tenho talento. Meu amigo Darren diria que sou fria.

— Ele também tentou levar você para a cama?

— Cala a boca. — Ele olhou para mim e sorrimos um para o outro. — Fiquei com ele por seis anos e meio, então ele não teve que tentar muito.

— Foi uma separação difícil? — Ele parou num semáforo e virou seu olhar para mim, pronto para me oferecer compreensão ou palavras de sabedoria.

— Não. Foi a coisa mais fácil que já fizemos. — Eu não conseguia saber o que ele estava pensando, a contar pela forma como olhava para mim, mas ele ficou sério, drenando todo o flerte de seu tom.

— Fácil para *você*?

— Para os dois. Já estava morrendo há muito tempo.

Ele olhou pela janela, esfregando os lábios com as pontas de dois dedos.

— Você quer dizer alguma coisa que não está dizendo — sugeri. — Não quero ser sua namorada, então a honestidade não vai voltar e te morder na bunda.

A Stock e meu carro estavam a um quarteirão dali. Ele parou na beira da calçada, colocou a Mercedes em ponto morto, mas não desligou a chave.

— Você realmente quer saber?

— Quero.

— Por quê?

— Porque você me deixa curiosa.

Ele sorriu.

— Minha esposa e eu ficamos casados pelo mesmo tempo. Não foi fácil. — Ele esfregou o volante, e percebi que ele arrependia de ter respondido até mesmo a primeira parte da pergunta. Era tarde demais para eu desistir agora, então esperei. Ele disse: — Ela foi embora e levou tudo com ela.

— Eu não entendo. Você está falido?

Ele colocou o carro na primeira e se virou para mim.

— Ela não levou um tostão, mas levou tudo o que *importava*.

Fiquei triste, mas depois me achei idiota por sentir qualquer tipo de empatia. Eu queria segurar a mão dele e dizer que ele iria superar um dia, mas nada poderia ter sido menos apropriado.

— Estou meio que com fome — falei. — Tem um negócio de food truck entre a First e a Olive. Em um estacionamento. Você pode vir se quiser.

— São quatro da manhã.

— Então não venha. Você decide.

— Você é uma cliente difícil. Alguém já te disse isso?

Dei de ombros. Eu realmente estava com fome, e nada parecia melhor do que uma comida coreana naquele exato momento.

Jonathan estava certo ao mencionar a hora. Quatro da manhã era bem tarde, como evidenciado pelo fato de que ele encontrou uma vaga para estacionar a meio quarteirão de distância. Entramos no estacionamento, contra o tráfego de pessoas na casa dos vinte ou trinta anos, que rareava, um terço mais sóbrios do que estavam quando chegaram ali, carregando comida embrulhada em papel ou balançando-a em embalagens ecológicas. O estacionamento era mais ou menos pequeno, já que estava localizado no centro da cidade e não em frente a um supermercado Costco. Os únicos veículos estacionados formavam uma fileira acompanhando a cerca de arame, trucks de cores vivas, exalando aromas deliciosos de todo o mundo. Meu truck de comida coreana estava ali, assim como um de pipoca gourmet, um de queijo artesanal grelhado, bolinhos de lagosta, sorvete, sushi e churrasco mongol. O lixo da noite salpicava o asfalto, branco ofuscante por causa dos holofotes impetuosos trazidos pelos proprietários dos carros. Os pontos de food trucks eram informais e reunidos à base de tuítes e rumores. Cada carro trazia suas próprias mesas e cadeiras, balde de lixo e iluminação. Os clientes vinham entre meia-noite e sei lá que hora.

Passei os olhos pelo estacionamento para ver se tinha alguém que eu conhecia; ao mesmo tempo querendo falar "oi" para alguém e desejando que Jonathan e eu pudéssemos ficar sozinhos.

— Meu truck de comida coreana é ali.

— Eu vou para a Coreia na semana que vem. A última que preciso é enjoar da comida deles. Já comeu Tacos do Tipo?

— Tacos? Sério?

— Vamos lá. — Ele pegou minha mão e me puxou para o truck de tacos. — Você não é vegetariana nem nada, certo?

— Não.

— *Hola* — ele disse para o cara da janela, que parecia ter a minha idade ou menos, com um sorriso largo e um bigodinho. — *Que tal?* — ele continuou. Basicamente meu espanhol acabava aí, mas não o do Jonathan. Ele começou a falar um monte de coisas, a fazer perguntas e, se o riso entre ele e o cara de bigodinho fosse alguma indicação, a fazer *brincadeiras* com fluência. Se eu tivesse fechado os olhos, iria pensar que era uma pessoa diferente.

— Você fala espanhol? — perguntei.

— Eu moro em Los Angeles — Jonathan respondeu como se sua resposta fosse a mais óbvia do mundo.

— Você não fala? — perguntou Bigodinho.

— Não.

Ele disse algo para Jonathan, e houve mais conversa, o que me fez sentir deixada de fora. Obviamente, eles estavam falando sobre mim.

— Ele quer saber se você é tão inteligente como é linda — disse Jonathan.

— O que você disse pra ele?

— As perspectivas são boas, mas preciso de tempo para te conhecer melhor.

— Em algum lugar nessa conversa, você pediu para mim um *pastor*?

— Só um?

— Sim. Apenas um.

— Eles são pequenos. — Ele fez um círculo com as mãos, sorrindo como uma vovó falando para a neta dela sobre ser magra demais.

Apertei a cintura dele e não havia muito para apertar. Era dura e firme.

— Um — falei, tentando esquecer que eu o tinha tocado.

Nós nos sentamos em uma mesa comprida. Alguns trucks já estavam encerrando as atividades naquela noite. Havia uma sensação de tranquilidade e de fim, a sensação de que ele e eu tínhamos superado o pessoal noturno e os festeiros de carteirinha. Terminei meu taco em três mordidas... e me virei, apoiando as costas na mesa e esticando as pernas.

Ele tomou um gole de sua água e tocou meu bíceps com o polegar.

— Sem tatuagens?

— Não. Por quê?

— Não sei. Vinte e poucos anos. Banda. Mora em Echo Park. Você precisa de tatuagens e piercings para entrar naquele clube.

Balancei a cabeça.

— Eu fui algumas vezes, mas não consegui me comprometer com nada. Minha melhor amiga Gabby tem algumas. Fui uma vez com ela, e não consegui decidir qual fazer. E, de qualquer forma, teria sido estranho.

— Por quê? — Ele estava cuidando do seu último taco, então achei que eu é que deveria conduzir a conversa até ele terminar.

— Ela ia fazer uma que era importante. No interior do pulso, ela tem as palavras *Nunca mais* sobre as cicatrizes que ela fez quando se cortou. Eu não podia diminuir a importância disso fazendo alguma tatuagem idiota em mim.

Ele comeu o último pedaço e fez uma bolinha com o guardanapo.

— O que aconteceu que a fez tentar cometer suicídio?

— Não temos ideia. Nem ela sabe. Apenas a vida. — Eu queria dizer que tinha ficado com ela no hospital e que eu cuidava dela, mas achei que já tinha revelado coisas pesadas o suficiente. — Mas eu tenho um piercing.

Quer ver?

— Posso ver suas orelhas daqui.

Levantei a camisa para mostrar meu piercing no umbigo com o pequeno diamante falso.

— Sim, doeu.

— Ah — disse ele. — Bonitinho.

Ele tocou e, em seguida, abriu os dedos sobre a minha barriga.

Seu mindinho roçou no cós do meu jeans, e eu dei um suspiro profundo. Ele me puxou um pouco pela cintura, e eu fui em frente, beijando-o com vontade. Sua barba arranhou meus lábios, e a língua tinha o gosto da água que ele acabara de beber. Coloquei as mãos em suas bochechas e entrelacei os dedos no cabelo.

Era doce, era a perdição e era inútil, mas já era tarde, e ele era bonito e engraçado. Eu podia não ter interesse em ter um namorado, mas não era feita de pedra.

Quando Bigodinho teve que guardar a mesa, tivemos que admitir que era hora de ir. O céu tinha mudado de azul-marinho para ciano, e o ar se aquecia com o aparecimento do primeiro arco do sol.

Chegamos ao carro antes que ele tivesse que pagar o parquímetro. Não dissemos nada enquanto ele parava no estacionamento da Stock e descia dois pisos até meu Honda solitário, na parte dos funcionários. Abri a porta com um *claque* que ecoou no espaço vazio do subsolo.

— Obrigado — disse ele. — Provavelmente vejo você no hotel um dia desses.

— Podemos fingir que isso nunca aconteceu.

— Você decide. — Ele tocou minha bochecha com a ponta dos dedos, e eu senti como se um cabo elétrico no meu corpo tivesse sido ligado. — Eu não me importaria de terminar o trabalho.

— Não vamos prometer nada um para o outro.

— Tudo bem. Sem promessas — ele disse.

— Sem mentiras — respondi.

— Nos vemos por aí.

Nos separamos sem um beijo de despedida.

Gabby e eu morávamos na casa onde eu cresci, que ficava na segunda colina mais íngreme de Los Angeles. Quando meus pais se mudaram, me deixaram viver na casa com um aluguel que equivalia ao IPTU, mais as contas básicas. Eu tinha certeza de que nunca precisaria me mudar. Tinha dois quartos e um quintal pequeno. A casa era um pedaço inútil de lixo em um bairro ruim quando eles a compraram na década de 1980. Agora, tinha um cardiologista a oeste e uma escola Montessori convertida, com uma mensalidade de $1.800 dólares, do lado leste.

Na noite em que Jonathan Drazen me levou até Mulholland Drive, encontrei Darren dormindo no meu sofá. Tínhamos entrado em um acordo de não deixar a Gabby sozinha até sabermos que ela estava bem, e ela não tinha melhorado depois de semanas tomando remédios. A primeira luz azul da manhã entrava pelas cortinas, então eu enxergava bem o suficiente para dar a volta na caixa de pizza que ele havia deixado no chão e entrar no banheiro.

Me olhei no espelho. O conversível tinha feito miséria com o meu cabelo, e minha maquiagem já era, provavelmente espalhada em todo o rosto de Jonathan Drazen.

Ainda sentia seu toque: seus lábios no meu pescoço, as mãos sentindo meus seios através da camisa. Meus dedos traçavam onde os dele tinham passado antes, e minhas partes baixas estavam como um fruto maduro. Enfiei a mão na calça jeans, um joelho sobre o vaso sanitário e gozei tão rápido e forte sob as feias luzes fluorescentes que minhas costas arquearam e eu gemi com meu próprio toque. Foi uma perda de tempo. Eu continuava querendo-o depois que gozei tanto como queria antes.

Meu Deus, pensei, como fui fazer isso comigo? No que eu me transformei?

Eu precisava nunca mais vê-lo novamente. Não precisava de seus lábios nem de suas mãos firmes. Se eu precisasse tomar conta das necessidades do meu corpo, poderia encontrar um homem com muita facilidade. Eu não precisava de um tão zangado com a ex-mulher que me faria me apaixonar por ele antes de pedir desculpas por ter me dado esperanças. Ele queria magoar as mulheres, e nada congelava meus sucos criativos como a dor de cabeça. Não, decidi, ao voltar para a cozinha, ninguém além de Jonathan.

Darren já estava fazendo café.

— Onde você estava? — ele perguntou. — Já são seis e meia da manhã.

— Dirigindo por toda a zona oeste com não-vou-dizer-quem.

— Senhor Encantador? — ele disse sem ciúme nem provocação.

— Esse mesmo.

— Ele é legal com você?

— Ele quer dormir comigo, então é difícil dizer se está sendo bom ou manipulador — respondi. — Como está a Gabby?

— Igual. — Ele tirou duas xícaras e uma caixa quase vazia de leite A. — Ela fica volátil e depois parece morta-viva. Ela começou a tremer, porque não ia tocar ontem à noite. Oportunidade perdida e tudo mais. Depois ela ficou balançando para frente e para trás por meia hora.

— Você a sentou no piano?

— Sim, isso funcionou. Precisamos que algo aconteça com ela.

— Ela ainda vai continuar sendo quem é — disse eu. — Ela poderia tocar no Staples Center, e continuaria assim.

— Mas ela poderia pagar pelo tratamento, pelos medicamentos certos, talvez fazer terapia. Alguma coisa. — Eu assenti. Ele estava certo. Eles eram desencorajados pela pobreza. — E o Vinny? Não ouvi merda nenhuma sobre aquele cara. Tentei ligar, mas a caixa postal dele está cheia. — Ele estava perdendo as estribeiras, de pé com uma xícara de café na mão.

— Temos mais seis meses no nosso contrato com ele e estamos fora.

— Ela não tem seis meses, Mô.

— Tá, eu entendi. — Segurei-o pelo bíceps e o olhei nos olhos.

— Ela está como da última vez, quando você a encontrou. Eu não quero...

— Darren! Para!

Mas era tarde demais. O estresse da noite tinha mexido com ele. Ele piscou forte, e lágrimas pingaram em suas faces. Coloquei meus braços ao seu redor, e nos abraçamos no meio da cozinha até a cafeteira apitar. Ele limpou os olhos com a manga da camisa, ainda segurando a xícara vazia.

— Vou trabalhar na loja de música hoje de manhã. Você vai ficar com ela até o ensaio?

— Vou.

— Posso tomar banho aqui? Meu aquecedor de água está zoado.

— À vontade. Só pendure a toalha.

Ele saiu da cozinha a passos largos, e eu fui deixada ali com nossa pia que pingava e nosso chão imundo. Tinha goteira no teto, e a fundação estava trincada por causa do último terremoto. Tinha sido bom sentar na Mercedes e sair rodando por aí com alguém que nunca passou um minuto angustiado por causa de dinheiro. Tinha sido bom não me preocupar com nada além de prazer físico e o que fazer com ele, por algumas horas. Muito bom.

O laptop do Darren estava na mesa da cozinha, ligado em alguma coisa de Pro Tools, que ele provavelmente não tinha tido a oportunidade de tocar, enquanto cuidava da Gabby. Servi meu café, deslizei em uma cadeira e abri o navegador da internet. Usávamos o wi-fi da escola Montessori durante as horas em que estava fechada, então eu olhei meu e-mail. Lembrei da minha conversa com Jonathan sobre a ex-mulher, e fiz uma pesquisa por ela: Jessica Carnes.

Achei um conjunto de fotos diferente das que Darren tinha nos mostrado outro dia. Jessica era uma artista abstrata e conceitual.

Pesquisando no Google Images, encontrei um tesouro de fotos da artista e de sua arte, de que, a despeito de Kevin ter me ensinado o vocabulário das artes visuais, eu não entendia nada.

Jessica tinha longos cabelos loiros e uma pele marfim de menina. Ela poderia ter usado um pouquinho de maquiagem e talvez uns bobes. Calçava sapatilhas bonitas, mas sapatilhas, apesar de tudo. Suas saias eram longas e seus modos, discretos. Ela era o meu exato oposto. Eu tinha longos cabelos castanhos e olhos negros. Eu usava maquiagem, jeans apertados, saias curtas e saltos mais altos do que deveria. E preto. Eu usava muito preto, algo que nunca tinha chamado minha atenção, até ter visto Jessica em todos os cremes, beges e tons pastéis da paleta.

Na página três, me deparei com uma foto do casamento. Abri.

A página tinha sido construída pelo agente dela e mostrava uma extravagância à beira-mar, do tipo que eu só poderia aspirar, sendo uma garçonete. Rolei mais a página, procurando pelo rosto dele. Eu o encontrei aqui e ali com pessoas que eu não conhecia, ou ao lado da noiva. Uma foto na parte de baixo me fez parar. Soltei um suspiro como se o ar tivesse sido arrancado dos meus pulmões por uma força externa. Jessica e Jonathan estavam juntos, separados das multidões. Três quartos das costas dela estavam visíveis para a câmera, e ele estava de frente para Jessica. Ele estava falando, seus olhos alegres, felizes, seu rosto era um livro aberto sobre o amor. Ele parecia um homem diferente com a ponta de seus dedos apoiada na clavícula de Jessica. Eu sabia exatamente qual era a sensação daquele toque, e tive ciúmes daquela clavícula o suficiente para fechar o laptop no mesmo instante.

implore. excite. submeta.

Capítulo seis

Bati o pé. O estúdio era pago por hora e não era barato. Apesar disso, Gabby e eu éramos as únicas ali. Ela estava no piano, claro, dedilhando as teclas com seu brilhantismo habitual, mas era apenas terapia, não ensaio de verdade. A bateria do Darren levou vinte minutos para ser arrumada. O bate-papo e as desculpas levariam mais quinze minutos, e ainda tive que praticar algumas vocalizações para o show solo no Frontage daquela noite.

Eu estava sentada em um banco de madeira de frente para o vidro que separava o estúdio da sala de controle. O espaço cheirava a cigarros e suor. O isolamento acústico nas paredes e no teto era de espuma, porosa por necessidade, e, portanto, encerrava ali dentro os germes e o odor. Embora eu pensasse que tinha me livrado daquele fogo causado por Jonathan, eu acordei com ele ainda, e uma boa massagem e o corpo arqueado dentro do chuveiro não tinham feito nada para dissipar a sensação em mim. Eu precisava ir trabalhar. Deixar esse cara mexer comigo já era contraproducente do jeito que estava.

Eu sussurrei:

— I've got you, under my skin.[1] — Então cantei: — *I've got you deep in the heart of me. So deep in my heart that you're really a part of me.[2]*

Não. Mas sim. Era uma boa música. Só faltava complementar com o que eu realmente sentia: frustração e raiva. Então cantei o último verso do refrão, *I've got you, under my skin*, sem o vocal rasgado, mas um lamento de desejo, acusatório.

— Espere — disse Gabby. Ela levou um segundo para encontrar a melodia, e eu cantei o refrão do jeito que eu queria que ela acompanhasse.

— Uau, não é assim que o Sinatra faz — ela disse.

---

[1] Em tradução livre, "Tenho você na minha pele". É uma canção composta por Cole Porter, interpretada por Frank Sinatra pela primeira vez em 1946. (N.T.)

[2] "Tenho você bem fundo dentro de mim. Dentro do meu coração de tal forma, que você é realmente uma parte de mim."

— Faça no estilo *lounge*, como se a gente estivesse tentando seduzir alguém. — Mostrei um ritmo mais lento, e ela o pegou. — Isso, Gabs. É isso.

Eu me levantei e peguei o resto da canção, me apossando dela, cantando como se a intromissão fosse inaceitável, como se insetos rastejassem dentro de mim, porque eu não queria ninguém fazendo isso com a minha pele. Eu queria ser deixada em paz para fazer o meu trabalho.

Teria sido legal ter os rapazes ali para gravar e depois eu poder ouvir, mas eu sabia que estava chegando a algum lugar. O salãozinho no Frontage era pequeno, então eu precisava de menos raiva e mais desconforto. Mais tristeza. Mais decepção em mim mesma para fazer a música acontecer, implorando para a dor passar. Se eu conseguisse encontrar o ponto certo, talvez realmente fosse gostar de cantar alguns clássicos em um restaurante. Ou poderia ser despedida por alterá-los. Não havia maneira de saber.

Comecei de novo. Na primeira vez que cantei a palavra "skin", senti as mãos de Jonathan em mim e não resisti ao prazer e ao calor. Fui cantando, perdida nessas sensações, e, à medida que Gabby acompanhava, ela colocava sua própria tristeza na música. Eu sentia. Agora a música era minha.

Meu telefone tocou: Darren.

— Cadê você, porra? — atendi.

— Harry acabou de me ligar. A mãe dele está doente no Arizona. Ele está fora. Pra sempre.

Eu teria dito algo como, *sem baixista, sem banda*, mas Gabby teria ouvido, e ela não estava preparada para nenhum tipo de frustração.

— E você não está aqui porque...?

Ele suspirou.

— Fiquei preso no trabalho. Chego aí em vinte minutos. Amanhã à noite, eu tenho um favor a pedir.

— É?

— Tenho um encontro. Você pode levá-la para casa depois do show e garantir que ela tome os remédios?

— Posso.

— Obrigado, Mô.

— Pode ir dar uma.

Desliguei o telefone e usei o resto do tempo para trabalhar na nossa apresentação.

O turno de quinta-feira à tarde na Stock foi lento, comparado aos padrões de sábado à noite. Eu ganhava menos dinheiro, mas a atmosfera era mais relaxada. Havia sempre um minuto para espairecer com a Debbie no balcão de serviço. Eu gostava dela mais e mais com o passar do tempo. Procurava manter os ares leves e as minhas energias elevadas. Mesmo que o show daquela noite não fosse com as minhas próprias composições, eu queria fazer um bom trabalho. Mas, depois da ligação de Darren e da dissolução pulverizante da banda, perdi minha inspiração. Só parecia Sinatra cantando à base de barbitúricos. Eu não sabia como encontrar aquele calor de novo.

Debbie desligou o telefone. Eu deslizei a comanda da mesa dez sobre o balcão. Robert agarrou o papel e serviu as minhas bebidas.

— Acho que ele gosta de você — Debbie falou, indicando o Robert. Ele era bonitão, com sua camiseta preta e as tatuagens de motivos celtas.

— Não faz meu tipo.

— Qual é o seu tipo?

Dei de ombros.

— Não existe.

— Entendi, bem, termine essa mesa e faça o seu intervalo. Você poderia ir até a sala do Sam e tirar uma cópia da próxima escala? — Ela me entregou um pedaço de papel com um calendário. Os funcionários ficavam esperando por ele a semana toda, já que a nossa seção e os nossos turnos determinavam não só o quanto a gente ia ganhar ao longo dos próximos sete dias, mas também os nossos planos sociais e familiares. E ali estava ela, me dando o papel duas horas mais cedo. Ela sorriu e deu uns tapinhas no meu braço antes de sair para cumprimentar três homens de terno.

Fui ao banheiro, me refresquei e depois fui para a sala do Sam.

Não era um lugar cálido e fabulosamente decorado como a sala do Jonathan no Hotel K. Era totalmente utilitária, com um piso de linóleo e armários com contornos metalizados. A copiadora ficava ali dentro, e eu coloquei a escala no vidro da máquina sem acender as luzes. As janelas deixavam entrar o suficiente da iluminação da tarde.

O sistema de economia de energia estava ligado, o que significava que a copiadora estava gelada. Cliquei em "Start" e esperei; só Deus sabia quanto tempo iria levar. Espichei o pescoço e murmurei uma melodia, depois sussurrei: *I've got you, under my skin. I've got you, deep in the heart of me. So deep in my heart...*

Levei um susto quando senti o perfume seco. Quando me virei, Jonathan estava na porta com os braços cruzados. Era a primeira vez que eu o via à luz do dia, e o sol o fazia parecer mais humano, mais substancial, mais presente e mais lindo, se é que isso era possível.

— Jonathan.

— Oi.

Percebi o lance da cópia da escala bem nessa hora.

— A Debbie me mandou aqui.

— Você não sabia que ela era uma alcoviteira?

— Você é muito persistente.

— Eu só ficava dizendo para mim mesmo que eu não queria, mas dissemos que não aceitaríamos mentiras, e acho que isso inclui mentir para mim mesmo. E quanto a você?

Eu não sabia o que dizer. Tive que afastar os pensamentos sobre ele por quase uma semana. Sempre que ele me vinha à mente, eu pensava sobre beisebol, progressões de acordes e em conseguir um novo agente. Então, tê-lo na minha frente era como abrir a porta de um armário e ver todo tipo de coisa cair na minha cabeça.

Dei um passo para a frente, e ele também. Estávamos nos braços um do outro em um segundo, bocas grudadas, línguas enroscadas. Ele estendeu a mão para trás e fechou a porta.

Certo, eu ia acabar com isso agora. Nós. Bem ali. Apenas encerrar para que eu pudesse seguir em frente. Ele me jogou em cima da mesa e eu abri as pernas, envolvendo-o pela cintura. Ele estava pressionando contra mim de novo, como no capô da Mercedes, um milhão de anos atrás.

Ele colocou a mão dentro da minha blusa, sobre minha barriga e até meus seios.

— Sim? — ele ofegou.

— Sim — sussurrei. — Sim para tudo.

— Sim — ele sussurrou no meu ouvido. Em seguida, empurrou meu sutiã para cima e apalpou meus seios, encontrando meus mamilos e friccionando-os com os dedos. Meus quadris levitaram da mesa, e eu fiz um barulho no fundo da garganta. Caramba, ele era bom. Muita prática.

Ele sabia exatamente o que fazer.

Ele olhou para o meu peito. Os mamilos endureceram pelo seu toque e o ar fresco.

— Meu Deus, Monica, você é magnífica.

Eu ri, porque ser admirada assim me deixava nervosa, mas ele me calou quando colocou a boca em um mamilo e os dedos no outro, pressionando e torcendo. Minhas pernas apertaram em torno dele, fazendo minha saia subir até a cintura.

Com apenas a calcinha entre mim e o seu jeans, ele parecia mais duro e mais persuasivo. Ele pressionava-se contra mim, e eu fluía no mesmo movimento, meus quadris acompanhando seu ritmo, eu agarrada a seu cabelo. Eu tinha quase gozado assim, eras atrás, com um cara no primeiro ano, de quem eu nem me lembrava agora, e parecia que estava prestes a acontecer de novo.

Como se lendo minha mente, ele se afastou. Sua respiração era ofegante quando ele olhou para mim, não como se estivesse me despindo com os olhos, mas como se estivesse fazendo planos para o corpo que via diante dele. Ele desceu as mãos pelos lados do meu corpo, levantou minha saia e enrolou-a na minha cintura. O fundo da minha calcinha, para a qual eu não tinha dado a mínima quando me vesti de manhã, era a única coisa entre mim e o mundo.

— Escuta — eu comecei —, não sei se o Sam concordaria com isso.

Ele colocou a pontas dos dedos na minha boca e eu fiquei quieta. Ele que explicasse para o Sam. Ele que me fizesse ser demitida. Abri os lábios e recebi seus dois dedos na minha boca, sugando até o fundo.

— Ah, Monica. — Foi tudo o que ele disse enquanto os tirava, devagar, e os colocava de volta no mesmo ritmo. Envolvi-os com a língua e chupei. Não muito forte, apenas o suficiente. Eu sabia que estava fazendo certo quando suas pálpebras se fecharam, só um pouco, e ele abriu a boca para algo entre um suspiro e um *ahh*. Ele os esfregou no meu lábio inferior, curvando-o para trás, e depois colocando-os de volta na minha boca. Peguei-os ansiosamente, sentindo a pele, sentindo seu hálito quente no meu rosto.

Ele tirou os dedos e recuou, afastando seu sexo do meu. De repente, me senti exposta e comecei a fechar as pernas, mas ele as segurou abertas. Busquei sua fivela, mas ele se afastou.

— Quero tocar você — eu disse.

— Ainda não.

— Estou ficando louca.

— Não, não está. Não o suficiente.

Com isso, ele afastou minha calcinha para o lado e colocou o dedo, que ele tinha acabado de tirar da minha boca, dentro das minhas dobras molhadas. Nós dois perdemos o fôlego. Logo ele deslizou dois dedos dentro de mim.

Lentamente.

— Oh, Deus — sussurrei.

Ele os deslizou ali sem uma palavra e colocou o polegar sobre a tirinha de algodão que cobria meu clitóris. Levemente. Quase sem tocar. Só o suficiente para eu saber que ele estava lá, e ele se inclinou para me beijar, passando a língua no mesmo ritmo em que a unha do polegar que raspava de leve sobre o tecido da calcinha.

Empurrei os quadris para a frente. Seus dedos mergulharam profundamente em mim, mas o polegar não pressionou mais forte. Apenas roçava no tecido de algodão à medida que ele deslizava os dedos para dentro e para fora.

— O que você quer? — ele perguntou.

— Eu quero que você me coma.

— Qual é a palavra mágica?

— Agora?

Seus dedos continuaram a trabalhar no meu corpo quando ele se inclinou para sussurrar no meu ouvido.

— Você só tem três minutos de intervalo sobrando.

— Não me importo.

— Vou passar horas comendo você.

Meus quadris impulsionaram contra a mão dele, mas ele manteve o controle, com um leve toque do polegar e uma fricção lenta com os dedos. Eu estava pegando fogo. Pensei que soubesse o que isso significava... ledo engano.

— Depois do seu turno.

— Tenho um show logo depois. Tem que ser agora. — Poderíamos ter considerado essa hipótese pelas três estocadas seguintes, mas ele não deu ao meu clitóris mais do que uma fricção através do tecido. Não consegui decidir se era prazer ou tortura.

— Depois do seu show — ele disse. — Eu tenho um jantar de negócios agora, de qualquer forma. Me encontra no hotel hoje à noite. Quarto 3423.

— Tenho que cuidar da menina que mora comigo.

— Dá um jeito.

Ele tirou os dedos de dentro de mim. Senti tanto a falta deles e do polegar torturante que soltei um gemido. Sentada ali, inclinada para trás e quase pelada na mesa de Sam, eu me senti idiota e exposta, para não mencionar extremamente excitada.

— Não. — Eu não tinha mais nada a dizer, exceto "não pare por aí, não me deixe assim". Meus olhos devem ter lhe implorado algum alívio para a minha condição, porque o rosto dele, com os lábios separados e as pálpebras pesadas, reluziram com uma satisfação sensual. Ele sabia que eu queria que ele me comesse por horas, começando ali naquela mesa. — Você é desprezível — eu disse.

Ele baixou a minha saia e, quando se inclinou para me beijar, eu retribuí com uma boa dose de raiva nos lábios.

— Uma grande verdade. E, esta noite, você é minha.

— E se eu não aparecer?

— Você vai aparecer.

Depois de abrir a porta o mínimo possível, como se para proteger meu pudor destruído, ele se foi.

Eu tinha mais três horas de trabalho e não conseguia manter a mente na tarefa que eu tinha em mãos: servir bebidas. Até um retardado poderia fazer isso. Primeiro exemplo: Robert. Um pedaço de mau caminho, sob qualquer perspectiva, mas burro como um poste.

Ele deslizou a bandeja sobre o balcão de serviço. Cada copo tinha a medida de álcool necessária, conforme listado na comanda, no sentido horário a partir da marca de 12h, onde ele colocou a comanda. Meu trabalho era encher cada copo com misturadores das máquinas de refrigerante e da geladeira dos sucos.

Como eu disse, um retardado conseguiria. Mas eu fiquei ali, com a Debbie ao meu lado, verificando itens da lista do inventário, e coloquei o refrigerante dentro de um uísque. Olhei para o copo e fiquei vendo o líquido transbordar, e por quê? Porque o fogo entre as minhas pernas era desconfortável e delicioso, e eu estava contando as horas para chegar em casa e me aliviar.

— Ei! — Robert gritou, me acordando. — Você derramou refrigerante na bandeja toda!

— Desculpa!

— Monica — Debbie chamou, deslizando sua caneta na parte superior da prancheta —, venha se sentar comigo.

Ela me puxou para uma mesa vazia perto da porta da cozinha. Tentávamos mantê-la vazia até o bar ficar cheio demais. Pressionei as pernas uma na outra quando me sentei, mesmo que minha saia fosse comprida o suficiente. Eu sentia como se ela pudesse ver minha excitação.

Debbie colocou a prancheta na frente dela e se inclinou para a frente.

— O que está acontecendo? Você levou o pedido errado para o Frazier Upton e pisou no pé da Jennifer Roberg. O serviço aqui não é assim.

— Por que você fez aquilo, Debbie? Por que me mandou encontrar o Jonathan lá em cima?

— Eu te vi olhando para ele ontem à noite. Pensei que seria uma boa surpresa.

— Se você puder evitar fazer isso de novo, seria ótimo.

— Claro. Me desculpe, eu pensei que estava fazendo um favor.

— Você estava. É só que... — Olhei para minhas mãos no colo. — Ele é... Eu não sei. — De repente, senti vergonha de falar com a minha gerente sobre o magnetismo que um homem exerce em mim. Eu devia andar zangada com ela, mas, no mundo em que eu vivia, Debbie tinha me feito uma gentileza, e ele também não tinha me estuprado nem nada. Eu tinha adorado. Odiei quando terminou daquele jeito. — Eu só não preciso estar com ninguém agora. Ou nunca. Eu tive um namorado, o Kevin, há um ano e pouco. Ele não me deixava cantar. Foi horrível, mas o que estou tentando dizer é que não quero ser aquela pessoa novamente.

— Entendi. — Debbie endireitou a postura na cadeira. Ela afastou o cabelo longo e liso do rosto usando um único dedo com unha francesinha e foi direto ao ponto: — Eu vou te dizer as coisas que você precisa ouvir, mas não quer. Tudo bem pra você?

— Claro.

— Jonathan Drazen não vai ficar com você tempo suficiente para se importar com o que você faz no seu tempo livre. Ele sente uma atração forte por você, isso eu posso ver. Mas ele ama uma mulher e só uma mulher.

— A ex-mulher.

Debbie assentiu.

— Quando a Jessica foi embora, ele implorou para ela ficar. Ela não quis. Ele surtou no meio de uma reunião de acionistas. Foi feio. Ele se sentiu humilhado. E ainda se sente humilhado e não vai se colocar nessa posição novamente, isso eu te juro. Então, se você gosta dele, sugiro que se divirta. Ele vai te tratar muito bem, e depois cada um vai seguir seu próprio caminho. Ele pode ser um amigo valioso.

Balancei a cabeça. Eu entendia. Me senti confortada, de certa forma, que pudesse me encontrar com ele mais tarde, transar até afundar o colchão e depois voltar para casa sem olhar para trás. Eu sabia que não ia me envolver, e, se ele tivesse a mesma ideia, eu estava a salvo.

Debbie pegou suas coisas e começou a se levantar, mas eu ainda não tinha acabado.

— Por que ela foi embora? — perguntei.

— Outro homem — disse ela —, e todo mundo sabia.

— Ai.

Debbie balançou a cabeça em sinal afirmativo.

— Ai mesmo. Isso nunca deveria acontecer com nenhum de nós.

Capítulo sete

Eu odiava shows como o do Frontage. Tinha que cantar músicas de outras pessoas, para gente que não estava lá para me ver. Tinha que cantar com garçons pegando pedidos e clientes sendo acomodados em seus lugares. Eu não podia cantar muito alto para não incomodar todo mundo, e também não podia improvisar nada. Nunca. Era música ambiente.

Mas era dinheiro, embora não muito, e era treino. Afinal, Vinny também não tinha aparecido e marcado um monte de datas para nós, nem nada fabuloso. Inclusive, ele não aparecia há duas semanas. Eu simplesmente não tinha mais nada acontecendo.

Deram-nos um camarim com um espelho manchado e imundice em todo lugar. Em algum momento, na década de 1980, um tubo de batom tinha sido virado na emenda entre os dois pedaços de madeira compensada que compunham a penteadeira, e a gosma vermelha que estava fora do alcance de um papel-toalha dobrado tinha ficado marrom e dura. O tapete fedia a vômito de cerveja, e o banheiro tinha sido casualmente limpo há alguns dias. Eu me sentia uma superstar.

Gabby já estava lá, dedilhando no piano. Ela tinha um jeito jazzístico de deslizar os dedos entre as teclas, criando uma melodia do nada, fazendo-a crescer e chegar a um produto final sem fazer esforço. Sua bolsa estava aberta no balcão, e eu fiz o que Darren sempre fazia: peguei o remédio dela e me certifiquei de que tinha um comprimido a menos do que tinha na noite anterior. Eram 10 mg, duas vezes por dia. Onze comprimidos no frasco. Darren tinha mandado uma mensagem de texto naquela manhã com o número 12. Que bom.

Liguei para ele, que estava de saída para outro encontro com aquela garota, cujo nome ele não queria revelar.

— E aí, Mô? — ele disse.

— Onze — falei.

— Valeu.

— O que você vai fazer esta noite? — perguntei.

— Encontro.

— Vai me dizer o nome dela? — Eu me sentei na cadeira de plástico detonada, deixando a saia curta subir, já que estava sozinha. Meu cabelo estava preso, e o batom vermelho revestia meus lábios como se fosse laca. Eu parecia uma pin-up dos anos 1950.

— Ainda não — ele disse.

— É um encontro cedo ou um encontro tarde? — Engoli em seco. Eu estava prestes a pedir informação demais.

— Talvez as duas coisas. Por quê?

— Eu queria... — Deixei a frase no ar, porque eu queria me encontrar com o Jonathan e apagar o incêndio que ele tinha criado, mas não queria entrar em muitos detalhes com Darren.

— Pergunta. Estou fazendo a barba e melando o telefone.

— Eu queria ver Jonathan Drazen esta noite. Depois do show. Logo depois. Vou estar em casa para cuidar da Gabby por volta das onze.

— Não posso. O chefe dela descolou ingressos para *Madame Bovary*.

Ótimo. Um encontro que incluía um musical iria do jantar, às 19h, até fecharem as cortinas, às 23h30. Ele devia gostar dessa menina.

— Desculpe — ele continuou. E ouvi água correndo.

— Sem problema. — Eu desliguei.

Oito meses antes de eu trabalhar no Hotel K, encontrei a Gabby sentada na frente da pia da cozinha, no banquinho alto que eu tinha usado para pegar a caixa de cereal quando era criança. A cabeça estava apoiada no balcão, e um pulso estava mole, pingando sangue no chão.

Desculpa por ter sujado o seu chão, Monica, ela tinha falado no dia seguinte, na cama do hospital. Era com isso que ela tinha ficado preocupada. Que eu fosse ficar brava por ter que limpar o chão. Eu só arranquei tudo e colei novos ladrilhos de vinil adesivos. Eu não conseguia encontrar outra forma de pensar em alguma coisa além de como ela parecia morta e fria quando a tirei do banquinho, ou no sangue empoçado no ralo da pia, ou como eu tinha gritado com ela no dia anterior por comer biscoito na sala, ou pela forma como ela tinha chorado quando Darren e eu terminamos, eras atrás. Chorei sobre o piso de linóleo rachado porque a ambulância tinha demorado nove minutos e meio depois de eu ter chamado, e, durante todo esse tempo, eu tinha ficado dando tapas nela porque a fazia gemer e eu não sabia o que mais fazer para provar que ela estava viva.

Embora quisesse que Jonathan me tratasse como seu brinquedinho particular por algumas horas, eu tinha que levar Gabby para casa e ficar lá até a manhã seguinte, quando Darren iria aparecer.

As luzes me impediam de ver qualquer um dos clientes jantando. Sorri para um bando de silhuetas, porque, mesmo que eu não pudesse vê-las, elas podiam me ver.

Gabrielle começou a primeira música, *Someone to Watch Over Me*, e depois seguiu para *Stormy Weather*. Nesse momento, eu já tinha me encontrado. Cantei com o sentimento que ela e eu tínhamos ensaiado, mas, quando cheguei no meio de *Cheek to Cheek*, captei uma fragrância de colônia que eu reconhecia: a do Jonathan. Alguém estava usando o seu perfume, e o peso entre as minhas pernas voltou da memória daquela tarde. Cantei sobre seu rosto no meu, sobre o perfume que eu sentia nele. *Under My Skin* saiu como uma sedução. Eu cantava as palavras, mas tudo que eu podia sentir era o sexo, a necessidade dentro de mim. Eu implorava por ele na letra; o estilo de Sinatra já abandonado, substituído por um gemido em busca de satisfação.

Quando minha voz sumiu na última nota, eu estava pronta para aquele quarto de hotel.

Eles aplaudiram um pouco, mas era sincero. Não se esperava que alguém batesse palmas nesse tipo de apresentação, mas eu disse "Obrigada" com um sorriso envergonhado. Eu estava convencida de que eles conseguiam ver a minha excitação como uma mancha escura empapando o tecido do vestido. Olhei para trás, onde estava Gabby, e ela me mostrou os polegares erguidos. Eu devia estar com cem tons de rubor. Coloquei o microfone no pedestal, e os holofotes se apagaram. Os clientes recomeçaram suas conversas, e eu me dirigi para o camarim lixo.

Jonathan estava em um camarote, olhando para mim.

É claro que o cheiro da colônia vinha dele. A fonte. Também não era como se ele tivesse comprado aquele perfume no mercado. Se não fosse um perfume artesanal, eu comeria meu sapato. Mas eu não tinha sequer pensado nisso até vê-lo em um camarote no Frontage com uma ruiva maravilhosa bebericando um Cosmopolitan. Ele ergueu o copo para mim.

Ele se inclinou na direção da ruiva e sussurrou algo para ela. Bem no seu ouvido. Como se erguer o copo para mim e respirar no cangote dela em um intervalo de dez segundos fosse perfeitamente normal.

Eu iria correr e me afastar dele o máximo possível. Eu não podia acreditar no que tinha quase feito. Não estava me iludindo a ponto de pensar que monogamia estava em jogo aqui, mas achei que fosse passar pelo menos um dia antes de ele enfiar a mão na saia de outra pessoa, ou que ele fosse sentir incômodo em esfregar aquilo bem na minha cara.

Mas ao invés de fugir como uma pessoa sensata, eu fui até o camarote.

— Oi, Jonathan.

— Monica — ele disse. — Esta é a Theresa.

Acenei com a cabeça e sorri, e ela ergueu o copo na minha direção.

— Foi lindo.

— Obrigada.

— Você estava incrível — disse Jonathan. — Nunca ouvi nada assim. — Fiquei olhando para ele. Algo havia mudado em seu rosto. Eu não conseguia saber o que era. Mais suave? Ele estava cansado? Ou Theresa tinha um efeito relaxante sobre ele? Sua felicidade me fez sentir mal e me deixou mordaz.

— Nunca ouvi falar de um homem tentando enfiar outra mulher no jogo, no intervalo entre me bolinar e me comer no mesmo dia.

Theresa, que parecia cem por cento uma dama, quase cuspiu o Cosmopolitan. Jonathan também riu. Pessoalmente, eu não achava nada daquilo engraçado. Recuei e Theresa também se levantou. Talvez ela estivesse zangada. Talvez seu riso fosse do tipo nervoso, ou talvez eu só a tivesse deixado chocada. Mas ela se manteve o mais composta possível ao se virar para Jonathan e dizer:

— Vou ao banheiro.

Ele assentiu e deslizou para o lado, já que ela tinha saído.

— Você gostaria de se sentar?

— Não.

— Para alguém que não quer se envolver, você tem uma certa forma de se envolver.

— Até eu tenho limites.

— Ela é ruiva natural. — Seu olhar era enigmático, e, embora o que ele estava dizendo tivesse centenas de conotações sujas, a única não pornográfica se tornou aparente com aquele olhar direto.

— Ela é sua irmã.

— Dois anos de diferença. Ela apreciaria se você considerasse que eu era o mais velho.

— Estou tão envergonhada — acrescentei. — Tenho que me desculpar com ela.

— Você vai sentar? Ou eu vou ficar olhando seu corpo sem te tocar?

Deslizei ao lado dele e ele passou o braço ao meu redor, a ponta de seus dedos roçando meu pescoço.

— O que você está fazendo aqui? — perguntei.

— Jantando com a minha irmã. Não, eu não estava perseguindo você, embora eu tenha que dizer, mais uma vez, que acho que você tem um dom. Acho que senti metade de uma lágrima, bem aqui. — Ele tocou o canto interior do olho.

— Está tirando sarro de mim?

— Não. Eu juro. Você foi... Não tenho uma palavra suficientemente grande. — Ele olhou no meu rosto, e eu notei que seus cílios eram acobreados, como os cabelos. Sua presença mexia comigo.

— Bem, eu sei o que você está protegendo ao não se envolver.

— Obrigada — respondi. — Eu agradeço. De verdade.

Ele passou o dedo sobre a minha clavícula com pressão suficiente apenas para minha respiração ficar um pouco mais funda.

— Vou poder te ver hoje à noite?

Tentei ficar indiferente, mas eu queria tudo de novo.

— Acho que não posso. Não estou te evitando. Tenho uma outra questão rolando. Amanhã?

Ele encolheu os ombros. Devia pensar que eu estava fazendo joguinhos com ele, algo que o deixaria lindamente sensível, depois de ter sido traído pela esposa. Mas eu não ia jogar esse jogo. De modo algum.

— Tenho um voo às cinco, amanhã. Daqui a duas semanas, você pode ter me esquecido.

— Vou fazer contigo o que você fez comigo hoje de tarde — respondi.

Ele soltou um ronco curto de uma risada dentro do copo de uísque.

— Você não tem autocontrole para isso.

— O quê?

— Você me ouviu.

— Você está errado.

— Quer apostar?

— Quero. Eu quero apostar.

Ele me puxou para perto e falou tão baixinho que eu mal pude ouvi-lo.

— Você me faz implorar, e amanhã eu vou te levar na Tiffany da Rodeo Drive e você vai poder escolher o que quiser.

— Qualquer coisa?

— Qualquer coisa.

— E se eu não quiser? Algo que não vou fazer, mas é só para efeito de argumentação.

— Então você cancela tudo o que for fazer, e eu te levo para minha casa, onde você vai obedecer a todas as minhas ordens até o sol raiar.

— Eu não vou esfregar o chão da sua cozinha.

Ele sorriu.

— Não era o que eu tinha em mente.

Eu não tinha notado que o piano havia parado, até mencionar o chão da cozinha.

— Eu já volto — disse, saindo do camarote antes que tivesse uma chance de explicar que não o estava dispensando nem manipulando. Eu tinha deixado a Gabby sozinha, e não sabia se ela tinha me visto com ele e decidido pegar um táxi para ir para casa.

Esbarrei com Theresa no corredor a caminho do camarim.

— Me desculpe — falei. — Fui grossa e mal-educada.

— Meu irmão é um cretino, então não te culpo — ela disse com um sorriso, apertando minha mão em um cumprimento. — Nós dois amamos a sua voz.

— Obrigada. Tenho que ir. Vou tentar me despedir de vocês quando estiver indo embora.

Entrei no camarim no instante em que Gabby colocou a bolsa no ombro.

— Eu estava procurando você — ela disse.

— Estava falando com o Jonathan. Está pronta para ir? Eu queria me despedir dele.

— Ele está aqui? Ai, meu Deus, Mô, ele pode nos ajudar a encontrar um agente ou algo assim. Outro empresário. Qualquer coisa.

— Ele não é desse ramo, Gabs, por favor.

Ela puxou a minha manga.

— Espera. Em primeiro lugar, todos estão nesse ramo, mesmo se eles não estiverem. Beleza? E o que você está escondendo de mim? O quê? — Ela era alguns centímetros mais baixa do que eu e me olhava como se pudesse me perfurar com os olhos.

— Nada.

— Monica.

— Eu quero ir pra casa. — Dei um passo em direção à porta, mas Gabby apoiou-se nela. Soltei a minha bolsa, entregando os pontos. — Está bem, ele quer fazer uma aposta e tem a ver com sexo e eu não vou sair com ele esta noite, vou ficar com você.

— Cancela comigo.

— Não.

— Por que não?

— Porque o Darren me mataria.

— Vocês dois que se danem! — ela gritou.

— Gabs, por favor. Dá um tempo.

— Não, vocês não me deixam sozinha nem pra ir ao banheiro e você acha que eu sou idiota para não notar? Agora você tem a chance de cair nas graças de uma porra de uma pessoa importante...

— Ele não é...

— Cala a boca, porque você não sabe de nada. Ele é professor de Administração na UCLA, onde a Janet Terova lidera o conselho de Relações Industriais, e você sabe quem ela é, não sabe?

Eu suspirei. Senti como se estivesse fazendo uma prova.

— A ex-mulher do Arnie Sanderson?

— A chefe do Eugene Testarossa. Certo. Ele.

— Gabby, se alguma coisa acontecesse porque eu fui dar para um cara aleatório que eu mal conheço...

Ela colocou as mãos nos meus braços e olhou para mim com aqueles grandes olhos azuis ferinos, os que estavam olhando para o teto e só voltariam ao meu rosto com um tapa na cara, e disse:

— Eu prometo que não vou tentar me matar hoje à noite.

— Sua palavra é a última coisa em que eu deveria acreditar.

— Eu tentei me matar porque me sentia sem esperanças. Se você fizer isso, eu tenho esperança. Tudo bem?

— Você está me prostituindo.

— Posso pegar um táxi para casa ou não?

Eu tinha que admitir, a tentação era dolorosa, quase física. Ali estava ela, não apenas me dando permissão para deixá-la sozinha e prometendo que não ia se machucar, mas me empurrando porta afora.

Aquela dorzinha gostosa entre as minhas pernas aumentava a um nível periclitante, quando eu pensava em estar com o Jonathan. A frustração da tarde tinha se transformado em um anseio que parecia maior do que o meu corpo.

Bem nessa hora, o rosto do Darren apareceu na minha mente. Ele parecia decepcionado e zangado.

Passei pela Gabby e fui até Jonathan e Theresa, que haviam passado para o bar. Ele colocou a mão na minha nuca e, quando cheguei perto o bastante, sussurrei no seu ouvido:

— Se eu vencer, você cancela o seu voo e vai me ver amanhã à noite.

— Sem Tiffany? — ele perguntou, sorrindo.

— Sim, Tiffany. Se você ganhar, eu estou sob o seu comando até o sol raiar. E depois que o sol nascer, vou esfregar os seus pisos. — Ele riu. Eu não sabia exatamente do que ele estava rindo, a menos que fosse por eu ter presumido que ele já tinha uma equipe de pessoas para esterilizar a casa dele, mas eu sorri de volta, porque era uma oferta idiota e eu sabia.

Gabby se posicionou no fim do balcão e pediu alguma coisa. Eu esperava que fosse refrigerante. O álcool é um depressivo, e ela podia me garantir que sentia esperança o quanto quisesse, mas eu não acreditava que ela tivesse tanto controle como afirmava.

— Você está fazendo uma proposta difícil de novo. — Ele colocou a bebida no balcão.

— E você é engraçado. Eu nunca sei o que vai sair da sua boca.

Eu tinha um milhão de piadas na boca sobre o que estava acontecendo, mas guardei para mim ao levá-lo para a salinha dos fundos.

O camarim estava trancado. Fiquei atônita por um momento, mas me lembrei de que havia outro para homens. Peguei sua mão e o levei mais para o fundo, passando pela cozinha e pelo corredor que ficava mais distante, até a parte menos povoada do restaurante.

— Estou gostando muito dessa ideia da esfregação — disse ele quando o puxei para o segundo camarim, nojento como o primeiro, e fechei a porta atrás de mim. Se ele tinha mais gracinhas, foram engolidas em um beijo. Corri os dedos pelo seu cabelo, pressionando o rosto no meu, então desci para sentir o comprimento do seu corpo. Empurrei-o na cadeira, que rangeu sob o seu peso.

Ajoelhei-me diante dele, o carpete industrial espetando meus joelhos, e abri sua braguilha. Acariciei o volume duro sob a cueca boxer até eu ousar pôr seu pau para fora. Estava duro e era maravilhoso.

— Está pronto? — perguntei.

— Você é muito fofa.

Ele estendeu os braços como se para me dizer *pode vir*.

Ergui sua camisa e beijei o abdome, que era durinho e firme, desci o caminho de pelos até chegar à base. Coloquei-o entre meus lábios e beijei, sugando o comprimento de um lado, depois do outro, correndo a língua e descendo pela pele esticada, sentindo o gosto salgado. Ele respirou fundo. Encostei a língua inteira contra a parte inferior e subi até a ponta, depois coloquei a cabeça na minha boca e suguei no movimento de baixo para cima, até sair. Provei a gotinha salgada que surgiu na ponta.

Olhei para ele e o coloquei na minha boca novamente. Seus lábios se separaram e ele olhou para mim, afastando meu cabelo dos olhos. Perfeito.

Desci, deslizando todo o comprimento enorme dentro da minha boca aberta.

— Oh — ele sussurrou enquanto eu o sugava até o fundo. Minha cabeça subia e descia, acomodando-o inteiro a cada movimento, chupando na saída, acariciando com a língua cada centímetro do pau que entrava na minha boca. Olhei para ele novamente, indo devagar, deixando-o ver cada centímetro do membro sumindo dentro da minha boca. Peguei um ritmo, em seguida, dei três chupadas bem rápidas. Ele suspirou e impulsionou os quadris para frente, enfiando-se na minha boca. Eu tinha o controle. Tudo o que precisava fazer era diminuir o ritmo e deixá-lo tão perto do ápice que ele fosse me implorar para terminar.

Mas ele deitou a cabeça para trás e olhou para o teto, grunhindo no fundo da garganta. Era uma posição que demonstrava tanta rendição que eu não consegui. Não consegui parar. Eu ia fazê-lo gozar antes que ele implorasse.

Ele me deixaria ao seu pleno dispor, até o amanhecer.

Eu nem gostava tanto assim de joias.

implore. excite. submeta.

Capítulo oito

Ele sorriu quando me deu seu endereço e tentou me explicar como chegar, mas eu sabia onde ele morava, mais ou menos. Ficava ao lado do parque, onde os advogados e magnatas jogavam. Lembrei-me do decreto da Debbie para eu simplesmente me divertir, mas o fato de que eu tinha falhado na minha missão de fazê-lo me levar na Tiffany me deixava com raiva.

Não que eu realmente tivesse onde usar os quilates que eu o teria feito comprar para mim, mas fracasso não era algo que eu aceitava numa boa, ainda mais se isso significava que eu tinha sido fraca.

O manobrista estacionou o Jaguar verde-escuro.

— Posso levá-la até o seu carro? — Jonathan perguntou.

— Estou no estacionamento — respondi. — Não precisa.

Ele colocou o rosto perto do meu, até que senti sua respiração no meu ouvido.

— Se não quer ir para casa comigo, não vou segurar você. Podemos esperar, ou podemos terminar de uma vez.

— Uma aposta é aposta.

Ele roçou o nariz na minha bochecha e disse:

— Tem certeza? Eu posso ser exigente.

— Eu também.

Ele recuou e sorriu.

— Esta noite não, você não vai ser. — Ele foi para a beira da calçada. — Vou deixar o portão aberto para você.

Ele entrou no carro e foi embora. Eu o vi seguir pela La Brea, o carro gingando como ele mesmo gingava ao andar.

Quando entrei, Gabby já tinha chamado um táxi. Senti o cheiro de vodca com tônica no hálito dela, mas ela parecia relativamente sóbria.

— Tem certeza de que vai ficar bem? — perguntei.

— Monica, se você quer ir, então vá. Estou cansada de ser tratada como bebê.

E foi isso. Coloquei-a dentro de um táxi e andei até o meu carro.

Meu telefone vibrou assim que entrei no meu pequeno Honda. Era o Vinny. Maldito Vinny.

— Onde você está? — perguntei.

— Las Vegas, baby. — Ele estava em um lugar barulhento e confuso, gritando no telefone.

— Estávamos atrás de você. A banda acabou.

— Não te ouço. Escuta, Gostosa, você fez um show esta noite naquela espelunca em Santa Monica?

— Fron...

— O sócio do Eugene Testarossa estava aí. O próprio Testarossa quer ver você. Então você me manda uma mensagem quando for se apresentar de novo, e eu ligo para ele ir ver. *Bang!* Você está dentro.

— Vinny, eu não posso...

— Manda mensagem, baby. Te amo.

Ele desligou.

Que cretino. Ele vai a Las Vegas sabe-se lá por quanto tempo e quer seus quinze por cento porque eu consegui meu próprio show?

Ah, não. Isso não ia rolar. Mandei mensagem:

"Você está demitido."

Eu estava no meu carro quando o telefone apitou.

"O caralho que estou. Você assinou um contrato."

"A banda assinou um contrato. A banda não tocou hoje. Me apresentei solo."

Houve uma pausa mais longa, e eu fiquei sentada no banco do

motorista esperando a resposta, minha noite de subserviência esquecida.

"Boa sorte fazendo a WDE atender a sua ligação."

Desliguei o celular. Eu queria jogá-lo longe, mas não tinha dinheiro para comprar outro quando ele fosse feito em um milhão de pedaços. Vinny estava certo. Ninguém na WDE ia receber uma ligação ou um e-mail meu. Eles tinham contatado o Vinny. Eu não conseguiria passar da primeira rodada de seleção. O trabalho deles era filtrar os artistas. Eu poderia cantar *Under My Skin* cem vezes mais e nunca ter outra oportunidade como esta.

Acho que olhei pela janela por quinze minutos, resignando-me da ideia de que eu tinha um empresário que eu odiava e em quem não confiava, e ele iria tirar uma boa parte do meu dinheiro desde agora até eu receber meu Grammy.

Dei partida no carro, mas esqueci para onde estava indo. Então, aquele fogo entre as minhas pernas voltou. Merda. Eu tinha uma noite de sexo selvagem planejada com um mulherengo rico que gostava de garotas bonitinhas e falidas. E eu estava preocupada com Vinny Lixo. Ele que se fodesse. Eu odiava Los Angeles.

Tudo era dinheiro e conexões.

Fulano pode ser um amigo valioso.

Tudo o que eu precisava era de um advogado para desvendar esse contrato, e eu estava prestes a transar com um cara que devia ter cem advogados ferozes na discagem rápida do celular. Eu só tinha que deixá-lo mandar em mim a noite inteira. O prazer seria todo meu.

Engatei a primeira e segui para o leste, na direção de Griffith Park.

Era errado. Minha mãe não tinha me criado para isso. Ela criou uma menina boazinha que cuidava mais do corpo do que da carreira. Só que eu não sabia quem era essa menina ou o que ela queria da vida. Eu sabia quem eu era. E a única coisa que eu queria mais do que o corpo de Jonathan Drazen era um agente da WDE.

As casas ao norte de Los Feliz Boulevard não são casas dos sonhos.

Uma casa dos sonhos em Los Angeles tem quatro paredes e um teto e talvez aquecimento, mas ninguém tinha dinheiro para isso. As casas em Griffith Park são um cenário. Pertencem a outras pessoas, pessoas que vivem do outro lado. Não novos ricos como rockstars e atores. Dinheiro antigo. Gerações de valores em fundos fiduciários. Áreas de 280 metros quadrados eram um palácio atrás de cercas de três metros de altura. Dirigi pela passagem sinuosa. Nunca tendo olhado endereços antes, para mim era difícil encontrar qualquer coisa. Era como se a gente tivesse que simplesmente *saber* para onde estava indo, porque pertencia àquele lugar.

Finalmente, encontrei o endereço debaixo de uma gigantesca figueira com uma placa de bronze ao lado, anunciando que a árvore tinha o status de monumento protegido. O portão se abriu para mim, e segui pelo caminho até estacionar ao lado do Jaguar.

Fiquei sentada no carro olhando para a casa, me convencendo de que eu ainda tinha uma escolha entre entrar e voltar para casa.

A construção parecia artesanal, com iluminações quentes e madeiras escuras.

O alpendre era grande como a minha sala de estar, levando a uma porta larga e grossa, que estava fechada.

Respirei fundo.

Resumo: ele era lindo, charmoso e não queria nada de mim que não fosse a mesma coisa que eu queria dele. A menos que ele quisesse que eu limpasse seu banheiro. Eu levava horas para limpar um banheiro, e não ia limpar o dele.

Peguei o celular de dentro da bolsa e liguei para Darren.

— Oi — falei. — Como foi o show?

— Fantástico. E aí?

— Achei que você deveria saber... — Engoli em seco. — Eu mandei a Gabby para casa de táxi.

— Você o quê?

— Ela está cansada de ser seguida em todo lugar.

— E onde você está? — Ele estava irritado. Parecia que estava no meio da rua, com gente em toda parte.

— Griffith Park. Eu posso explicar mais tarde.

— Não, explica agora por que você deixou uma mulher suicida ir para casa sozinha, quando os remédios, obviamente, não estão funcionando e ela está mostrando os mesmos comportamentos que mostrou antes de você encontrá-la sangrando na pia da sua cozinha.

— Ela está bem.

— Isso é completamente irresponsável.

Ele desligou, o que foi um grande favor. Eu não queria contar *por que* eu tinha dispensado a Gabby.

Saí e fui até a varanda. Vitrais contornavam a porta. A luz do outro lado era suave e convidativa. *Daria tudo certo. Perfeito.*

Bati tão fraquinho que ele não podia ter me ouvido, a menos que estivesse esperando. Eu precisava ver se ele tinha encontrado outra coisa para se ocupar, ou se estava ansioso para me ver.

Isso poderia definir o timbre para o que eu poderia requisitar na forma de uma ligação calorosa para a WDE em meu nome.

A porta se abriu imediatamente.

Ele usava a mesma camisa de botões e os jeans que estava usando no Frontage. Seus pés estavam descalços, e, na mão direita, ele tinha um copo contendo uísque com gelo.

Eu segurava a bolsa na frente do corpo, o que não o impediu de me olhar como se quisesse me devorar viva. Ele se apoiou no batente da porta e girou a bebida.

— Pensei que você não vinha. Estava começando a achar que eu tinha perdido a pegada.

— Esta é uma bela casa.

— Eu queria falar algo sobre isso, antes de você entrar. — Ele fez uma pausa, e eu esperei. Apesar das distrações da última meia hora, eu estava de volta a querer passar a língua por todo o seu corpo. — Todas as apostas estão de pé? — perguntou.

— Estou às suas ordens.

Ele pegou minha bolsa e a colocou em uma mesa lateral.

— Vire-se.

Virei as costas para ele. Meu carro estava na entrada, ao lado do carro dele; o portão para a rua escancarado. Ele apertou um botão em um pequeno controle remoto e o portão deslizou e fechou.

O gelo em seu copo tilintou, e eu senti o toque de sua mão na base do meu pescoço, depois um puxão quando ele abriu o zíper do meu vestido.

— Jonathan...

— Ninguém pode ver.

O zíper descia até a minha lombar, e ele o abriu devagar. As mangas caíram um pouco quando sua mão, fria por causa da bebida, tocou entre minhas omoplatas. A mão subiu até o meu pescoço, depois sobre meu ombro direito, puxando o vestido. Então ele passou a mão no ombro esquerdo, até o vestido deslizar e se amontoar ao redor dos meus tornozelos. Senti uma brisa sobre meu corpo. Ele deslizou um dedo debaixo da alça do meu sutiã.

— Tire isto.

Eu tirei, soltando-o no chão da varanda. Ele colocou os dedos debaixo do cós da calcinha. Ele queria que eu também a tirasse. Eu sabia e deixei. Fiquei totalmente nua, exceto pelos sapatos, de costas para ele.

— Olhe para mim.

Eu olhei. Nunca havia me sentido tão nua na vida como enquanto ele se demorava me percorrendo com o olhar.

— Mãos atrás das costas.

Acho que se qualquer outra pessoa tivesse chegado à ordem quatro, eu teria começado a rir, mas ele não era qualquer um.

— Você está bem? — ele perguntou, vindo até mim. Apoiou o copo nos meus lábios e inclinou. Um calor encheu meu peito. Era um bom uísque. O *single malt* que eu tinha suspeitado.

— Está quente esta noite — disse eu.

Ele encostou a cabeça na minha e sussurrou:

— Regra do defensor interno. Qual é?

Ele beijou meu pescoço e eu respondi:

— Quando há um *play out* na terceira base, qualquer arremesso que acerte dentro das linhas de base, quer seja pego ou não, significa que o batedor está automaticamente fora.

— Por quê? — Ele mordeu o canto do meu pescoço e do ombro, e eu perdi o fôlego.

— Para evitar um erro intencional que iria fabricar uma jogada dupla.

— Você é muito real. — Ele enunciou cada palavra.

Ele bebeu o resto do uísque e pegou um cubo de gelo com os dentes. Encostou o rosto no meu e pressionou o cubo de gelo nos meus lábios. Eu chupei, peguei dele, segurando-o na minha boca.

Ele deu meio passo para trás. Eu devia ser uma visão e tanto: nua, à exceção dos saltos altos, mãos atrás das costas, com um cubo de gelo na boca.

— E você está deslumbrante — disse ele, levantando o copo.

Ele encostou a base fria do copo no meu mamilo, e eu gemi, sentindo-o endurecer. Ele tocou o outro, gelando-o como pedra.

Depois, baixou a cabeça e esquentou meus seios com a boca, sugando os bicos duros, puxando-os com os dentes envoltos pelos lábios. Ofeguei, mas não podia abrir a boca para não perder o gelo. Acho que não teria sido a pior das tragédias, mas eu sabia que o jogo era manter o gelo na boca. Sua atenção nos meus seios me fez gemer, despertar o calor no meu âmago. O gelo na minha boca derretia, pingava pelo queixo e pescoço, formando um caminho arrepiante e molhado até a minha barriga. Ele lambeu as gotas que encontraram o caminho até os meus seios, aquecendo a pele fria com a língua. Quando pensei que não aguentava mais um minuto de sua atenção sem sucumbir ao prazer, ele ficou reto e colocou a boca sobre a minha, sugando o gelo de volta.

Ele o mastigou e disse:

— Entre.

Passei pela soleira e ele fechou a porta atrás de mim. A sala de estar era impecável, com tapetes persas e madeiras escuras. As estantes estavam cheias de livros. O lugar todo era o exato oposto da modernidade fria dos hotéis dele.

Jonathan estava na minha frente, vendo meus olhos captarem os detalhes da casa. As pinturas. O vitral. Os cantos limpos e as almofadas macias. Ele me beijou de novo e, tendo esquecido o decreto sobre a posição das minhas mãos, coloquei os braços ao redor dele. Suas mãos aqueciam minhas costas; seu toque era forte e sólido. Ele beijou minha bochecha e meu pescoço.

— Suba. Há um quarto com a luz acesa e a porta aberta. Sente-se na beira da cama. Vou trancar as coisas aqui embaixo.

— Está bem — respondi, porque precisava ouvir o som da minha voz depois de tantas ordens. Eu recuei e ele me observou quando virei e subi as escadas.

O quarto que ele falou estava bem na minha frente. Havia outras portas, todas fechadas. Ouvi-o batendo portas no andar de baixo, trancando e apagando luzes. Eu poderia espiar dentro de um quarto, só um para ver e depois dizer que eu estava procurando o banheiro, mas a ideia durou o tempo que levou para eu entrar no quarto com a única lâmpada brilhante.

Sentei-me na beira da cama. Devia ser um quarto de hóspedes. Não havia fotos nem itens pessoais, apenas uma cama de madeira maciça e cômodas artesanais feitas no mesmo estilo.

Ele pareceu demorar uma eternidade, e, quando eu estava prestes a me levantar para ver se ele estava bem, ouvi-o chegando, um passo lento de cada vez, subindo as escadas.

Ele estava vestido ainda e tinha uma garrafa de água. Estendeu-a para mim.

— Não precisa. Obrigada.

— Você parece desconfortável.

— Você demorou muito.

Ele ajoelhou-se diante de mim e tocou meu joelho.

— Me desculpe, Monica. Você pode me perdoar?

Antes que eu pudesse responder, ele beijou o lado interno do meu joelho.

— Acho que sim — eu disse. — Se você continuar fazendo isso.

Ele olhou para mim, todo olhos verdes e cabelo ruivo desarrumado.

Ele subiu os lábios pela minha coxa, separando minhas pernas. Um arrepio subiu pelo interior das minhas coxas enquanto ele corria as mãos por elas, e o contorno de seu relógio provocou um leve arranhar na pele sensível.

Ele ergueu minha perna e eu caí para trás quando ele deu beijinhos leves sobre meu púbis.

— Ah, Jonathan — sussurrei, acariciando seu cabelo. Ele abriu mais as minhas pernas, beijando entre elas. Escorregou um dedo na minha fenda úmida, e eu soltei uma exclamação abafada de prazer, lembrando-me daquela tarde na mesa do Sam. Dessa vez foi diferente. Quando olhei-o, seus olhos estavam fechados com intensidade e ele brincava com a língua no meu clitóris. Acho que eu disse o nome dele de novo. Ele brincou de novo. Os movimentos eram tão leves. Como se não quisesse que eu gozasse.

Como se ele pudesse ler a minha mente, se levantou e se despiu tão depressa que eu tive apenas um segundo para admirar seu corpo, com os cabelos claros e ângulos perfeitos. Ele pegou um preservativo do bolso e o colocou sem perder um segundo, depois se acomodou em cima de mim, seu membro como uma rocha, cujo único lugar certo era dentro de mim. Nos beijamos. Ele tinha o gosto perfeito do uísque e do desejo. Eu o queria. Eu queria cada centímetro dele.

Ele estava logo na entrada, pressionando. A cabeça de seu pênis provocava arrepios na minha entrada. Mexi os quadris para fazê-lo entrar, mas ele recuou, erguendo a cabeça para olhar para mim.

— Por favor — pedi.

— Ainda não.

Ele deslizou o pau no meu sexo sem entrar, passando todo o comprimento no meu clitóris, fazendo disparar ondas de prazer por todo o meu corpo. Eu estava encharcada, e ele deslizava para frente e para trás. Abri as pernas o máximo que eu conseguia e me movi junto com ele. Eu poderia gozar assim, mas não queria. Eu o queria dentro de mim.

Isso seria como masturbação se comparado com seu pau no lugar onde deveria estar.

— Por favor — eu disse outra vez.

— Ainda não.

— Jesus, Jonathan. O que você quer? — Meu sexo ardia por ele. Não parecia vazio. Parecia pronto para explodir, como se uma fome pulsante e latejante tomasse conta da minha pele.

— Eu quero que você queira — disse ele.

— Eu quero. Meu Deus, eu quero.

Em resposta, ele empurrou com mais força, aumentando a pressão sem entrar em mim.

— Não, você não quer. Não o suficiente.

Eu sabia o que ele queria, e eu estava disposta a lhe dar.

— Por favor. Estou te implorando. Estou implorando. Faço o que você quiser. Posso ser o que você quiser. Só não...

Ele me penetrou com uma ferocidade que me chocou e transformou a última palavra em um grito. Ele parou por um segundo, como se tivesse sido abalado pela violência de seu impulso inicial.

— Não para — ofeguei. — Não me faça implorar de novo.

Ele enterrou o rosto no meu pescoço e começou a me foder, entrando, pressionando seu corpo contra o meu clitóris, esfregando-se a cada estocada, até que eu não conseguia mais aguentar, e então ele parou.

— O quê? — eu gemi.

— Quer gozar?

— Quero. Caralho. Quero.

— Implore.

— Vai se foder. — Empurrei seu peito. Eu estava em chamas, tão perto do orgasmo que era quase incapaz de ter pensamentos completos. Ele mergulhou em mim mais uma vez e depois parou. Foi uma explosão de sensação entre minhas pernas, e depois nada. Olhei-o. Ele estava se divertindo, e poderia continuar o quanto quisesse.

— Por favor. Vai se foder.

— Está chegando perto. — Ele estocou novamente, uma prova do que eu poderia ter.

Ele foi devagar, muito devagar, movendo-se o suficiente para me manter quente, mas não o suficiente para me fazer gozar. Eu coloquei a mão entre as minhas pernas e ele agarrou os meus pulsos, segurando-os contra o colchão com todo o seu peso, movimentando os quadris para frente e para trás apenas um pouco.

Eu nunca tinha sentido nada assim. Não era um orgasmo, porque eu não tinha sentido nem um pingo da libertação que eu precisava, apenas o disparo das terminações nervosas e o calor incandescente entre as minhas pernas. Eu estava suando por todo lado. Mechas de cabelo colavam no meu rosto, mas suas mãos seguravam as minhas.

— Eu quero gozar — gemi.

— Eu quero que você goze.

— Então me deixa. Por favor. — Falei tão baixinho que não pensei que ele fosse me ouvir. — Por favor. Por favor. *Por favor...* — Com cada *por favor*, eu ficava mais desesperada e com a voz mais falha. Na última súplica, ele saiu de dentro de mim e entrou até o fundo, e fez de novo, até tudo pegar fogo. Eu disse seu nome várias vezes, sentindo o corpo ficar todo mole e o orgasmo continuar e continuar. Sua boca estava no meu ouvido, e eu podia ouvir seu gemido quando meu clímax finalmente acabou. Seus braços me apertaram forte quando ele gozou, um gutural *ahh* vibrando em sua garganta a cada impulso menos intenso.

— Puta merda — ele sussurrou no meu pescoço.

— Obrigada — eu disse. — Obrigada.

Ele se apoiou nos cotovelos e beijou meu rosto, do queixo para a bochecha direita, até a testa, e de volta ao queixo e à bochecha esquerda e ao queixo de novo. Seus olhos desviaram para o relógio.

— O sol nasce às 5h38. Você é minha por mais quatro horas.

— Acho que eu não aguento mais quatro horas disso.

— Não se menospreze. — Ele saiu de cima de mim, e só ficamos olhando para o teto, deixando nossa respiração voltar ao normal.

Eu nunca tinha experimentado nada assim, nem com Kevin e certamente não com Darren. Eu não sabia que podia ficar no limite assim por tanto tempo e nem quantos graus de limite existiam.

Não sabia que poderia conceder a alguém o controle do que eu sentia.

Era como se, depois daquele orgasmo, eu tivesse que dormir por horas, ou não iria querer sexo por pelo menos um mês, mas nenhum dos dois era o caso. Eu estava energizada, e queria outra vez.

— Para onde você vai amanhã? — perguntei.

— Coreia. Estou montando um hotel em Seul.

— Posso perguntar uma coisa?

— Uh-oh.

— Sua casa. Tudo seu é original aqui, mas nos hotéis é tudo, tipo, branco e cromado.

— Esta casa foi construída por uma família há cem anos. Era um lar. As pessoas querem sentir que elas estão *longe* de casa quando vão para um hotel.

— Certo. Isso faz sentido.

— Eu pensei que você fosse me dar o cano.

— Fiquei presa falando com o meu empresário. Ex-empresário. Imbecil.

Encostei a cabeça no seu ombro e passei a ponta dos dedos subindo e descendo pelo seu peito. Não conseguia manter as mãos longe dele.

— É esse o cara que desapareceu?

Eu me apoiei nos cotovelos, beijei seu ombro e depois desci pelo peito. Eu ainda podia sentir um pouco da colônia refrescante através da camada de suor produto do nosso sexo.

— Tinha um cara da WDE na Frontage, que ligou para ele. Ele quer que o chefe dele me veja. Mas eu despedi o Vinny, e agora ele não vai me dar o contato.

— Por que você iria demiti-lo?

— Porque ele é um idiota. Eu mesma vou encontrar um jeito de fazer o Testarossa atender a minha ligação. — Desci pelo seu abdome, sobre os ossos do quadril, passando os lábios e a língua. Eu estava toda excitada de novo. Ele colocou as mãos nos meus ombros.

— WDE? É o Arnie Sanderson, não é?

Arnie Sanderson era dono da WDE e pessoa mais inacessível do mundo. Até mesmo seus próprios clientes tinham que marcar horário para ligar, e clientes tontos regulares da WDE, algumas das pessoas mais bem pagas do mundo do entretenimento, nem chegavam a conhecê-lo.

— Arnie Sanderson. É — eu disse. O pau do Jonathan já estava duro novamente.

— Eu ligo pra ele em seu nome.

— Eu não vou chupar seu pau para você dar um telefonema para mim.

— E eu não vou dar um telefonema para você chupar o meu pau. Então, agora que já esclarecemos isso, você aceita?

Olhei para ele. Ele abriu um sorriso de orelha a orelha e colocou a mão debaixo da cabeça. Eu lambi o comprimento do pênis com a parte plana da língua. Quando cheguei ao topo, deslizei o comprimento inteiro pela minha garganta.

Ele respirou um profundo *ahh* e disse:

— Onde você aprendeu a fazer isso?

— Na Escola de Artes Performáticas de Los Angeles — eu disse. — Eles me ensinaram a abrir a garganta para cantar. Depois, Kevin Wainwright me ensinou a colocar o pau dele dentro da garganta.

Ele riu.

— Eu gostaria de agradecer à Los Angeles Sei Lá o Quê e ao Kevin Esqueci o Nome por este momento.

Não pude deixar de sorrir, o que me impediu de me envolver na tarefa que eu tinha em mãos.

— Eu gosto de você, Jonathan.

— É recíproco, Monica.

Desmaiamos de exaustão por volta das 5h30. Duas horas depois, acordei com um sexo dolorido e uma garganta seca. O braço de Jonathan estava enrolado em mim. Sua respiração vinha em ritmos lentos e pesados. Olhei-o dormir, inspecionando-o de perto pela primeira vez. Seus cílios cor de cobre vibravam sob sobrancelhas macias. Sardas leves pontuavam seu nariz. Ele era realmente lindo, e, vendo-o com aqueles olhos, percebi que eu poderia facilmente me apaixonar por este homem. Eu estava andando em um precipício, até mesmo quando me permitia observá-lo por todo esse tempo.

Deslizei de sob seu braço e fui encontrar as minhas roupas.

Meu vestido e minha roupa de baixo estavam pendurados em uma cadeira perto da porta, e tinham cheiro do uísque de ontem à noite e do ar fresco da varanda da noite passada.

Deslizei dentro delas e fui para a cozinha em busca de água.

Olhei para o quintal, com mobília verde-escura e piscina em forma de feijão, enquanto tomava a minha água. Repassei a noite na minha mente, o que era difícil, pois, depois de certo ponto, tudo só se tornou um borrão de pele, suor e orgasmos. Devo ter dito o nome dele umas cem vezes, começando quando lhe implorei para me foder e terminando com um orgasmo que ele queria postergar eternamente.

Quando ele finalmente me deixou gozar, deve ter durado quinze minutos.

A primeira vez que me penetrou com tanta força foi quase como se ele quisesse me calar. Como se ele dissesse: "aqui, fica com isso, mas, por favor, pare".

Por favor. Estou te implorando. Estou implorando. Faço o que você quiser. Posso ser o que você quiser. Só não...

Eu ia dizer *não para*, mas, em circunstâncias diferentes, quando o amor da sua vida está saindo pela porta, pode-se dizer *não vá embora*.

A vibração do telefone me trouxe de volta ao presente. Eu estava inventando coisas. O telefone vibrou de novo. Não sabia se era o meu, mas localizei a fonte do ruído no balcão da cozinha, ligado à parede. O celular do Jonathan. E estava virado para cima.

A pessoa chamando: *Jess.*

Ex-mulher.

Porra.

Engoli o resto da água e coloquei o copo na pia. Eu tinha que ir embora. Não queria entrar no meio de seja lá o que aquilo fosse.

— Bom dia — disse ele, cara amassada de sono, camiseta esticada sobre o corpo perfeito.

— Peguei o copo da prateleira e tomei água dessa coisinha na porta da geladeira. Nem cheguei a abrir. — Ele encolheu os ombros, e eu relaxei. Ele não parecia se sentir invadido.

— Posso te fazer café? — ele perguntou. — Faço ovos mexidos se você quiser.

— Não, não precisa.

Enquanto eu enxaguava o copo, ele veio atrás de mim e beijou meu pescoço, dedilhando meu zíper.

— Que tal outra vez?

— O sol nasceu — provoquei. Eu queria outra vez. Em cima do balcão. No chão. Seus lábios acariciaram o lóbulo da minha orelha, e eu inclinei a cabeça para trás.

Ele puxou o zíper do vestido.

— Você precisa implorar de novo. Você é boa nisso. — Ele beijou minhas costas. Eu queria ser. Eu queria gritar por isso, mais uma vez, antes que ele se tornasse uma lembrança. Ele puxou meu vestido dos meus ombros com um toque perfeito que andava entre o firme e o leve, um toque na clavícula, talvez, como o que foi pego na câmera no dia do casamento.

— Seu telefone tocou — eu disse. Idiota. Outra vez teria sido bom, mas agora era tarde demais.

— Está sempre tocando. — Ele colocou a mão dentro do vestido e acariciou meus seios. Os mamilos endureceram com seu toque.

O telefone vibrou. Seus lábios me deixaram, e eu sabia que ele estava procurando o aparelho. Suas mãos caíram, e um frio palpável encheu o recinto. Pigarreei.

— Acho que preciso atender essa — disse ele, fechando de novo o meu zíper.

— Claro — sussurrei. — Meus sapatos estão lá em cima.

Caminhei até a porta, e, quando olhei para trás, ele estava tirando o cabo do telefone. As mãos dele poderiam estar tremendo. Eu não sabia dizer.

Peguei meus sapatos do chão do quarto e desci de novo para a cozinha. Ele estava no pátio, cotovelos apoiados nos joelhos, olhando para as lajotas com o telefone pressionado ao ouvido. Suas mãos faziam gestos, mas eu não conseguia ouvi-lo. Não era da minha conta.

— Adeus, Jonathan — eu disse, antes de sair pela porta da frente.

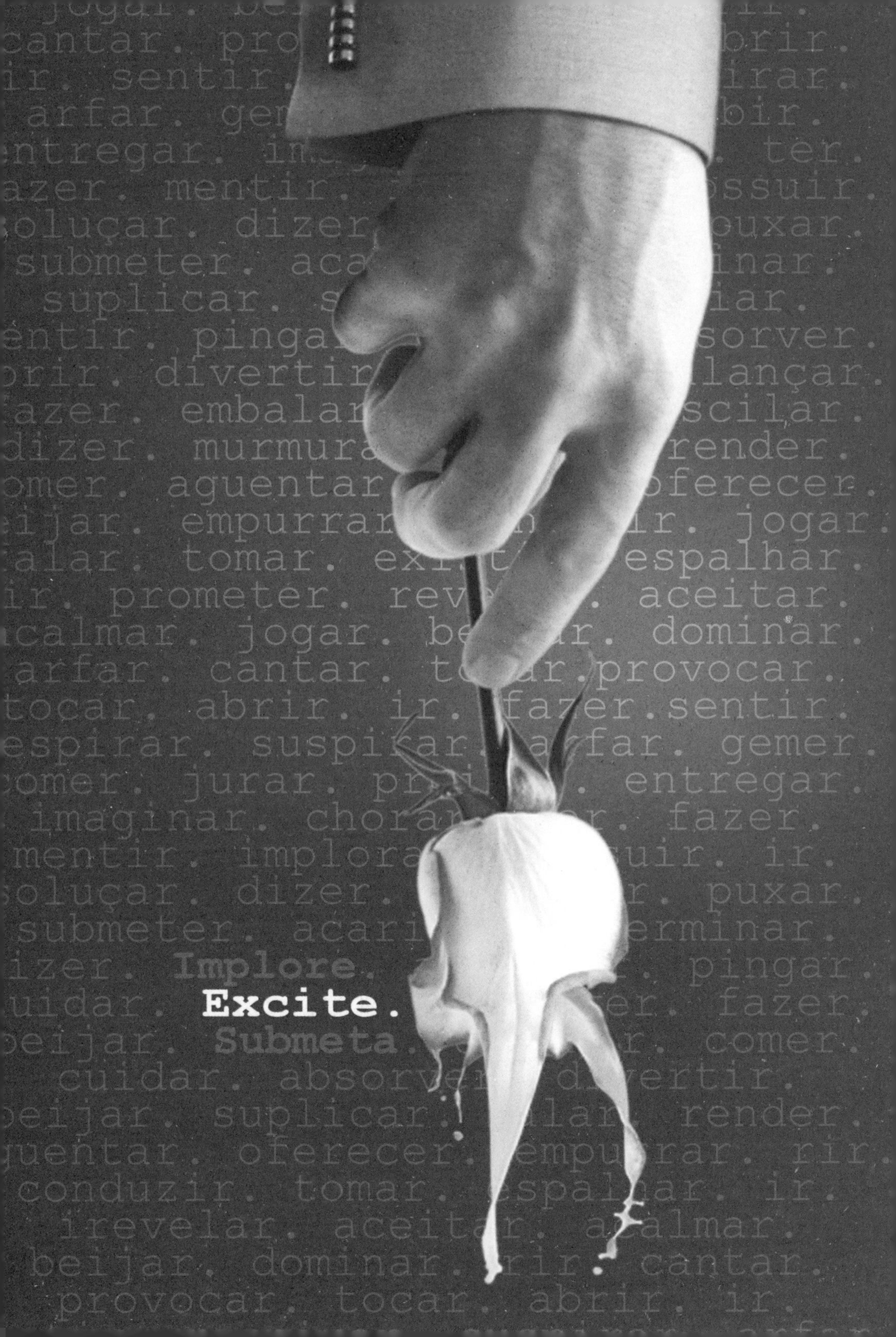
Implore.
Excite.
Submeta.

Capítulo um

Jonathan era o mestre da minha nudez, das minhas posições e dos meus orgasmos, e, ainda que a primeira transa da noite teria deixado qualquer mulher normal satisfeita, minutos depois de ter acabado, eu o queria de novo.

Seu pau era bonito: proporcional, a cabeça exatamente do tamanho certo e a haste dura e reta. Eu só tinha visto outros dois pênis ao vivo e, embora tenha visto bastante esses dois, não ia fingir que tinha experiência suficiente para julgar se era tão enorme quanto parecia. Mas, enquanto conversávamos e ele acariciava os meus cabelos, seu pau ficou duro de novo. Não resisti e o coloquei na boca mais uma vez. Depois de uns minutos, ele girou meus quadris para o outro lado e nos tornamos uma bola extasiante de suor e calor, fazendo um 69 comigo por cima. Ocupei todo o comprimento dele ao mesmo tempo em que ele punha a língua na minha vagina. Ele agarrou minha bunda com firmeza, enterrando os dedos na pele, tirou a língua e então enfiou outra vez.

— Jonathan — gemi, beijando a cabeça do seu pau —, vou gozar se você continuar fazendo isso.

— Não, não vai — ele disse, beijando de leve meu clitóris antes de me virar. Guiou meu corpo até que eu estivesse por cima e de frente para ele. Agarrou minha bunda de novo, os dedos no meu sexo onde era sensível, e me empurrou para baixo. Seu pênis ficou vermelho com meus lábios, e ele me puxou em direção a ele, depois para baixo, esfregando meus lábios em todo o comprimento do seu membro.

Encostei meu rosto no dele, respirando forte, e disse:

— Eu quero você.

— Você quer o quê?

— Quero que você me coma.

Ele alcançou a gaveta da mesa de cabeceira e pegou uma camisinha enquanto eu me esfregava nele. Me virei, minhas mãos tremendo. Quando comecei a guiá-lo para dentro de mim, ele disse:

— Eu quero ver.

Levantei meus quadris para poder agachar sobre ele. Olhou entre as minhas pernas e observou enquanto eu deslizava seu membro para dentro de mim. Ajoelhei de volta na cama e me movi para cima e para baixo. Ele pôs a mão entre as minhas pernas para mudar meus quadris de posição. Minha bunda ficou projetada, e o triângulo entre as minhas pernas, pressionado contra seu pau, esfregando meu clitóris enquanto eu me mexia.

Estremeci por causa do calor e da fricção. Não achei que fosse capaz de conservar qualquer tipo de ritmo, mas consegui, porque eu tinha que conseguir. Ele tocou meu seio, mas eu sabia o que fazer. A posição em que eu mantinha meus quadris era tudo, e eu nunca esqueceria. O contato direto do clitóris, ele dentro de mim, rodeada pelo cheiro dele, pela voz, pelo toque, me deixou cega para tudo mais que não fosse minha vagina.

Como se ele tivesse sentido o quanto eu estava quente, se virou e ficou por cima.

— Você está perto.

Não consegui responder. Se concordasse, era provável que ele fosse lavar roupa.

— Mais forte — eu disse em um sopro.

Ele levantou minhas pernas, separou e enfiou com força. Gritei, arranhando suas costas. Ele bombeou o membro dentro de mim até quando eu estava quase gozando. Tentei contar para ele, mas não tinha palavras.

Então diminuiu o ritmo.

— Oh, Deus, não — gemi.

— Calma — ele sussurrou no meu ouvido, o movimento de vai e vem tão delicado, tão lento.

— Você está me matando. — Eu flutuava à beira do clímax. A tensão e o prazer puxavam cada um para um lado dentro de mim.

— Não sei quanto tempo mais vou conseguir segurar — ele disse, mas conseguiu, naquele compasso, até que o aumento progressivo de prazer quase transbordou. Pensei por um momento, *vou gozar sem contar para ele, porque senão ele não vai deixar.*

— Por favor — engasguei, minha determinação evaporada. — Preciso gozar.

— Não precisa.

— Posso? Por favor? — Eu queria pedir ainda mais do que queria gozar. Queria implorar. Queria que ele me forçasse a me perder nele.

Ele se comprimiu contra mim, e eu gemi. Não respondeu.

Supostamente, eu devia saber o que fazer.

— Jonathan, por favor. Por favor, me deixe gozar. Não posso... — Ele encostou o nariz no meu e me olhou nos olhos. Me senti rodeada por ele e segura na atenção que tinha comigo. — Eu vou perder o controle... Por favor. Por favor, me faça gozar.

— Fazer o quê?

— Me fode com força. Por favor. Eu faço o que você quiser. Eu chupo onde você quiser. Vou ser sua. É tudo o que eu tenho, mas, por favor, me coma pra eu gozar.

— Então goze. — Ele se colou a mim, devagar, mas com vigor, e senti meu mundo se desmanchar quando ele grunhiu e se movimentou para a sua própria satisfação. Minhas mãos passaram por cima da cabeça e agarrei a cabeceira da cama. Minhas costas arquearam, e devo ter gritado, porque senti sua mão no meu rosto, o polegar enganchado na minha boca entreaberta. Continuou se movendo, movimentando os quadris e ofegando, e, a cada impulso, enviava uma nova onda de sensações através dos meus lábios, vagina, clitóris, tudo.

O calor subiu rápido pela curva da minha espinha. As sensações se prolongaram com a troca de suspiros e emoções. Minha voz não era minha, mas a expressão de uma construção explosiva detonando dentro de mim. Quando ele me mordeu com força, na base do pescoço, outro ponto de gratificação foi encontrado. A dor era o contraponto a todo o resto, me trazendo de volta à consciência e incendiando mais uma vez o meu orgasmo. Gritei de novo, me empurrando de encontro ao seu pênis, sem sentir nada além de umidade, firmeza e choques de prazer entre nós. Entrei em uma zona atemporal, e, quando me dei conta, ele estava amolecendo dentro de mim. Diminuí o ritmo, mesmo quando meu orgasmo assumiu vida própria.

— Monica? — perguntou a voz de Debbie, não a de Jonathan.

— Hein? — Eu estava no trabalho. No início da tarde, quinta-feira. Tinha cinco mesas cheias e uma bandeja com copos sujos nas mãos.

Debbie, minha chefe, olhou para mim com preocupação e um pouco irritada.

— Está tudo bem com você?

— Tudo bem, só estava pensando.

— Sobre o quê? Você ficou imóvel no meio do salão.

— Nada. Desculpe.

— Você tem Ute Yanix na sete. Por favor, se precisar faltar, me fale. Senão... — Ela girou a mão no pulso para dar a entender que estava na hora de continuar a trabalhar. Corri para a mesa de Ute Yanix com um sorriso e um pedido de desculpas. Anotei o pedido da atriz com a cabeça temporariamente fria, que se tornou quente apenas três minutos depois ao pensar nos pelos da barriga de Jonathan.

Duas semanas antes de conhecer Jonathan, eu me sentia uma pessoa normal. Trabalhava. Cantava. Reclamava do meu agente. Tomava conta da Gabby e bebia um pouco demais. Eu me dava prazer talvez uma vez por semana se eu pensasse nisso. Ia de um lugar para outro, devaneando sobre ganhar um Grammy ou estragar a vida do meu ex-namorado para sempre. Não tinha percebido quanto tempo eu passava planejando o falecimento de Kevin, mas, quando parei, preenchi os espaços com Jonathan.

Depois de Jonathan, meu cérebro parecia conectado diretamente em sexo. Eu andava em um estado de excitação constante. O último ano e meio me pegou como um trem colidindo com uma parede. Em seguida ao impacto inicial, o resto do trem permaneceu em movimento, empurrando aquele carro da frente até que dezoito meses de desejo foram espremidos em duas semanas.

Na tarde seguinte à minha primeira noite na casa dele, Jonathan me mandou uma mensagem de texto de algum saguão do aeroporto de Los Angeles. Ele me agradeceu pela ótima noite e fez promessas que não acreditei de jeito nenhum, e então... nada. Eu não esperava nada. Ele não era meu namorado. Não era nem mesmo meu amante. Era um cara qualquer para quem eu costumava trabalhar, que por acaso me levou para a cama depois que passei um ano e meio de celibato intencional. Ele abriu a caixa de surpresas da sexualidade apertando um botão que eu nem sequer sabia que tinha.

Ele tinha feito uma lista inteira de coisas antes daquilo, naturalmente. Tinha sido confiante, charmoso e vulnerável, tudo ao mesmo tempo. Me tocava de um modo que parecia eletricidade estática sem o choque, e me fazia gozar como nenhum homem tinha feito antes. Esqueça. Nunca fiz *a mim mesma* gozar daquele jeito.

O peso quente entre as minhas pernas era o motivo que eu corria do trabalho para casa na maior parte dos dias, me fechava no banheiro e me masturbava como uma garota de treze anos. Também tinha dificuldade em funcionar fora do trabalho. Eu tinha mandado um aviso de rescisão cheio de erros de digitação para o empresário da minha banda, Vinny; atendi uma ligação da assistente de Eugene Testarossa no meio de uma sessão de masturbação; e parei de me alimentar. Meu amigo Darren começou a cozinhar para mim e a me observar com olhos de águia.

A única coisa que eu conseguia fazer melhor do que nunca era cantar.

Porra, ninguém me segurava. Os ensaios com Gabby, minha pianista e melhor amiga, eram quase tão bons quanto o sexo comendo meu cérebro. Nós não errávamos. Eu fazia mudanças de última hora, ela acompanhava. Há duas semanas, eu tinha ficado envergonhada de cantar músicas antigas em um clube, mas as performances dessas duas semanas tinham chamado a atenção de agentes da WDE. Naquela noite, eles viriam para nos assistir. Nossa versão de *Under My Skin* ia fazer Sinatra sair correndo e *Stormy Weather* faria chover em Los Angeles. Nunca tinha me sentido melhor em relação ao meu trabalho na vida.

Eu só precisava manter a mente no meu emprego.

— Você vai tocar outra vez hoje à noite? — Robert perguntou ao servir as bebidas nos copos com gelo.

— Vou — eu disse. — O último set.

— Fiquei contente em assistir você na semana passada. Você estava sexy.

— Obrigada. — O elogio era a dimensão do vocabulário de Robert, e eu o aceitei com um sorriso.

— Tudo bem com você? — ele perguntou. — Mais cedo, você parou de se mexer por um minuto. Pensei que fosse cair ou algo assim.

— Estou bem. Só um pouco distraída.

— Provavelmente é por causa da música. Você ficou concentrada. — Ele piscou e fez um clique com a língua nos dentes. Ele era um cara legal, mas meio idiota.

Cuidei da Ute Yanix e do resto das mesas, fazendo um esforço combinado para sorrir e manter a mente no trabalho.

Quase na metade do meu turno, vi Debbie conversando com uma mulher grande perto da porta. A mulher vestia calças pregueadas cinza e uma jaqueta da mesma cor com lapelas de veludo mais escuras combinando.

— Quem é aquela com a Debbie? — perguntei a Robert, ao mesmo tempo em que entregava uma comanda para ele.

— Não sei, mas não quero me encontrar com ela, ou com ele, numa rua escura.

A constituição da mulher era a de um retângulo coberto com um *mullet* castanho com as pontas loiras. A orelha esquerda estava circundada por argolas prateadas do lóbulo até a curva da cartilagem.

— Tenho certeza de que é uma mulher — sussurrei. — Ela não se parece com cliente.

— Provavelmente está com um roteiro embaixo da camisa — ele murmurou, ficando mais silencioso do que o ruído branco do trip-hop instrumental.

— Rolf Wente está na mesa seis. Talvez ela queira deixar o roteiro cair no colo dele.

— Se ela chupar o pau dele, ele vai ler a página um.

— Ele sabe ler?

Nós demos umas risadinhas, tentando ficar quietos para o pessoal que vinha almoçar. Agarrei a minha bandeja e entreguei as bebidas, anotei um pedido e verifiquei o restante das minhas mesas. Esqueci a mulher do conjunto cinza até que voltei para o balcão de serviço e a vi em pé ao lado de Debbie, olhando para mim como se eu fosse o motivo de ela estar lá. Robert arqueou uma sobrancelha para mim, e eu disse a ele para se calar com os lábios franzidos e os olhos apertados.

— Olá — eu disse quando me aproximei de Debbie e da Retângulo.

— Monica — Debbie disse —, essa é a Lily.

— Pode me chamar de Lil. — Retângulo tinha um sorriso genuíno e uma voz feminina.

— Oi, Lil. — Deslizei minha bandeja sobre o balcão e sequei as mãos grudentas de refrigerante em uma toalha felpuda e úmida antes de cumprimentá-la. Ela apertou minha mão, mas só por um segundo, como se a familiaridade a deixasse desconfortável.

Lil me entregou um pequeno envelope bege que tinha a largura suficiente apenas para caber um cheque. Meu nome estava rabiscado na frente com caneta esferográfica azul.

— Não é uma intimação, é? — brinquei.

— Não.

Olhei para ela, para Debbie, e de volta para ela. Lil acenou de leve com a cabeça e disse:

— Obrigada. — Ela saiu em seguida.

— O que foi isso? — perguntei à Debbie.

— É — Robert disse, aparecendo sem ser chamado, cotovelo no balcão, espiando meu envelope. Bati em Robert com ele.

— Faça o seu intervalo — Debbie disse para mim. — A Maddy cobre você.

Levei meu pequeno envelope para a sala dos fundos, que tinha algumas mesas compridas, uma máquina de venda automática, microondas e nossos armários. Estava sozinha. Abri o envelope.

Querida Monica,

Você pode me encontrar no Loft Club depois do trabalho? Gostaria de conversar com você, longamente, até de manhã, se for possível.
A Lil vai te encontrar na frente, depois do seu turno.
Se não puder ir, diga a ela.

Jonathan

O texto foi escrito com firmeza, com a mesma esferográfica azul. Como se tivesse escrito rápido, sem pensar, ou como se estivesse com pressa. Pela bilionésima vez naquela tarde, contei os dias desde que nos vimos pela última vez. Ele tinha dito que estava indo para a Coreia por duas semanas, e assim foi. Aproximei o papel do nariz e senti em cheio o seu perfume seco. Um aroma controlado, verdadeiramente original.

Não tinha ideia de como atravessaria a segunda metade do meu turno. Eu tinha um show naquela noite, e era importante. Segundo a assistente da assistente com quem eu tinha conversado na WDE, metade dos agentes de talentos deles estaria no Frontage para ver a Gabby e eu, embora nós ainda fôssemos uma dupla sem nome. Eu tinha quatro horas entre o turno do almoço e o show. Poderia encaixar o Jonathan. Fazer planos com ele para antes do show era tolo e imprudente, mas eu queria ver Jonathan Drazen quase tanto quanto queria tocar.

Capítulo dois

Lil esperava lá fora, encostada em um Bentley cinza, em uma área de carga e descarga. Quando me viu, abriu a porta de trás.

— Olá. Hã... — Me senti estranha entrando em um carro sem saber para onde estava indo ou quem estava dirigindo.

Lil falou como se estivesse lendo a minha mente:

— Sou a motorista do Sr. Drazen. Vou te levar até lá e trazê-la de volta. Se você vai ficar fora até tarde, pode me dar a chave do seu carro que eu tomo conta dele para você.

— Como?

— Levo o carro até sua casa.

— E como você voltaria para o seu carro?

Lil sorriu como se eu fosse uma criança de sete anos de idade perguntando por que a água desce, e não sobe.

— Não sou a única funcionária. Não se preocupe. Por favor. Este é o meu trabalho.

Sorri para ela, transmitindo puro desconforto, e deslizei para o banco de trás.

Nunca tinha estado em um carro daquele antes. Darren e eu tínhamos alugado uma limusine para o baile de formatura, mas cheirava a cerveja e vômito, e o tapete estava úmido da lavagem recente. Tinha andado na Ferrari de Bennet Mattewich na estrada 405 às duas da manhã. Ele achou que o passeio tinha lhe comprado uma chupada, mas quase comprou um pneu retalhado. Ficamos amigos, mas ele nunca me convidou para entrar no carro do pai dele outra vez.

O Bentley era imenso. Os assentos de couro ficavam de frente um para o outro e tinham botões cromados escovados que eu não entendi, sem nenhum farelo ou mancha de sujeira em torno deles. O painel era de madeira — madeira de verdade, escura e quente — e, apesar de o trajeto ter durado cerca de dez minutos, senti como se estivesse sendo transportada de um mundo para outro via espaçonave.

O carro parou em uma rua sem saída na parte mais industrial da cidade, em algum lugar entre o distrito das artes e o rio. Ao lado do carro havia um armazém antigo com o andar superior feito exclusivamente de janelas. A lateral do edifício oposta ao estacionamento era pintada de preto fosco, com uma escrita moderna listando cada morador. Nenhuma menção de um Loft Club ou algo similar.

Já assisti a um bom número de filmes para saber que eu deveria esperar, e Lil estava na minha porta em exatos dois segundos, como se eu não fosse capaz de abri-la sozinha.

— Vá até a recepção e a concierge vai tomar conta de você. — Ela me entregou um retângulo de papelão do tamanho de um cartão de visitas com alguns números na frente. A palavra LOFT estava impressa em cinza, em cima.

— Obrigada — eu disse. Subi as escadas e entrei. Quando mostrei o cartão para o cavalheiro asiático que estava atrás do balcão de vidro do saguão, ainda estava convencida de que ou eu estava no prédio errado, ou a coisa toda era uma brincadeira cruel.

Ele conferiu o cartão com alguma coisa escrita em um livro de couro de uma forma que não era grosseira, mas de um jeito ou de outro era indiscreta. Mudei um pouco a minha roupa de garçonete: camisa envelope preta e saia curta, da Target e do brechó na Sunset, respectivamente. Sentia como se minhas roupas me expusessem como uma estranha ou pior: uma mentirosa e ladra, mas ele levantou os olhos com um sorriso e disse:

— Vá por esse corredor atrás de mim. Passe a primeira fila de elevadores e vire à esquerda. Toco uma campainha para você passar as portas. Há outro elevador no final do saguão. Pegue e vá até o último andar.

— Muito obrigada.

Meus saltos faziam ruído no piso de concreto. Apertei minha bolsa junto ao corpo. Passei o primeiro conjunto de elevadores e virei à esquerda. Um par de portas de vidro fosco estava no meu caminho, e notei uma câmera girando sobre elas. Um segundo depois, um bipe ressoou, precedeu um clique, e as portas se abriram com um som sibilante.

Além dessas portas, o saguão mudou. A iluminação era mais suave, vinda de arandelas cromadas modernas. As paredes eram de um branco mais acetinado, e, quando me aproximei, vi a textura sedosa, de alguma forma, com uma nuance maior. O elevador de carvalho e bronze não tinha aparência de geladeira como a maioria, zumbia em ré menor e soava no mesmo tom antes de abrir com um som sibilante.

Entrei. O tapete era estampado com flores, e apertei o botão que dizia *Loft* em letras maiúsculas. A porta fechou e o elevador subiu sem fazer nenhum som. Fechei os olhos, atenta à força sob os meus pés. O movimento do elevador, de certa forma, acrescentou pressão entre as minhas pernas, o que talvez tivesse mais a ver com o fato de ir encontrar Jonathan do que com a velocidade perfeita do recipiente em que eu estava.

As portas se abriram em uma sala de vidro com vista para a cidade. Dava para ver a biblioteca, o Marriot, o horizonte inteiro e o miasma de névoa e fumaça pairando sobre tudo. O piso de mármore tinha uma dignidade toda própria e foi polido com um brilho que não parecia barato. O trabalho em madeira parecia ter sete voltas extras de cavilhas.

O saguão tinha poucas pessoas, falando em voz baixa. Um tilintar de risadas. Um encontro de rapazes com ternos perfeitos. Sofás de couro. Um lustre tão grande quanto a minha garagem. Não fui capaz de absorver tudo com rapidez suficiente.

— Posso ajudar? — A mulher juntou as mãos à sua frente e inclinou o corpo um pouco. O cabelo estava preso em um coque comum e a cor era igualmente comum. Ela sorriu de forma atraente, mas não de maneira a impressionar. Mesmo que usasse um conjunto azul da Chanel, seu trabalho era não parecer ameaçadora, o mais possível, e ela era muito boa nisso.

— Olá — eu disse. Sorri porque não sabia mais o que fazer.

Ela notou o cartão amassado em minha mão.

— Posso?

— Oh. — Estava tão nervosa que estava agindo como uma tonta. Eu tinha direito de estar ali. Fui convidada. Não tinha motivos para não me sentir merecedora só porque não sabia onde estava. Entreguei o cartão a ela e fiquei mais ereta, mas não graças à minha saia de brechó e sapatos de dois anos de idade.

Ela agradeceu e verificou o cartão.

— Por aqui. Meu nome é Dorothy.

— Monica. Muito prazer.

Ela deu um sorriso educado e me levou por saguões e atalhos. Quando observei o número de paredes externas que tinham janelas, lembrei do aspecto do prédio visto da rua. Por toda a cidade havia lugares misteriosos e inacessíveis do lado de fora, e aquele armazém era um deles.

Finalmente, Dorothy parou em frente a uma porta.

— Se você precisar de alguma coisa, sou a sua concierge. Meu número está no cartão.

Ela me entregou um cartão branco do tamanho de uma carta de baralho, e em seguida abriu a porta.

— Obrigada. — Eu não sabia se deveria dar gorjeta ou dizer alguma coisa em especial, então só entrei. Dorothy fechou a grossa porta de madeira com um clique. Duas paredes eram feitas de janelas. A terceira parede tinha prateleiras com vinhos, copos, um balde de gelo, um balcão de bar e uma pia. A quarta tinha uma pintura a óleo enorme que parecia um Monet ou uma cópia muito boa. O tapete persa parecia autêntico. Sofás antigos rodeavam uma mesa de centro de quase dois metros de comprimento, cortada de uma única árvore.

Eu não tinha ideia do que deveria fazer.

Vi uma garrafa de Perrier e dois copos sobre uma mesa pequena no lado oposto da sala, perto da janela, e fui até lá. As cadeiras de couro próximas à mesa estavam gastas nos lugares certos e os braços fixados com tachas de cobre. Um envelope com a palavra "Monica" impressa na frente estava equilibrado entre os dois copos. Peguei o bilhete. Impresso em relevo prateado, no papel timbrado do clube, li:

Estou cinco minutos atrasado — Jonathan.

Olhei no relógio, depois me servi de um copo de água e esperei na cadeira, cantarolando e olhando a linha do horizonte. Estava ansiosa para vê-lo e sentir seu toque, as curvas do corpo, o calor da boca sobre a minha.

Quando a porta abriu, me assustei. Levantei, ainda segurando o copo baixo de água com gás.

Jonathan enfiou o celular no bolso com uma das mãos e com a outra carregava uma pasta. Eu só o tinha visto à noite, nu ou com roupas casuais e desleixado, no final do dia. Eu nunca o tinha visto barbeado, com um blazer de tweed espinha de peixe de três botões, uma camisa branca de grife e uma gravata cor de carvão. Um quadrado de seda preto saía do seu bolso esquerdo. Abotoaduras pretas combinavam. Tudo muito legal. Exibia a forma do corpo de Jonathan: reto, alto, com ombros que não necessitavam de enchimento e uma cintura que não empurrava os botões da frente.

— Oi — eu disse.

— Você veio. — Ele parecia genuinamente surpreso e pôs a pasta sobre a mesa baixa perto dos sofás.

— A Lil não contou para você?

Ele veio em minha direção.

— Ela não atende o celular quando está dirigindo, o que acontece a maior parte do tempo. — Ele parou bem perto de mim e senti seu olhar no meu rosto. — De certa forma, eu não queria saber.

Eu me inclinei na direção dele, respirando um pouco mais pesado, só para chegar mais perto.

— Tenho um show mais tarde.

— O quanto mais tarde? — Ele parecia se inclinar para a frente também, apesar de eu não ter certeza se era uma inclinação física ou uma forma de atenção.

— Mais tarde.

— Quer sentar?

Não, eu não queria. Queria colocar meu corpo inteiro sobre o dele. Em vez disso, quando ele se sentou, fiz o mesmo.

Ele se serviu de um copo de Perrier e recostou-se na cadeira.

— Como você está?

— Você mandou uma motorista me buscar para perguntar isso? Você poderia ter me mandado uma mensagem e teria a mesma resposta.

— Qual é a resposta?

— Bem. Obrigada.

— Apenas bem?

Ele queria mais. Queria um caminho para uma conversa sobre o que ele e eu realmente fazíamos bem. Pelo menos, essa era a minha interpretação.

— Bem — eu disse. — Um pouco excitada na maior parte do tempo.

Ele sorriu de modo verdadeiro e autêntico.

— Acho que senti sua falta.

— Você acha?

Ele se inclinou para a frente, pondo os cotovelos nos joelhos.

— Não vou fingir que senti sua falta como eu sentiria de alguém que eu conheço muito bem; mas, bem, veja um exemplo. Estou no escritório do Ministro do Turismo da Coreia. Esse é o cara que pode aprovar o hotel ou me mandar fazer as malas se eu falar uma palavra errada. Meu coreano é fluente, mas sem nuances, então tenho que prestar atenção.

Eu me inclino para frente também.

— Você fala coreano?

— Moro em Los Angeles. Você quer que eu termine a minha história?

Queria que ele se curvasse sobre mim e transasse comigo, mas em vez disso falei:

— Quero. Termine.

— Ele está recitando números rapidamente, e em algum lugar há um erro que vai me custar uma fortuna se eu prestar atenção apenas no total, mas tenho que traduzir os números e encontrar a falha. Como se ele dissesse que a permissão é um, as taxas são dois, alguma outra coisa é três, e tudo é igual a dez, o que significa que o erro é o quatro. Ele considera isso a sua propina, que eu não vou pagar, mas os números são maiores, e ele está falando rápido para que ninguém mais na sala compreenda. Não consigo manter meus pensamentos no que ele está falando ou quem estou pagando, porque tudo o que consigo pensar... — Ele interrompeu como se tivesse chegado à parte importante. — Tudo o que consigo imaginar na minha mente é abrir as suas pernas.

Fiz um *hum-hum* na garganta para não sorrir, mas ainda assim meu rosto se abriu em um amplo sorriso. Por um instante, pensei que ele não tinha tentado ser engraçado, mas, quando vi sua expressão satisfeita, eu sabia que não tinha insultado Jonathan.

— Eu nem estava pensando sobre sexo — ele falou. — Quero dizer, estava, mas, justo naquele instante, quando coloquei minhas mãos nos seus joelhos e abri suas pernas, você se inclinou para trás e me permitiu fazer isso. Fiquei repetindo essa lembrança. Aquele momento em que você *permitiu*. Não consegui somar nem subtrair um centavo. Tenho certeza de que paguei ao homem a mais.

Minhas pernas formigaram, desejando a pressão das mãos dele no meu sexo. Juntei os joelhos, esperando que ele fizesse o que eu tinha fantasiado.

— Bem — eu disse —, comecei chupando cubos de gelo, o dia inteiro.

— Ah. A varanda.

— Eu só sorrio até ele derreter. A Debbie acha que enlouqueci.

Ele tirou um cubo do seu copo.

— Talvez você tenha enlouquecido. — Estendeu a mão e encostou o gelo na minha boca, passando no meu lábio inferior. Abri a boca e ele circulou o contorno. Estiquei a língua, mas ele não me deu o gelo. Uma gota de água fria escorreu pelo meu queixo, ele afastou o cubo, pôs em sua boca e triturou. — Quero você — ele disse.

Minha coluna parecia um piano que alguém tivesse acabado de fazer escalas para baixo.

— Quero ter você de modos que me surpreendam.

— Vou encarar isso como um elogio.

— Mas acho que precisamos de clareza primeiro. — Nada se seguiu, a não ser ele olhando para o copo.

Eu me recostei na cadeira e tomei um gole de água.

— Continue.

Ele bateu com as pontas dos dedos na mesa e olhou pela janela, ganhando tempo. Eu não estava disposta a interromper.

— Imaginei um milhão de maneiras de dizer isso. Todas soam como se eu estivesse procurando magoar você — ele começou.

— A não ser que seu pau tenha caído em Seul, não pode ser nada tão ruim assim.

Ele riu e esfregou os olhos.

— Vou ser direto. Eu amo a minha mulher. A minha ex-mulher. Nada vai mudar isso, nunca.

— Certo.

— Não consigo amar mais ninguém.

Entendi. Nós poderíamos gostar um do outro para sempre, mas ele não cruzaria aquela linha para o amor, mesmo que eu cruzasse. Eu me considerei avisada, de forma justa. Tinha que falar para ele que eu convivia bem com aquilo, mas que eu também não era o seu capacho.

— Não quero o seu coração — eu disse. — Quero sua atenção por algumas horas de cada vez. Entendo que sou uma das várias mulheres com quem você farreia por aí.

Ele levantou uma sobrancelha.

— Quanta farra você acha que eu faço?

— Muita.

— Baseada em quê?

— Boatos. E fotos na internet. — Meu rosto queimou de tão vermelho.

— Em parte, os boatos são baseados em fatos, eu admito — ele disse. — Mas farra só é farra se eu sair com elas. Nas fotos na internet, eu estava vestido?

— Festas e coisas assim. — Não conseguia olhar para ele. Me sentia boba acusando Jonathan de ser promíscuo, com tão poucas evidências.

— Tenho sete irmãs. A maioria delas esteve comigo, me apoiando, desde o divórcio.

Quantas mulheres eu vi nas fotos? Não foram cem, mas achei que fossem como baratas. Se você vê uma sobre o balcão, há mais de cinquenta atrás dos armários.

— Quantas vezes essa coisa das irmãs vai me assombrar? — perguntei.

Ele sorriu.

— Elas formam um grupo astucioso. Todas mais velhas. E protetoras.

— Você tem sorte. Sou filha única. Me conecto com amigos.

Ele pôs o copo sobre a mesa e deslizou os dedos gelados entre os meus joelhos, mas não os separou. Um arrepio subiu pelas minhas coxas para a barriga, onde o calor que eu vinha reprimindo há semanas se enfureceu. Eu poderia ter fechado a boca na ocasião, não ter dito nada, aberto as pernas e deixado Jonathan fazer o que quisesse.

— Tenho mais uma coisa a dizer — murmurei.

— Conte para mim.

— Sou cantora. É o que eu faço. Você não pode interferir. Mesmo pelo melhor sexo da minha vida, você não pode ficar no caminho de um ensaio.

— É a última coisa que eu faria — ele disse.

— E também quero dizer que, se eu começar a sentir meu coração despedaçando, mesmo você sendo um completo cavalheiro, não importa. Terminamos. Mesmo que você não tenha feito nada errado. Não tenho tempo para isso.

Ele passou as mãos ao longo das minhas coxas, então de volta para os joelhos, os polegares raspando o lado de dentro. Mantive as pernas fechadas. Queria que ele me abrisse. Queria a pressão dos seus dedos na minha carne, e queria resistir, só um pouco.

— Tem outra coisa que venho pensando — ele disse.

— Fala.

Ele levantou minha saia e deslizou os dedos sob a minha calcinha como se ela nem mesmo estivesse lá. A intrusão foi deliciosa, e a minha saia de tricô barata subiu até que o triângulo da minha calcinha ficasse exposto. Quando ele olhou para baixo, senti como se estivesse sendo tocada outra vez.

— Sou dono dos seus orgasmos. — Ele me puxou para a borda da cadeira antes que eu respondesse. O movimento foi vigoroso, exigente, e não deixou espaço para perguntas.

— Não sei o que isso significa. — Arquejei enquanto ele tirou minha calcinha. Ele pôs o dedo embaixo do meu joelho direito e o posicionou sobre o braço da poltrona. Eu deixei. Queria que ele fizesse isso. Quanto menos eu resistia, mais excitada ficava, ainda mais quando ele fez a mesma coisa com a perna esquerda. Minhas pernas estavam completamente abertas na cadeira. Minha saia subiu e não deixou nada entre ele e minha vagina.

— Significa — ele disse, correndo as mãos pela parte interna das minhas coxas — que você goza quando eu quiser. E não antes. Se eu mandar você para casa sem gozar, você lida com isso até nos vermos de novo. — Ele olhou para mim como se não tivesse certeza de como eu reagiria. Seus olhos verdes escureceram na luz da tarde.

— Meus dedos alcançam, sabe — eu disse.

— Sistema de honra — Jonathan respondeu, passando o polegar em cada lábio úmido, deixando um som vibrando depois dele, como uma corda dedilhada.

Gemi. Só tinham se passado duas semanas? Com minha bunda deslizando para a frente, as pernas sobre os braços da cadeira, minha umidade rosa debaixo dos dedos dele, senti como se estivesse reprimida por muito mais tempo.

— Está certo. — Eu teria concordado com qualquer coisa.

— Está certo o quê? — Ele se ajoelhou na minha frente e beijou o lado de dentro do joelho antes de passar a língua, subindo pela coxa. Toquei seu ombro, e ele agarrou meus pulsos, colocando minhas mãos nos meus joelhos. — Diga.

— Você é dono dos meus orgasmos.

— E? — Ele mordeu embaixo, bem onde a coxa fazia uma prega para formar o sexo. A dor foi aguda e perfeita. Fiquei sem palavras por uns segundos. — Quando você goza? — ele perguntou. Agarrou minhas coxas, afastando ainda mais as pernas. Não doeu. Senti como se fosse uma rendição. Senti vontade de me entregar ao controle dele. Me senti segura.

— Gozo quando você quiser — sussurrei.

— Não pensei em nada além disso — Jonathan disse e colocou a língua no meu clitóris. Ele o aqueceu com o hálito, sem movimentar a língua. Fiquei ofegante e agarrei a parte de trás da sua cabeça. Tirou a língua, e, quando tentei puxá-lo de volta, ele segurou meus pulsos com uma das mãos. Sugou meu clitóris, mantendo meus pulsos presos. Eu estava indefesa sob a sua língua, a contrapartida suave à mão bruta. A ponta da língua traçava uma linha do clitóris para a minha abertura, provocando, e depois sugando levemente. O calor fluiu rápido pelo meu corpo. Joguei a cabeça para trás, respirando com força.

— Faz parte disso — ele disse, movendo a língua de volta para minha coxa —você me contar quando estiver perto.

— Tudo bem.

— Você está concordando com tudo hoje. — Os olhos verdes me encararam por cima do meu sexo. Eu concordaria com qualquer coisa que aquele rosto pedisse.

— Da próxima vez, peça quando eu estiver vestindo calças compridas.

Ele subiu devagar e me beijou, e senti o sabor dos meus sucos em sua língua. Minhas pernas ainda estavam abertas, e ele ainda estava vestido. Soltou as minhas mãos para tocar levemente os dedos nos meus seios. Alcancei o cinto com uma das mãos e com a outra senti a rigidez através das calças.

— Me deixa.

— Mais tarde.

— Agora.

— Sou dono dos meus orgasmos também — ele disse.

— Meu Deus, você é um ganancioso maldito.

Ele me beijou de novo e depois se afastou, olhando fixamente para mim. Comecei a baixar uma perna, mas ele segurou o tornozelo.

— Não se mexa ainda — ele disse. Então deu um passo para trás.

Vi sua ereção sob as calças de caimento perfeito, e ele não parecia inclinado a esconder. Tudo o que fez foi ficar parado lá, sorrindo, e olhando para mim com a vagina de fora. Sabia que ele não ia me comer e não ia me deixar gozar. Apesar de ter me deixado tão insatisfeita, porque o meu corpo o queria sem pensamentos de qualquer tipo de acordos ou regras, eu sabia que ele iria moldar o nosso encontro até que eu atingisse o pico de desejo. Eu o queria e esperaria o tanto que ele mandasse.

— Foi um voo longo — ele disse. — Eu gostaria de tomar alguma coisa.

— E depois?

— Você disse que tinha um show. — Ele se ajoelhou de novo.

Tive esperança por uns instantes de que ele fosse colocar a língua de volta no meio das minhas pernas e terminar o serviço, mas, em vez de fazer isso, ele tirou minhas pernas dos braços da cadeira com delicadeza.

— Ah, cara — eu disse. — Essa coisa de orgasmo vai me quebrar em um milhão de pedacinhos.

— E se valer a pena?

— Estou contando com isso.

Jonathan pegou minha calcinha do chão e a segurou aberta para eu vesti-la, passei os pés, e então ele a deslizou até o lugar. Ele ainda estava ajoelhado, com as mãos nas minhas coxas, quando disse:

— Pegue a saia. — Eu peguei. Ele colocou as mãos na minha bunda e beijou entre as minhas pernas através do tecido da calcinha. Terminações nervosas que eu não sabia que tinha acenderam muita munição.

Um milhão de pedacinhos, com certeza.

Capítulo três

— O que você gosta de beber, Monica? — Jonathan perguntou, como se estivesse se dando conta pela primeira vez de que não tinha ideia. Minha mãe não teria aprovado nossa rápida intimidade, mas mamãe também nunca tinha estado no bar de madeira bruta no saguão do Loft Club. Ela nunca tinha apreciado a vista oeste de Los Angeles, do centro até o mar, nunca tinha estado com outro homem além do meu pai, nunca tinha servido bebidas para setenta e cinco pessoas por noite ou cantado uma nota fora da igreja. Parei de receber lições de vida da minha mãe logo que abandonei meu primeiro amor e comecei a dormir com o Kevin.

— O mesmo que você, na verdade — eu disse. — Um uísque *single malt*, se eles tiverem.

— Imagino que você gostaria de gelo para chupar?

— Imaginou certo.

O barman, um senhor que parecia capaz de preparar o coquetel *bull shot* ou o Harvey Wallbanger sem consultar a receita, pôs gelo em dois copos e serviu dois dedos de MacAllan em cada um.

O salão era imenso e não muito lotado. Na sua maior parte, os membros do clube usavam roupas da classe criativa. Executivos do cinema, agentes de talentos, advogados da área do entretenimento, pessoal de agências de publicidade, todos sentados nas poltronas de almofadas quadradas, em torno de mesas baixas. Os garçons rodopiavam entre eles, fazendo pouco barulho e sendo tão despretensiosos e invisíveis quanto possível. Verifiquei para ver se todos estavam fora de alcance da voz.

— Há quanto tempo você é membro aqui? — perguntei.

— Meu pai fez a minha adesão para o Gate Club quando completei dezoito anos. Mudei para cá alguns anos depois.

Iggy Winkin, o cara do som no estúdio, tinha uma namorada que trabalhava no Club KatManDo. Era provável que fosse o mesmo tipo de coisa, e ele disse que as adesões custavam cerca de trinta e cinco mil por ano. Obsceno, claro, mas quem era eu para falar? Eu estava tentando contornar para um ponto inteiramente distinto, e trazer à tona o assunto de dinheiro desviaria a conversa indefinidamente.

— Devem conhecer você aqui — eu disse.

— Bastante gente. Os conhecidos antigos. Como o Kenny ali na frente. — Indicou o barman. — Ele trabalhava no Gate. Conheceu o meu pai. Me contou histórias que eu não queria ouvir.

— Que tipo de histórias?

— Você faz muitas perguntas.

— Estou tentando tirar da cabeça essa sensação do meio das minhas pernas.

Ele se inclinou mais para perto.

— Descreva para mim.

Tomei um gole do meu drink. Eu não tinha uma única palavra ou mesmo uma frase para descrever a pura fome da sensação física. Sussurrei:

— Tipo como se alguém me prendesse a uma bomba de bicicleta e me enchesse com muito ar. Me sinto superlotada. A culpa é sua. Agora, me conte. Kenny e o seu pai. Invente alguma coisa, eu não me importo.

— Meu pai é um bêbado. Um bêbado passivo, patético, e Kenny serviu alguns milhares de litros de vodca para ele durante trinta anos. O banco dele ficava no final do bar, bem ali. — Ele apontou para o espaço ocupado por um cara de trinta e poucos anos usando um terno creme e gravata azul. — Quero ouvir mais sobre o que está acontecendo no meio das suas pernas.

— Está consumindo o meu cérebro. O seu corpo tem um monte de superfícies onde eu quero me esfregar. Não sou capaz de pensar nesse estado. Meus pontos de QI estão diminuindo. Só consigo falar com sentenças curtas. De volta ao Kenny. Quantas vezes ele viu você aqui com uma mulher que quer se esfregar em você?

— Isso tem importância?

— Não, porque não tem. E sim, porque eu quero saber se devo roubar uma caixa de fósforos agora ou se deixo para a próxima vez.

Ele riu de leve, cobrindo a boca.

— Quero beijar você, mas tem um cara aqui da área de aquisições da Carnival Records e não quero te envergonhar.

— Quem? — Coloquei meus cabelos atrás das orelhas e fiz tanto esforço para não olhar em volta que devo ter olhado para todos os lugares ao mesmo tempo.

— Oi, Eddie — ele disse para o homem atrás de mim. O rapaz tinha a idade de Jonathan, grandalhão e bonito, o cabelo preto com entradas, que ele penteava para frente de um jeito que sugeria que fazia isso por uma questão de estilo, e não para cobrir a careca.

— Jon, tudo bem? Você assistiu ao jogo? Fomos assassinados.

— Não consigo mais assistir — Jonathan respondeu.

— Trabalhando demais, como sempre — Eddie disse antes de olhar para mim. — Sou o Ed. Nós jogamos juntos para a Universidade Penn State.

— Jogaram o quê? — Fiquei encabulada por não saber, mas não encabulada demais para perguntar.

Eddie olhou para Jonathan, e em seguida de volta para mim.

— Você não é uma das irmãs?

Jonathan sorriu, então eu soube que Eddie não estava insinuando nada terrível.

— Essa é a Monica. Não somos parentes — Jonathan disse.

— Ah — Eddie disse, oferecendo a mão para apertar a minha. — Desculpe. Muito prazer. Jonathan arremessava. Eu jogava na reserva.

— Muito prazer, Ed.

— A Monica é cantora — Jonathan disse —, mas ela encontra tempo para acompanhar os Dodgers.

— Minhas condolências para vocês dois — Eddie disse.

— Sou de Echo Park — eu disse. — Não conheço a desculpa desse cara.

Jonathan fingiu estar ofendido e olhou para o relógio.

— Você não tem um show?

Tomei o final do meu uísque. Os cubos de gelo eram enormes, então não pude colocar um na boca para benefício de Jonathan, do jeito que eu queria.

— Tenho. O pessoal que vai jantar mais tarde no Frontage me espera. Ed, foi bom conhecer você.

— Ah, então é *você* — ele disse.

— Talvez. Acho que depende do que você ouviu falar.

— Ouvi que alguém está botando a casa abaixo por lá.

— Duvido que seja eu.

Jonathan pôs o copo sobre a mesa.

— É ela. Garanto que não é tão modesta com um microfone na frente. — Ele se dirigiu a mim. — Vamos, deixe que eu te leve até o carro.

Nós nos despedimos, e, quando Jonathan me acompanhou, pôs a mão nas minhas costas. Minha pele se arrepiou com o toque.

— Obrigada pelo que você fez — eu disse no saguão do elevador. — Aquele cara, ele é importante no meu mundo. Você me colocou em um bom contexto.

— Foi um prazer, e, só para seu conhecimento, eu não teria dito nada se você não cantasse como canta.

O elevador estava vazio. Eu o beijei na descida, não como um início para o sexo, mas porque ele me comoveu ao falar do jeito que falou. Seus braços envolveram minha cintura e seguraram minhas costas, a boca retribuindo minha afeição, combinando o tom e a substância do que eu estava tentando dizer. Que ele quisesse meu corpo era suficiente para mim, mas apoiar o meu trabalho era novo e diferente, e exigia um tipo diferente de beijo. Queria que tivesse mais andares, porque as portas se abriram antes que eu tivesse aproveitado mais a presença do Jonathan.

Lil saiu do carro quando nos viu. Eu tinha tempo para voltar ao meu carro e chegar cedo ao Frontage para fazer a maquiagem.

— Depois do show — Jonathan disse —, me manda uma mensagem?

— Geralmente saio com meus amigos.

Ele me olhou de cima a baixo como se estivesse me comendo crua, como tinha feito e tentado esconder da primeira vez que nos vimos. Só que agora ele não precisava disfarçar.

— Se você não se incomoda com assuntos inacabados, tudo bem para mim — ele disse.

Entrei no Bentley e ele voltou para o clube.

Capítulo quatro

O camarim do Frontage não tinha melhorado nem um pouco desde a minha primeira noite duas semanas atrás, mas a minha atitude sim. Tínhamos começado em uma quinta-feira à noite, e eles nos pediram para voltar aos domingos e terças-feiras também, até nós ficarmos secas ou encontrarmos alguma coisa melhor para fazer. Embora eu reclamasse, eles pagavam em dinheiro vivo e não chupavam a gente de canudinho por coisas desnecessárias. Depois da primeira apresentação, nós trouxemos público e eles começaram a nos dar o jantar e pôr algumas bebidas no nosso caminho depois do set. Gostei de ser tratada como algo além de um colírio para os olhos que serve bebidas ou uma puta desesperada cantando por centavos.

Gabby já estava lá, espalhando corretivo sob os olhos. Hoje era a nossa noite. A WDE tinha reservado uma mesa. Rhee, a hostess, confirmou que era verdade, e, a meu pedido, ela os colocou perto do alto-falante à esquerda, o que possuía o som mais quente.

— Você checou se o seu assento tem chiclete? — Gabby perguntou.

— Sem chiclete — respondi, fazendo barulho com os frascos e tubos na minha bolsa de maquiagem.

— Cordas vocais acopladas?

— Espero que um dia você tenha síndrome do túnel do carpo.

— Vagabunda — ela disse.

— Esnobe — respondi. Sorrimos uma para a outra pelo espelho.

Conheci Gabby no meu primeiro dia na Los Angeles Performing Arts. Eu era alta, mas desengonçada e esquisita. Óculos e aparelho nos dentes, a coisa completa. Todos os alunos pareciam se conhecer. Todos tinham vindo de uma escola de música modelo *charter school*, no lado oeste, entrando no nono ano como atrações majestosas, conforme planejado. Eu tinha preenchido o formulário e tomado um ônibus para ir para a audição escondida dos meus pais. Informei a eles onde eu ia fazer o ensino médio quando a carta de aceitação chegou.

Assim, naquela primeira semana, enquanto estava me localizando, Gabby e a turma dela estavam totalmente unidas. Sem preparo nenhum para competir, eu estava sujeita a risadas que podiam ou não estar relacionadas ao fato de que eu estava desafinada meio tom, fui vítima de cordas de violão quebradas e encontrei uma pilha de chicletes azuis na pele do meu tambor. Durante o último período da minha primeira quinta-feira, quando sentei em uma banqueta e ela quebrou embaixo de mim, junto com o som da risada de todo mundo, saí correndo e chorando.

A última pessoa que eu esperava foi atrás de mim: Gabrielle. Ela riu mais alto, me encarou da forma mais dura, jogava o cabelo loiro com o maior vigor. Antes de desmoronar aos vinte e dois anos, ela era a garota mais confiante que conheci.

— O que você quer? — gritei quando ela me seguiu até o banheiro. — Por que vocês todos são tão maus comigo?

— Do que você está falando?

— Vocês riram quando eu caí.

— Foi engraçado. Quero dizer, você está aqui há uma semana, e, se tem uma cadeira quebrada, ou um violão com uma corda arrebentada, você pega. Os garotos fizeram uma aposta sobre quando você vai quebrar seus óculos na Educação Física.

Eu queria brigar mais com ela. Queria culpá-la por uma semana de sofrimento, mas o fato era que eu tinha escolhido o violão porque era azul, mas não verifiquei as cordas. O chiclete tinha aparência de muito velho, mas joguei a culpa neles mesmo assim, e sentei naquela cadeira porque ficava longe de todos.

— Todo mundo diz que você é uma esnobe — Gabby disse.

— Não sou esnobe. Sou uma vagabunda.

Mordi o lado de dentro da minha bochecha por um segundo, porque não se supõe que garotas esquisitas se arrisquem a dizer esse tipo de coisas para garotas bacanas. Depois de um momento, ela riu, e eu ri também.

— Venha sentar com a gente no almoço — ela disse. — Acho que o meu irmão tem uma queda por você, então... nojento. Tudo bem?

Ela me envolveu na turma daquele almoço em diante, como uma voz complementar em uma sinfonia, apenas me incluindo como se eu estivesse no mesmo ritmo e tom, e minha entrada simplesmente não tinha sido arranjada para as primeiras poucas ações.

— Você está calma? — perguntei a Gabby no camarim, ao mesmo tempo em que ela cutucava algo inexistente no seu rosto. Ela tinha que estar. Desde a minha noite com Jonathan, quando ele prometeu telefonar para Arnie Sanderson, ela estava em êxtase. A ligação tinha sido totalmente desnecessária, mas qualquer luz no fim do túnel dela era positiva.

— Não, não estou calma. — Ela deu uma risadinha. — Olhe! — Ela mostrou as mãos. Estavam tremendo. Em geral, ninguém iria querer isso em uma pianista, mas, no caso da Gabby, assim que ela se sentasse, seus dedos e corpo se acalmariam, e ela estaria no controle total. — Convidei todo mundo da escola. Recorri a todos os favores. E a galera toda do Thelonius? Todo mundo aqui. Darren também.

— Ele vai trazer a namorada nova?

— Não faço ideia. Você se sente segura para *Cheek to Cheek*? — A gente tinha trabalhado numa interpretação que soava como se Gershwin estivesse falando sobre mais do que um simples contato facial. Todas as canções tinham aquele balanço, e essa música trouxe outras com ela.

— Somos boas em *Cheek to Cheek*.

— Está acontecendo, Mô. Acontecendo de verdade.

— É um processo longo. — Peguei minha nécessaire de maquiagem e apliquei outra vez onde Jonathan tinha beijado. — Não vamos assinar nenhum contrato de manhã. Nem mesmo temos um CD ou qualquer coisa assim.

— Você disse para eu não me preocupar com isso.

— Eu não me preocupei até Jonathan me apresentar para Eddie Walker como se eu não soubesse quem ele era, e, se ele tivesse me pedido um CD, eu não teria.

Eu a observei pelo espelho e vi seus olhos ficarem perdidos. Ela estava fazendo um cálculo de cabeça, e demorou um segundo para a resposta surgir.

— Penn — ela disse.

— É, eles foram juntos para a Universidade da Pensilvânia, mas você sabe que esporte eles jogaram?

Quando Gabby não sabia uma coisa, não fingia saber, então sua resposta veio depressa.

— Não.

— Beisebol.

Ela colocou o bastão do rímel no tubo devagar, olhando fixo para ele. Eu quase podia enxergar a Gabby arquivando os dados e cruzando as referências com cada parte das informações de Hollywood que ela tinha na cabeça.

— Obrigada por estar aqui — ela disse. — Sei que você não queria fazer shows em restaurantes, mas me sinto realmente muito bem tocando nesses lugares e não poderia fazer isso sem você.

— Bem, eu estava errada. Eu deveria ter dito sim logo de cara. Quero dizer, a questão sobre apresentações é que você tem que se apresentar, caso contrário, é tudo conversa, não é? — eu disse.

— Exatamente o que estou falando. Se a gente tiver o apoio da WDE, talvez possa começar a tocar as *suas* músicas.

Encolhi os ombros. As minhas músicas eram diatribes punk cheias de fúria e não traduziriam a coisa lounge que eu estava fazendo com a Gabby. Se um agente aportasse aqui motivado por um número de piano lounge, eu não tinha ideia do que faria com ele. Eu não poderia ir de eXene para Sade em um espaço tão pequeno. Como tecladista, Gabby podia tocar qualquer coisa a qualquer hora, mas eu estaria em um mundo de merda ao primeiro sinal de sucesso trabalhando no Frontage. Eu tinha zero músicas prontas.

— Não contei para você uma coisa sobre conhecer Eddie hoje — eu disse, procurando parecer insolente.

— Ele é bonito?

— É. E ele ouviu falar de nós.

— Ele estava tentando transar com você.

— Não, ele não sabia que era eu cantando quando mencionou isso. Quero dizer, ele sabia, mas poderia ter falado algo educado tipo, *ah, que legal*, mas não falou. Ele disse bem assim, *Ah, então é* você?

— O que ele disse, exatamente?

— Ele tinha ouvido falar que alguém estava botando a casa abaixo no Frontage.

— *Alguém?*

Fiquei na defensiva. Ela me ajudou a sobreviver no ensino médio. Eu nunca a abandonaria.

— Ele não disse a frase como se fosse uma pessoa só. Poderia ser uma banda de suingue pelo modo como falou.

Gabby jogou os bastões e tubos de volta na pequena nécessaire.

— É melhor eu ir para lá — ela disse. — Tenho que animar o público.

Nós nos abraçamos como irmãs, e continuei a tornar meu rosto apresentável.

Quando eu disse a Jonathan que ele tinha sorte por ter irmãs, estava falando sério. Odiava ser filha única. Odiava quando minha mãe olhava para mim como se eu de alguma forma a tivesse desapontado por ser a primeira e a última, como se fosse minha culpa que eles tivessem encontrado câncer durante a cesariana. Odiava ser a única criança da casa. Odiava ser responsável por todos sucessos e fracassos dos filhos dos meus pais. A atenção era grande, exceto quando eu queria morrer por causa disso.

Se alguma coisa acontece com um filho único, não tem backup. Se ela é viciada em drogas, todos os filhos são viciados em drogas. Se ela morre em um acidente de carro, de repente, a família é dissolvida.

Por um lado, nunca me senti bem em volta das pessoas, e, por outro, ansiava por companhia. Precisava demais. Então, tinha toneladas de conhecidos, talvez umas quatrocentas pessoas na cena musical ao redor de Echo Park e Silver Lake. Poderia encher um clube quando eu precisava, mas, fora os caras que queriam transar comigo, eu não inspirei proximidade em ninguém além de Darren e Gabby, que eram órfãos e precisavam de mim tanto quanto eu precisava deles.

Capítulo cinco

Espiei dentro do restaurante. Darren estava no bar com um grupo todo amontoado. Reconheci: Theo, Mark, Ursula, Mollie e Raven. Darren era o Senhor Popularidade. Ele poderia rir de piada interna com qualquer um que ele encontrasse no lado leste. Ele tinha um ouvido para a linguagem e um modo de prestar atenção que lhe davam um "toque" vocal com quem quer que estivesse ao alcance da voz.

Não vi nenhuma garota que eu não reconhecesse, portanto, ou ele veio sem ela ou eu a conhecia. Não olhei para a mesa próxima do alto-falante quente de propósito. Não queria ver se eles tinham aparecido ou se era uma mesa cheia de assistentes se embebedando com o dinheiro da empresa. Não queria ver uma mesa vazia com um grande cartão escrito "reservado" sobre ela. Não queria ver nada; só precisava sentir.

Eu vinha drenando energia da minha noite com Jonathan por duas semanas, e, depois daquela tarde no Loft Club, me sentia renovada e preocupada. Eu não podia permitir ficar dependente de ele me excitar e incomodar para que eu cantasse para a vibração entre as minhas pernas. Não fazia ideia de quanto tempo mais ele me arrastaria por aí pela calcinha, mas com certeza não seria por tempo suficiente para construir uma carreira.

Rhee estava em pé perto da porta, do lado oposto do salão, cabelos presos, um sorriso grande, a sua configuração padrão. Uma mulher negra nos seus quarenta anos, ela parecia ter acabado de completar trinta. Ela piscou quando me viu e inclinou a cabeça para a mesa ao lado do alto-falante, que eu não conseguia enxergar do lugar em que estava.

Hora de ir, como meu pai costumava dizer.

A gerência sempre colocava quinze minutos no início do horário programado para o talento andar pelo salão, cumprimentando e conversando. Meu desdém por esse tipo de show tinha evaporado quando me dei conta de que os empresários astutos executavam assim a operação. Meu trabalho não era esmaecer no fundo do palco como eu pensava originalmente, mas fazer os clientes sentirem que eram conhecidos nesse local e, especialmente, se sentirem queridos. O objetivo era repetir o negócio, e, mesmo que novos clientes fossem encorajados, a gerência descobriu que os que vinham com regularidade davam gorjetas maiores, eram clientes melhores e mais amigos do que um fluxo constante de seguidores de tendências.

Gabby já estava improvisando no piano, no centro do salão de jantar. Os olhos dela estavam fechados. Ela nem saberia que estava na hora de começar até que eu colocasse a mão em seu ombro em doze minutos. Darren estava no meio de uma discussão séria com Theo e Mark, e me aproximei para cumprimentá-los.

— Oi, galera — eu disse para Darren, Theo, e Mark como grupo. — Por favor, aparentem estar contentes quando eu canto, tudo bem? Vocês estão conversando como se estivessem em um enterro.

Theo, que tinha tatuagens maori subindo pelo pescoço apesar de ser um escocês magrelo, apontou um cigarro apagado para mim.

— Diga para esse cara triste sair fora desse Boing Boing Studios. Ele é um homem sem banda. É um crime.

Darren revirou os olhos, e eu coloquei a mão no braço dele, falando em seu lugar:

— Ele contou para vocês que quer amadurecer como artista antes de se vender para o homem, certo? Ele contou para vocês que quer desenvolver o processo dele antes de começar a tocar para a glória de outras pessoas?

— Ai — Theo disse —, meus ouvidos doem com isso.

Mark entrou na conversa. Com sua jaqueta de lapela estreita e óculos pretos com aro de chifre, ele não poderia ser mais o oposto de Theo.

— Você precisa conseguir as suas dez mil horas, cara. Essa é a regra. Você não pode dominar a sua arte em menos de dez mil horas. Documentadas. Você não pode desenvolver o seu processo no vácuo. Acredite nisso.

Darren olhou para mim com seus grandes olhos azuis. Pobre rapaz. Ele e Gabby tinham o suficiente para viver por causa da herança, mas não podiam fazer muito mais do que viver. O fluxo de caixa que tinham parecia impedi-los de fazer o que era necessário a fim de crescerem.

— Darren, experimente — eu disse. — Seja um músico de estúdio por quinze minutos. Você está fazendo tempestade em copo d'água.

Por cima do ombro de Darren, vi um rosto que reconheci, e apesar de ter demorado uns segundos para pôr um nome naquele rosto, ela me conheceu na hora e acenou, sorrindo.

— Obrigada — Theo disse. — Muito bem, moça.

Mas minha mente estava na mulher de vestido verde.

— Tenho que ir — eu disse, abrindo caminho até ela.

Mas, antes que eu desse meio passo, Darren agarrou meu braço e cochichou na minha orelha:

— Atrás de você, dois passos. Kevin.

— Porra.

— Má ideia — ele disse.

— Você consegue se livrar dele?

— Não. — Ele sorriu para mim, nossos rostos perto o bastante para um beijo. Eu tinha deixado Darren pelo Kevin quase dois anos atrás, e, apesar de ter me perdoado, ele nunca esqueceu.

— Merda. O que vou fazer?

— Vá e aja como se fosse a sua sala.

Certo. Essa era a minha sala. Kevin era o intruso. Fiquei mais ereta e continuei em direção à mulher de vestido verde: a irmã de Jonathan.

— Theresa — eu disse —, olá. Estou contente que você veio.

Ela me beijou dos dois lados do rosto.

— Eu tinha que vir, claro, já que fui eu quem falou de você para o Gene.

— Oh, foi você — eu disse. — Agradeço mais uma vez, então. Não tinha ideia que você trabalhava na WDE.

— Eu dirijo o departamento de contabilidade. Não é glamoroso, mas me mantém ocupada. Essa é a minha irmã, Deirdre.

Deirdre tinha quase um metro e oitenta, vestia jeans e uma jaqueta camuflada. Seus cachos ruivos espalhavam-se por toda parte, e os olhos eram tão grandes e verdes quanto a própria Irlanda. Também estavam vidrados, com as pálpebras penduradas a meio mastro. Estava bêbada, e o jantar nem sequer tinha sido servido.

— Olá — eu disse. — Prazer em conhecer você.

Ela olhou para mim, e em seguida fez questão de olhar para o outro lado. Eu estava sendo ignorada, e de algum modo era profundamente pessoal. Eu me voltei para Theresa com um grande sorriso.

— Espero que você goste do espetáculo desta noite.

Deirdre bufou, e Theresa e eu nos olhamos por um segundo. Ela aparentava estar tão envergonhada quanto eu e disse:

— Tenho certeza que sim. Passe aqui na mesa depois.

Agradeci e saí. Olhei para Rhee. Ela conversava com um cliente, séria e concordando com um gesto de cabeça, sua pele escura um veludo impecável apesar da testa franzida. Se ela não estava no meu pé, eu tinha um minuto. Percorrendo o salão com os olhos, vi Kevin sentado com o amigo Jack. Kevin acenou com uma das mãos e empurrou o ombro de Jack com a outra. Jack acenou rápido e desocupou o lugar. Aparentemente, eles esperavam que eu me sentasse lá. Olhei de relance para Rhee outra vez. Ela mostrou cinco dedos. Mais cinco minutos. Perfeito. Deslizei para a cadeira vaga de Jack. Kevin não se levantou nem puxou a cadeira para mim. Ele nunca fez isso.

— É bom ver você — eu disse.

— Você trocou seu número. — Ele me olhou com os olhos tristes. Eles costumavam me colocar em um estado de pânico, como se eu tivesse feito alguma coisa para magoá-lo. Seus imensos olhos castanhos, grandes como pires, pendurados sob sobrancelhas arqueadas nas pontas. Ele tinha o típico rosto triste de desenho animado. Seu cabelo tinha aquela aparência oleosa hipster, um complemento perfeito para a barba sempre curta transmitindo que ele estava acima dessas preocupações triviais tais como estar bonito na companhia de alguém. Eu costumava pensar que isso o fazia mais inteligente, mais intelectual, mais espiritual, mas, na verdade, ele tinha tido sorte no departamento de aparência e conseguiu o objetivo em uma jogada forçada.

— Me desculpe — eu disse. — Você sabe onde eu moro. — Sorri porque queria que Rhee me visse sendo simpática com uma pessoa nova, e não como um gato de rua prestes a defender uma espinha de peixe.

— Isso é perseguição — ele explicou. — O fato de você não querer falar comigo passou a mensagem.

— Bem, somos adultos, e isso foi há um ano e meio. Então, tenho quatro minutos e meio. É bom ver você. — Fixei meu sorriso mais amigável no rosto quando recitei a última fala, e ele se convenceu. Tomou um gole de cerveja e relaxou.

— Ouvi falar que você estava cantando aqui. Todo mundo está comentando. "Essa garota do Frontage vai fazer você chorar." Assim que ouvi, pensei que era você. Meu canário. — Acho que fiquei um pouco vermelha. Não. Eu *sei* que fiquei um pouco vermelha. Com toda a degradação dele em relação à minha música no final, eu tinha esquecido o apelido carinhoso que ele deu para mim. A memória do tempo em que ele honrava de fato o meu talento atingiu direto o meu coração.

— E uma vez eu pensei em você... — Ele se interrompeu e pôs a mão no bolso. — Pensei: cara, eu gostaria que ela também visse o que eu ando fazendo. Pensei que a gente podia se juntar de novo. Artisticamente, sabe? Como criadores nessa cidade maluca.

Ele me entregou um livreto. O Museu Moderno de Los Angeles tinha um espetáculo, o Eclipse Solar, a cada vez que havia um eclipse total no mundo. Era um espetáculo em grupo dos artistas visuais e conceituais mais quentes do momento, e um convite para o show poderia abrir portas para novos artistas, revigorar as carreiras dos já estabelecidos e solidificar carreiras de estrelas no léxico histórico.

O nome do Kevin estava no meio da lista.

— Parabéns — eu disse. — Amanhã à noite, hein? Você já montou lá?

— Fiz isso hoje. Está incrível. É o meu melhor trabalho até agora. Tenho um último convite, e bem... — Ele fez sua cara de artista profundo, quando olhava ao longe e fazia uma expressão dolorosa antes do rosto ficar neutro. — Você contribuiu para o meu trabalho. Você foi a minha musa. Quero que esteja lá.

Ou ele tinha uma nova expressão ou queria mesmo que eu fosse, porque seu rosto não era nada mais do que completamente sincero.

— Vou tentar ir. Estou feliz por você.

Ele sorriu, e eu me lembrei por que eu o tinha amado. Não pela bobagem séria, mas pelos sorrisos que iluminavam seu rosto e meu coração ao mesmo tempo.

Avistei Rhee pelo canto do olho e levantei.

— Vou colocar você na lista — ele disse ao mesmo tempo em que eu me afastava.

Fui até o piano e toquei o ombro da Gabby. Ela abriu os olhos.

Dei uma última olhada no folheto antes de colocá-lo na minha estante para partitura. Jessica Carnes, a ex-mulher de Jonathan, estava no topo da lista. Dobrei.

Gabby começou *Stormy Weather*. A plateia ficou silenciosa, embora eu ainda ouvisse um som ocasional de garfos ou de copos tinindo. Tinha que fechar meus olhos por causa do holofote. Cantei do jeito que tínhamos ensaiado, claro, com o desejo sexual intacto, mas faltava alguma coisa.

A contribuição de Jonathan naquela tarde tinha feito seu trabalho no meu corpo, mas minha mente estava com Kevin, e tudo o que ele falou e não falou para mim, cada expectativa que não consegui cumprir, todas as vezes que falhei com ele por causa das minhas próprias ambições. Minha decepção pelo modo inadequado do seu amor veio como uma enchente.

Não tinha nada a fazer a não ser usar isso, porque comecei *Someone to Watch Over Me*. A música saiu como um rugido a partir do meu diafragma. Usei o rompimento que causei, me separando dos amigos de quem eu dependia porque eu era a agressora. Não me permitiam magoar. Não me permitiam chorar a perda de alguém. Sem a Gabby e o Darren, eu não tive ninguém que me amasse naquela época. Sem garantias. Sem irmãs para me protegerem das más decisões ou de qualquer amante predatório que se seguiu. Nenhuma Deirdre para me defender. Ninguém me abrigaria ou se preocuparia comigo. Quando encontrei aquele lugar emocional, uivei as últimas notas da canção, me livrando de todo o lixo acumulado que alimentava a garota furiosa no meu coração.

Então me senti limpa. Cantei o restante das músicas da forma como tínhamos planejado, com a dinâmica e as inflexões vindas do lugar certo. Culminamos com *Moon River*, nossa despedida delicada da montanha-russa emocional do set.

Tomei fôlego. E eles aplaudiram. Estava ficando acostumada. Não ficava mais cheia como um balão, provavelmente porque não eram as minhas músicas. O que eles aplaudiam durante os seus jantares era a minha habilidade, não as minhas composições, e aquela distância artística fez toda a diferença.

Acenei com a cabeça, olhando rapidamente atrás de mim. A mesa do Kevin estava vazia. Típico. Agradeci a todos, como das outras vezes, e fui rápido para o camarim. Gabby veio atrás de mim de imediato.

— O que aconteceu com você? — ela perguntou.

— O quê?

— Achei que você fosse desmoronar em *Stormy Weather*.

Ah. Eu lembrava. Gabby, a perfeccionista.

— Perdi a concentração, eu acho.

— Toda. Música. É. Importante.

— Obrigada. Sem pressão, tá?

— Essa não era a noite para encontrar seu ponto de apoio, Mô. — Ela apontou para mim, me acusando de ter estragado o set.

— Ei, sabe de uma coisa? Para com isso. E você deve levar em consideração fazer a sua parte e cumprimentar e conversar com o público antes do show. A Gabby que conheci no ensino médio não se escondia atrás de um piano.

Não esperei pela reação. Apenas fui embora. Eu tinha sido mesquinha e cruel. A Gabby que conheci no ensino médio não ia voltar, não depois da depressão e da tentativa de suicídio. Aquela Gabby tinha desaparecido há anos, e trazê-la de volta foi injusto. Eu estava lutando contra uma solidão autossatisfatória que fazia com que eu afastasse as pessoas.

A sala estava cheia, com os clientes do bar espalhando-se na área do jantar. Os garçons estavam com problemas para se deslocarem entre as pessoas, as mesas e as cadeiras fora do lugar. Consegui chegar na mesa ao lado do alto-falante quente e a encontrei cheia de homens vestindo ternos perfeitos com gravatas coloridas e mulheres usando camisas de botões e salto agulha. Roupa de agente. Theresa estava de costas para mim, e Deirdre, com sua careta desdenhosa, não estava à vista. Os onze estavam tendo tantas conversas acaloradas em grupos de dois ou três, que eu ia passar pela mesa e fingir que não era o meu caminho.

— Monica Faulkner! — Escutei meu nome e quase tive um ataque do coração. Eugene Testarossa, de quem eu tinha sido uma puxa-saco duas semanas atrás no bar do terraço da Stock, me chamou.

— Oi — eu disse, esperando que ele me reconhecesse. Pela sua expressão, ou ele não se lembrava de mim ou não se importava.

— Bela apresentação.

— Obrigada.

— Meu nome é Eugene. Sou agente de talentos para gravação na WDE. Já ouviu falar de nós?

— Sim, claro. — Eu estava transformando sorrisos em ouro, tentando evitar abraçar um cara que, sem seu trabalho e conexões, não teria conseguido mais do que uma rejeição educada.

— Gostaria de sentar e conversar com você sobre algumas coisas. Nada de mais. Nós vamos para o Snag. Você pode vir?

Um convite dos sonhos, mas não. Não ia falar de negócios junto com bebidas. E se não era sobre negócios, eu não queria cair em uma armadilha em um bar idiota no lado oeste da cidade.

— Tenho um compromisso, desculpe.

Ele me entregou um cartão vermelho brilhante que eu sabia ter a logo da WDE.

— Então me telefone, e combinamos alguma coisa.

— Obrigada. Nós esperávamos que você viesse esta noite.

— Nós? Você já tem agência?

— Não, eu e a Gabby. — Eu a indiquei no bar, perto de Darren.

— Ah, a pianista? Pensei que ela fosse contratada pelo clube. Hum. Bem. Você não precisa trazê-la se não quiser. — Meu rosto deve ter ficado arrasado, porque ele ficou mais ereto e estendeu as mãos. — Mas não tem problema. Sim, claro. As duas. Uma dupla. Podemos conversar.

— Ótimo.

— Tudo bem, você me telefona amanhã. — Ele apontou para mim, e então pôs o celular no ouvido. Sorri, mas sabia que teria mais agentes babacas no meu futuro.

Comecei a ir para os fundos por um corredor.

— Nós ligaremos — eu disse, quase trombando com Iris, a garçonete que estava lá por tempo suficiente para ser considerada mobília. Com um último aceno, fui para o bar o mais rápido possível, o que, depois de palavras gentis e apertos de mão em todos entre Eugene Testarossa e Gabby, levou cerca de sete minutos.

— O que aconteceu? — Gabby estava ansiosa em cima de mim. — O que ele disse?

Mostrei o cartão para ela. Ela me abraçou como se eu tivesse acabado de falar que o bebê era saudável.

— Bom trabalho. — Darren levantou sua cerveja.

— Não se amontoem em volta do cartão, pessoal. Fiquem frios, tá? Não é grande coisa — eu disse.

— Ah, moça — Theo disse —, não tem nada de frio em relação a você. — Ele pegou meu queixo entre o polegar e o indicador e balançou meu rosto. Bati na mão dele e o empurrei de brincadeira.

— Vamos sair — Darren disse. — Podemos pegar cada palavra que vocês dois disseram e fazer uma cirurgia de grande porte.

Oh, não. Isso não seria bom de jeito nenhum. Eu teria que contar para a Gabby que ela era uma parte opcional da dupla ou inventar alguma coisa, e eu seria pega mais tarde. Se ela descobrisse, eu teria que salvá-la antes mesmo que ela conhecesse Testarossa, e ela iria entrar numa espiral na Vila Merda, e eu não queria Darren e eu seguindo Gabby por aí outra vez. Nossa liberdade recente tem sido deliciosa.

— Tenho outro compromisso — falei, olhando de rosto em rosto, parando por último no de Gabby.

— Oh, oh — Darren disse. — O Kevin está de volta.

— Não é o Kevin — eu disse.

Gabby estreitou os olhos.

— Cancele.

— Não quero. Amanhã, você e eu podemos telefonar para a WDE. A assistente do Testarossa vai atender. Marcamos o encontro durante o horário de almoço, assim ele leva a gente para sair. Até lá, galera, vocês saem e se divertem. Vamos. Me dê um abraço.

Ela deu. Graças a Deus, porque eu não sabia quantas palavras convincentes ainda tinha em mim.

Capítulo seis

Mandei uma mensagem de texto para Jonathan assim que saí.

"Está acordado?"

"Estou no horário da Ásia. Bem acordado."

"Eu também."

"Então, por que você não está aqui?"

"Estou indo."

"Sério?"

"Estou brincando."

Estava debatendo comigo mesma se devia ver Jonathan, quando o procedimento padrão era ficar até tarde da noite com o pessoal. Testarossa tinha me oferecido o incentivo perfeito, mas quase desejei que ele não tivesse feito isso. Preferia dizer que estava me livrando deles para transar a contar que o agente dos sonhos da Gabby queria representá-la como anexo opcional, ou nem sequer isso.

Eu não a abandonaria.

Não podia. Não sabia como.

Ela não era só a irmã do meu primeiro amante. Os dois se tornaram a minha família. Nós tínhamos passado por *coisas* juntos.

implore. excite. submeta.

Capítulo sete

Eu me lembrava de onde Jonathan morava, próximo das figueiras históricas. Não tinha ideia de quantos carros ele possuía, mas o pequeno Fiat na entrada da garagem não parecia de modo algum com o estilo dele. Às dez da noite, ele não deveria ter nenhuma visita, mas estava em pé na varanda, com os braços cruzados, conversando com uma loira uns poucos anos mais velha do que eu. Ela usava um vestido estampado, na altura dos tornozelos, e uma jaqueta folgada. Ele me viu estacionar e acenou. A loira continuava falando. Eu não sabia se devia descer ou me esconder até que ela fosse embora.

Isso era ridículo. Eu tinha o direito de estar lá. Peguei minhas coisas e saí do carro. Como se fosse uma deixa, a mulher se virou e saiu da varanda, digitando alguma coisa no celular. Ao passarmos uma pela outra, ela me olhou de relance, mas levou o celular ao ouvido a tempo de evitar me cumprimentar.

— Foi embaraçoso — eu disse, ao entrar na varanda.

— Na verdade, não — Jonathan respondeu. — Ou, quero dizer, ainda não. — Ele vestia uma blusa de moletom e jeans, mas não eram cinza e velhos. Vestia roupas de grife novas, de caimento perfeito, realçando a beleza do seu corpo sem mostrar um só dedo de pele.

Ele olhou atrás de mim para o Fiat saindo.

— Sua assistente? — perguntei.

— Uma delas. — Quando o Fiat entrou na rua, ele clicou em um botão no controle remoto e o portão fechou deslizando. Ele se apoiou no batente da porta. — Como foi o show?

— Fantástico. Estamos a ponto de conseguir um agente muito bom. — De repente, me senti exposta, em pé na varanda de novo, com um vestido chemise sem mangas e salto alto.

— É sério? — Ele colocou o controle remoto sobre uma mesa ao lado da porta.

— Sério.

Meu vestido tinha um cinto de tecido em passantes costurados. Ele puxou o nó folgado e arrancou o cinto.

— Você pode desabotoar essa coisa e me contar o resto?

— Existe alguma superstição sobre eu entrar vestida na sua casa?

— Prefiro você sem roupas. E gosto de ar fresco. Vamos lá, quero saber sobre a sua carreira. — Ele enrolou o cinto em volta da mão musculosa e quadrada com um pouco de pelos em cima.

Passei o botão de cima pela casa.

— Você quer que eu tire a roupa ou conte sobre o agente?

— Sim para as duas perguntas. Me conte como foi.

Desabotoei o botão seguinte, expondo o espaço entre os meus seios.

— Quase estraguei a coisa toda. Eu não estava na sintonia mental certa para a primeira música.

— Minha culpa?

— Não. Na verdade... — Eu não queria trazer o assunto das irmãs dele ou do meu ex-namorado. Não com minhas mãos chegando à barriga, e ele observando o progresso com os botões. — O agente queria sair hoje à noite e conversar sobre as coisas. — Terminei o último botão e fiquei em pé na frente dele.

— Você poderia ter ido. — Ele saiu do vão da porta, e sua mão veio em direção à bifurcação do tecido na gola. Quando ele tocou minha garganta, levantei o queixo. — Não temos planos definidos.

— Ele quer se livrar da Gabby. Percebi isso. Não estou pronta para contar para ela, e, se nós saíssemos com ele, ela saberia.

Jonathan correu a mão sobre o meu corpo, tocando apenas o que o vestido aberto revelava.

— Você acha que pode protegê-la de ser dispensada? — Ele escorregou a mão para a parte da frente da minha calcinha e parou antes de atingir minha umidade crescente, mas a eletricidade do seu toque por baixo das minhas roupas me fez ofegar.

— É provável que não por muito tempo. — Andei até ele. Ele tirou meu vestido. Desabotoei o sutiã e o deixei cair no chão.

Mais uma vez, fiquei quase nua na sua frente. Ele desenrolou o cinto da mão, pôs em volta do meu pescoço e o usou para me puxar para ele. Nossas línguas e bocas se encontraram. Ele soltou o cinto, o deixou caindo sobre os meus ombros e colocou as mãos dentro da calcinha, na minha bunda nua. Ele agarrou e me puxou para ele, me esmagando na sua ereção. Escorreguei as mãos para sua camisa, e ele as imobilizou atrás das minhas costas.

— Tenho uma ligação para Seul em sete minutos — sussurrou no meu ouvido.

— Você não conseguiria nem fazer *você mesmo* gozar em sete minutos.

— É um desafio?

— Você é quem diz.

Nos beijamos outra vez, e ele soltou os pulsos para prender as minhas pernas ao redor da sua cintura. Ele me empurrou contra o batente da porta, movimentando nossos quadris juntos, com ritmo.

— Na verdade — ele disse —, acho que não consigo levar você lá para cima em sete minutos.

— Não se subestime.

Ele sorriu, o rosto perto do meu, onde eu podia ver cada vinco da sua pele, cada sarda, cada fio de barba espetada. Seu cheiro estava em toda parte ao meu redor. Eu queria cair dentro dele. Como se ouvisse meus pensamentos, ele se afastou do batente da porta, me carregando com as pernas ainda em volta da sua cintura. Fechou a porta e me carregou para as escadas, me beijando. Enrolei os dedos em seus cabelos. Ele bateu em uma cadeira, e depois no corrimão. Caímos no carpete de lã macio das escadas, ele por cima do meu corpo quase nu, nossas mãos por toda parte, nossos quadris juntos em uma sedução revestida de tecido.

O celular tocou.

— Ah, não — eu disse.

— Não ia ser uma boa hora.

— Não atenda.

Olhou bem para mim enquanto tirava o celular do bolso, sorrindo como se soubesse que estava me atormentando e não sentisse nada além de um doce deleite. Ele respondeu a coisa, bem ali nas escadas, depois de colocar o dedo nos lábios.

Ele disse alguma coisa que eu jamais seria capaz de repetir, de tão rápido que era seu coreano. O rosto dele flutuava tão perto do meu que senti o sabor do seu hálito ao mesmo tempo em que ele conversava e eu não conseguia entender. As beiradas dos degraus machucavam as minhas costas, e a pressão dos quadris dele sobre os meus doía mandava choques de prazer para minha coluna.

Ele pôs o celular no peito e levantou.

— Estou na espera. Vamos subir.

Corremos escada acima e entramos no quarto onde tínhamos estado duas semanas antes, rindo como dois adolescentes. Ele subiu em cima de mim na cama, ainda completamente vestido, de encontro à minha pele nua. Ele me beijou com o celular no ouvido, colocando a mão livre no meu seio, gemendo dentro da minha boca enquanto eu passava as mãos por baixo da sua camisa.

— Oi, Tom — ele disse ao celular. Pôs o dedo nos meus lábios e saiu de cima de mim, me deixando espalhada como um tapete de pele de urso. Eu sentei.

— É — ele disse, com os olhos em mim. — Eu soube. A Janice me contou meia hora atrás. — Considerei a possibilidade de levantar e fazer um sanduíche ou algo assim para mim. Fechei as pernas. Quem sabia quanto tempo ele ia demorar? Pelo seu tom, parecia urgente, mas poderia ser uma hora ou cinco minutos. Se eu saísse, ainda alcançaria o pessoal para bebermos alguma coisa, e eu poderia encarar a coisa com Testarossa se a Gabby estivesse um pouco alta.

Jonathan pôs a mão no meu ombro e me puxou de volta. Deu um

sorriso largo e falou no celular.

— Eles estão loucos. O Seoul Hilton fica a três quilômetros de distância. Se os norte-coreanos querem um alvo, eles já têm um. — Colocou o joelho entre as minhas pernas e as separou. Ofeguei, e ele colocou o dedo nos lábios. Uma parte de mim pensou que ele estava sendo grosseiro, desrespeitoso e merecendo uma deserção, mas parte de mim achou que ter uma terceira pessoa na sala era excitante, embora seguro.

Alcancei o seu cinto, e ele me deixou sentir a ereção através das roupas, mas não mais do que isso.

— Não estou tirando cinco histórias disso — ele disse. — Estou tirando exatamente zero histórias. Todo este medo de Pyongyang é uma farsa. Tandy Burton, do Hilton, pagou para eles dificultarem as coisas para mim. — Ele encaixou o celular entre o ombro e o ouvido e usou as duas mãos para abrir mais as minhas pernas, dobrando-as nos joelhos. Ele concordou com a cabeça com algo que Tom disse. Tom não podia nos ver, mas ele estava lá. Jonathan se deitou ao meu lado e colocou os dedos dentro da parte de baixo da calcinha, deslizando o dedo ao longo da minha fenda úmida. Mordi meu lábio para que o homem na Coreia não me escutasse.

— Não, não faça isso. — Ele passou o polegar no meu clitóris. — Você vai ter que parar, e eu não consigo. — Eu arquejei. Estava pegando fogo quando entrei no quarto, seu toque, carregado de eletricidade, e já estava bastante difícil com o movimento dos meus quadris antes que ele colocasse dois dedos dentro de mim. Eu estava úmida e pronta, e, depois dessas semanas de desejo e uma tarde com as pernas estendidas sobre os braços de uma cadeira, eu já estava perto de gozar. Ele daria meu orgasmo. Ele tinha que me dar. Tínhamos a noite inteira. Exceto por Tom, que poderia ser um verdadeiro problema para mim.

— O que você precisa fazer — ele disse, de olho em mim, os dedos dentro de mim, o polegar esfregando meu clitóris por baixo do tecido, pele com pele úmida — é arranjar um conselho de coreanos. Nativos. Peça que trabalhem os números, probabilidades e projeções. Veja o que eles propõem sobre um ataque norte-coreano.

Seu polegar me circulava. Queria gemer, mas não podia, ou seria ouvida. Eu só abri ainda mais as pernas, movendo meus quadris para diante, para os dedos dele. Tom tagarelava. Parecia ininteligível. Jonathan dizia "sim, sim" periodicamente para Tom, mas observava o meu rosto enquanto me tocava. Com o celular encaixado no ombro, ele agarrou meu mamilo com a outra mão e o girou, distraído, como se estivesse brincando com uma caneta na sua mesa; a diferença era que a "caneta" estava conectada ao meu centro sexual.

Minhas costas arquearam. Minha respiração ficou curta. Falei sem emitir som, *Me deixa gozar.*

Ele inclinou a cabeça, como se não estivesse me entendendo.

Falei sem emitir som novamente, *Me deixa gozar.*

Ele tirou a mão do meu mamilo, a colocou atrás da orelha e articulou com os lábios, *Não estou ouvindo você.*

— Não — ele disse ao celular —, nós estamos pagando a eles. Tom, ouça. O hotel não é um alvo, certo? Seul é uma cidade grande. Tudo é um alvo. — Ele revirou os olhos como se Tom fosse só um funcionário chato, e ele e eu estivéssemos assistindo TV no sofá. Ah, que cara engraçado.

Seus dedos deixaram minha vagina e foram para o meu clitóris e para trás. Uma vez, duas vezes. Falei só com os lábios, *Por favor, me deixa gozar, por favor, me deixa gozar...*

Ele fez o sinal de *"Não estou ouvindo você"*, e eu entrei no jogo, mas estava quase explodindo na mão dele horas depois de ter dado a ele o controle dos meus orgasmos. Eu não podia mostrar tanta fraqueza tão cedo.

Rolei para fora da cama, deixando a mão dele escorregar para fora de mim, e corri para fora do quarto.

Fiquei no corredor, de costas para a parede. Tentei não fazer barulho, mas comecei a rir. Não pude evitar. Agachei, fechei os punhos na frente da boca e ri.

Vi Jonathan na soleira da porta, celular no ouvido, punho na mesma posição na frente da boca, enquanto tentava não cair na risada no meio de um telefonema de negócios.

— Certo. — Ele pigarreou. — Tom, tenho que desligar. — A última palavra saiu como um guincho. Tom, entretanto, não parava de falar. — Entendi — Jonathan disse.

Eu me recompus, mas sabia que poderia rir de forma audível a qualquer momento. Voltei para o quarto e segurei o cinto de Jonathan antes de ajoelhar na sua frente.

— Certo, está bem — ele disse. — Então me informe se você souber de mais alguma coisa. — Desafivelei o cinto e tirei seu pau da calça. Ele encostou na parede. — Claro, e fique atento à outra coisa.

Dei a ele o gosto do próprio remédio, lambendo o lado de baixo do seu sexo com a parte plana da minha língua da base até a ponta, e depois colocando na boca.

— É uma expressão, Tom. Significa prestar atenção. — Colocou os dedos nos meus cabelos e puxou minha cabeça para ele. — É, certo. Realmente, é tarde aqui. Amanhã você me informa. — Ele desligou e jogou o celular na cadeira. — Você — ele disse, olhando para baixo — é muito atrevida.

Não respondi. Estava com um pau na minha boca. Quando recuei, deixando o pênis escorregadio com minha saliva, ele se inclinou e me pegou sob os braços. Ri quando ele me atirou na cama, e tentei fugir enquanto ele rastejava em cima de mim.

— Não, você não vai me pegar. — Ele agarrou meus braços. Rimos juntos, eu tentava escapar, mas ele me virou de barriga para baixo e prendeu meus pulsos atrás das costas.

— Você deveria ter me deixado gozar enquanto gozar era bom — eu disse.

— Ah, você vai gozar. — Ele deu um tapa na minha bunda, e o ardor me fez recuperar o fôlego.

— Você não... — eu disse, sabendo o que ele fez e querendo que fizesse de novo.

Ele fez. Uma das mãos segurava meus pulsos atrás das costas e a outra batia na minha bunda como se eu fosse uma criança malvada e atrevida. Fiz alguns ruídos, como um grito ofegante, que pode ter soado algo como "sim".

Senti Jonathan se curvar e sussurrar:

— Você já foi amarrada, Monica?

— Não.

— Por que não?

— Nunca rolou.

Esperei que ele pedisse, talvez uma permissão formal, mas ele só se inclinou para trás enquanto segurava meus pulsos. Senti a mudança de pressão sobre a cama, e soube que ele não estava pedindo permissão ou qualquer outra coisa assim.

Ele soltou meus pulsos e deitou o corpo sobre o meu, deslizando os antebraços sob o meu rosto. Eu o vi segurando o cinto do meu vestido. Tinha caído no chão em algum ponto, e ele estava se certificando de que eu tinha visto.

Ele beijou a minha nuca e disse:

— Eu entendo palavras como *não* e *pare*. Fora essas duas, seu corpo é meu parque de diversões.

— Sim, senhor.

— Você é um prodígio nisso.

Antes que eu respondesse, ele me puxou para ficar ajoelhada. Eu o sentia atrás de mim, ainda vestido, enquanto me acariciava do pescoço à virilha e subia de novo. Ele correu as mãos dos meus ombros até os braços e pôs minhas mãos na cabeceira de madeira. As grades e o trilho em toda a parte superior eram rústicos. Ele amarrou o cinto em volta dos meus pulsos, atando os dois juntos, e depois em volta da grade. Era um bom nó, firme e apertado.

Eu não estava assustada. Nervosa. Estava nervosa da melhor maneira possível quando ele saiu da cama e ficou lá, de jeans e blusa de moletom, me encarando. Eu, de joelhos, com os pulsos amarrados na cabeceira, cabelos caídos no rosto, a bunda de fora; ele, de braços cruzados, checando o seu trabalho.

— Então? — eu disse.

Jonathan sorriu de um jeito perigoso, com malícia. Senti um arrepio do líquido escorrendo pela minha perna.

Ele tirou a blusa, e, quando o rosto estava coberto e eu só via o corpo, outro tremor passou através de mim. O tronco forte, algumas partes com pelos claros, era uma festa para os olhos, e, quando ele passou a blusa pela cabeça, bagunçando o cabelo, sorriu como se soubesse que estava sendo admirado.

Ele não teve pressa em tirar o resto da roupa. Pôs a camisinha, colocou o joelho na cama, inclinando o colchão, e me abraçou pela cintura. Uma das mãos no seio e outra entre as pernas. Ele encontrou onde eu estava mais úmida e esfregou com delicadeza, e depois com mais força. Girei meus quadris, as mãos amarradas eram um ponto de apoio contra o qual eu balançava, seu pau encostado na minha bunda, esperando.

— Jonathan. — Minha voz estava rouca. Respirações sem voz. Eu não sabia o que estava tentando falar. Só o nome dele, como se fosse dizer a ele o que eu queria. Como se isso nos conectasse ao meu prazer. Como se amarrar minhas mãos não fosse suficiente para eu me sentir possuída, protegida, propriedade dele.

Ele parou de esfregar meu clitóris, puxou minha bunda para cima e colocou a cabeça do pau na minha vagina. Senti como se ele fosse ser sugado pela força absoluta do meu desejo, mas não, ele deixou que ele ficasse por ali, só tocando a pele. Fui para trás, mas minhas mãos amarradas me seguraram. Ele se manteve precisamente fora do alcance do meu corpo.

— Vai — eu disse com gemido de desespero.

Pensei que teria que implorar para ele me foder, mas não foi preciso. Ele escorregou para dentro de mim, fácil e doce, puxando minha bunda para cima. Deslizando lentamente, era bom, os centímetros úmidos esfregando dentro de mim e empurrando minha vagina. Ele se mexia de uma forma que meus pulsos pareciam aprisionados, ardiam. A sensação de estar presa era quase mais forte do que sentir a barriga dele batendo na minha bunda.

Ele estava fazendo tudo certo. Ele estava me fodendo muito, mas alguma coisa estava faltando. Ele estava se segurando.

— Jonathan — eu disse.

— Monica.

— Me machuque.

— O quê?

— Faça de um jeito que me machuque. De um jeito que me arrebente. Faça doer até eu gritar. Quero tudo. Tudo.

Ele interrompeu e deslizou as mãos pelas minhas costas.

— Fale de novo.

— Me machuque, Jonathan. Me machuque. Por favor.

Depois de uma longa expiração que soou como uma decisão sendo tomada, ele começou a se mexer mais rápido, mas isso não foi nem a metade. Ele agarrou a minha bunda, uma das mãos de cada lado, e me abriu até eu pensar que ele fosse me rasgar. Quando ele me penetrou forte, foi tão fundo que senti a cabeça do seu pênis batendo no final do meu corpo, mas ele não pegou mais leve. Seus dedos escavaram minha pele. Minha bunda se transformou em massa nas mãos dele. Meus pulsos me mantiveram firme contra ele. Eu queria gritar, mas não pude, ou ele pararia. Não queria que ele parasse porque a dor era sublime, eu focava no prazer dele e fazia o meu chegar ao clímax.

Tirou uma das mãos da minha bunda e agarrou o meu cabelo. Gemi tão alto que saiu como um latido. Ele puxou minha bunda para cima de novo, seus dedos se enterrando na minha pele enquanto ele me fodia. Eu estava toda úmida de suor e dos sucos.

— Fale o meu nome — ele arquejou.

— Jonathan.

— Outra vez.

— Jonathan, Jonathan, oh, Deus, Jonathan.

Ele gozou como se tivesse se arremessado de um penhasco, com um longo grunhido e um gemido ainda mais longo. Ele me comia por trás, ainda gemendo, continuando para sempre. Nada tinha me dado mais satisfação do que ouvir Jonathan gozar tão forte.

Ele parou e caiu em cima de mim, o peito nas minhas costas, seu pênis saindo. Respiramos juntos por uns instantes, nossos corpos ainda em sintonia.

— Está tudo bem? — ele perguntou, afastando os cabelos do meu rosto.

— Nunca estive melhor.

— Me dê um minuto. Você vai ficar melhor ainda.

Ele beijou meu pescoço, depois entre as omoplatas, ainda mais para baixo nas costas, a minha bunda, o que doeu. Gemi e arqueei as costas.

— Fique parada — ele disse. Eu caí. — Bem parada.

— Tudo bem.

A pele da minha vagina estava dolorida e machucada dos dedos dele. O ardor estava maravilhoso enquanto ele lambia o lado de dentro das minhas coxas, em seguida, meu sexo ensopado, que pulsava com a dor e o prazer dele. Sua língua subia e descia, parando no clitóris, provocando a ponta com movimentos pequenos, imperceptíveis. Ele passou os lábios ao redor dele e beijou, e terminou sugando de leve.

— Oh, Jonathan...

— Não se mexa.

— Por favor, me deixe gozar quando eu estiver pronta. Por favor, não me faça esperar mais.

— Só se você ficar parada. Se você se mexer, te levo para tomar um café.

— Sim.

Ele afastou as minhas pernas, o que doeu até que ele deslizou a língua para dentro de mim, depois tirou, ao longo do meu sexo, que estava tão dolorido, e, no clitóris, devagar. Então de novo, a língua dentro de mim e para baixo, até que ele sugou o clitóris uma última vez. Fiquei rígida, gritando com tudo. Minhas costas queriam arquear, mas eu não podia deixar. Meus quadris queriam mexer, mas minha mente anulou o impulso. Eu me tornei um recipiente para minha vagina, minha bunda apertada e a pressão nos meus pulsos. Meu corpo imóvel prolongava meu orgasmo, porque não podia me render a ele até o momento final quando perdi toda a razão para o seu toque e sua língua, gritando o nome dele muito alto. Ele me chupou suavemente, até que eu estivesse toda trêmula e descontrolada, muito além do ponto de agonia.

Capítulo oito

Kevin foi a trepada da minha vida. Isso não significava muita coisa, já que ele tinha sido um de dois. Darren havia sido útil, mas éramos jovens, inexperientes e *apaixonados*, então não tínhamos ideia do quanto era chato.

Kevin era uma bola de fogo quente e branca. Ele era todo mãos e lábios. Se masturbava na minha frente, e eu tentava não rir porque achava que as pessoas sensuais eram muito sérias. Ele me disse que eu era reprimida de um modo que me fazia querer ser desinibida, mas não sabia como. Procurei me tornar mais selvagem usando lingerie e gemendo mais alto. Chupava o pau dele mais vezes. Dançava para ele. Tudo parecia maravilhoso na época, como ser adulta e sexual de verdade, mas ele não sabia como acabar com a minha repressão, espremê-la e jogá-la pela janela. Ele não sabia como me foder e acabar com ela ou calmamente dizer para eu me despir no ar da noite enquanto ele me observava de um jeito que não me desse vontade de rir. Eu não poderia dar meus orgasmos para o Kevin, porque ele não queria. Eu nunca poderia ter pedido a ele que me machucasse, porque ele o teria feito.

Olhei o sol nascer através da janela de Jonathan, senti sua respiração no meu pescoço, e pensei não se apaixone, não se apaixone, não se apaixone. Não o olhava enquanto ele dormia. Não fazia carinho na sua mão quando ela descansava sobre a minha barriga. Não pensava nele. Nada. Nem o cheiro ou o som da voz. Nem a inteligência aguçada ou o sorriso fácil. Minha função lá era aproveitar, e perceber antes tarde do que nunca a hora de seguir adiante. Essa era a única maneira de sair intacta.

Escutei passos no saguão e resmungos vagos entre um homem e uma mulher, em uma língua que não era o inglês, o que me assustou, mas então ouvi uma vassoura no piso de madeira de lei. Os empregados. É provável que eles morassem em uma casa nos fundos e fossem como móveis para ele.

Minha bolsa estava no chão. Na segunda e última vez que trepamos, fui lá embaixo buscá-la porque ele estava sem camisinhas. Eu tinha remexido os bolsos e encontrado um saco pequeno, a um mês do término da validade.

Eu tinha que pegar aquilo e minhas roupas, que possivelmente ainda estavam na varanda. Isso seria complicado. Eu não poderia sair do quarto com o pessoal da limpeza por lá, em plena luz do dia. Ou talvez eu pudesse. Quem sabia como as pessoas cheias do dinheiro viviam?

Fechei os olhos e tentei dormir de novo, mas o celular do Jonathan tocou. Quando olhei para ele, vi que estava acordado.

— Você vai atender?

— Não.

— O seu pessoal da limpeza está andando por aí.

O celular parou de tocar. Jonathan se espreguiçou como se estivesse revigorado depois de duas horas de sono.

— Tenho que pegar suas roupas. Você não quer mostrar seu corpo para Maria, ou ela vai começar a borrifar água benta por todo lado. Faz meleca.

Ele me beijou e jogou as pernas para o lado da cama. Sentei, o corpo inteiro doendo. Estava tão dolorida que mal pude sentar reta. Jonathan olhou para baixo para alguma coisa e não se moveu.

— O que foi? — eu disse.

— Não quero que você pense que estou me intrometendo ou que eu estava olhando dentro das suas coisas.

— Certo, não vou pensar isso de você.

Ele pegou a minha bolsa do chão. Estava aberta, o folheto de Kevin para o espetáculo Eclipse Solar saindo. Mostrei a ele a lista de nomes. Eu sabia que o único nome que ele enxergaria seria o de Jessica, então apontei o de Kevin.

— Kevin Wainwright — ele disse. — O cara com o pau.

— Ele foi ao Frontage ontem à noite.

— E convidou você para um espetáculo hoje à noite? Muito de última hora, você não acha?

Encolhi os ombros.

— É o Kevin. Ele acha que ser educado é para os não criativos.

— Como eu.

— Você é bastante criativo. — Bati com o livreto no seu braço. — Com o seu corpo.

— Você vai? — ele perguntou.

— Não sei. Você?

Ele suspirou e correu os dedos pelos cabelos.

— Tenho que ir, é conveniente. O divórcio parece tudo, menos amigável, e as pessoas reparam.

— Que tipo de pessoas?

— Ela ficou com a maior parte dos nossos amigos. Tenho negócios com alguns deles. Outros apenas estão nos mesmos círculos por tempo demais.

— Que irmã você vai levar?

— Deirdre, eu acho. Você vai fingir que não me conhece? — O celular tocou de novo.

Escorreguei para fora da cama.

— Vamos ver se eu vou.

Entrei no banheiro, um cômodo branco imenso com chuveiro e banheira separados. Todos os cantos estavam limpos, como se pequenos gremlins morassem embaixo da pia e esfregassem o local enquanto ele deitava as mulheres na cama.

Não tinha ideia se iria para o L. A. Mod. Era um evento black tie, e eu não tinha nada para vestir. E tinha a questão do Kevin. Jonathan estaria lá com Deirdre, que tinha me apunhalado com o olhar justo na noite anterior. Se fosse honesta comigo mesma, admitiria que estava inventando desculpas. Não queria estar na linha de visão de Jonathan e Kevin ao mesmo tempo. Eu não suportaria um drama incontrolável justo agora que minha carreira estava decolando.

Escutei Jonathan através da porta, murmurando. Não era um telefonema de negócios. Então veio o silêncio. Dei uma espiada no quarto. Ele tinha saído, mas meu vestido estava sobre a cadeira. Vesti e pesquei a calcinha e os sapatos que estavam embaixo da cama.

Desci. Embora já tivesse estado na casa de Jonathan antes, não prestei atenção no que ele tinha nas paredes.

Era impossível passar pela escola de música sem fazer uma imersão em todas as artes, e Kevin tinha continuado minha educação com sua paixão por tudo o que era visual. Então, uma vez que estava completamente vestida e prestando atenção, reconheci um Kandinsky na sala de visitas de Jonathan. Vi um Holbein sobre a prateleira da lareira e os estudos de geometria de Mondrian no canto, mas não me demorei, porque ouvi Jonathan na cozinha. Não queria que ele pensasse que estava bisbilhotando.

Segui a voz até a cozinha, notando que ele não estava falando inglês, espanhol ou coreano. Uma mulher de meia-idade, pele escura, com feições asiáticas e vestindo um avental de limpeza sorriu para mim.

— Você toma café? — Jonathan perguntou quando entrei.

— Na verdade, não. — Me debrucei no balcão. — Gosto de café com leite, mas laticínios não são bons para a minha voz. Então, vou adivinhar. A senhora com quem você está falando é filipina?

— Acertou.

— Eu realmente moro em Los Angeles. — Sorri com malícia. — Você fala... como se chama?

— Chama tagalog, e sim...

— Você mora em Los Angeles.

Ele sorriu.

— Ally Mira lavou seu vestido.

— Foi muito gentil.

— Ela é. Então, falando sério, você vai nesse evento hoje à noite?

— Kevin me arrastava para milhares de espetáculos de arte quando estávamos juntos, não estou com vontade de ir a outro.

— Era a Theresa no celular — ele disse. — Ela falou que você conheceu a Deirdre ontem à noite.

— Rapidamente. Muito alta. Cabelo comprido ruivo e encaracolado.

— Ela teve intoxicação por álcool.

— Isso é terrível.

— Essa é a Deirdre. Theresa estava tomando conta, e não sabia que ela tinha um frasco com bebida. Então, Theresa contava os drinks e Deirdre foi ao banheiro doze vezes. Faça as contas. — Ele veio na minha direção. — Ela está tomando vitamina B no soro e já está xingando as enfermeiras. — Ele pôs o polegar na minha bochecha e levantei o rosto para beijá-lo. — Tem certeza de que não vai? — ele perguntou. — Posso dar uma carona para você.

— Isso seria como se estivéssemos indo juntos.

— E seria desconfortável para você?

— Não. — Coloquei as mãos no peito dele para fazer um carinho por cima da camiseta. — Acho que deixaria *você* desconfortável.

Ele abraçou minha cintura.

— Me fale mais sobre mim.

— Você sai com as suas irmãs e encontra suas mulheres em particular. Você diz que você e sua mulher, desculpe, ex-mulher, andam pelos mesmos círculos. Você não quer que ela o veja com uma mulher de verdade. E não faça piada dizendo que suas irmãs são mulheres.

Ele levantou os olhos por um momento, e tive uma visão completa dos músculos e veias do seu pescoço. Eu estava certa, ou pelo menos perto.

— Eu posso ir sozinho — ele disse, olhando para mim. — Já sou crescido, mas não quero. Então, se você for, esse não criativo aqui quer ir com você, a cortesia que se dane.

A oferta era irresistível. Eu não tinha planejado ir porque não queria ficar em pé em um canto e assistir Kevin trabalhar a sala. Não queria fofocar com os amigos dele, e não queria receber a exímia pontaria de qualquer tiete descolada que o estivesse perseguindo. Jonathan ia ser um mediador adequado.

— Certo — eu disse. — Vou deixar seu eu bonitão me arrastar para esse negócio de *black tie* no L. A. Mod., mas você vai ficar me devendo.

— O que exatamente vou ficar te devendo?

— Você escolhe. — Eu me afastei. A ligação que a Gabby e eu tínhamos que fazer tinha começado a me preocupar no fundo da mente. — Tanto faz, o que valer a pena para você. Se me fizer gritar o seu nome, melhor ainda. — Eu o beijei rapidamente. — Tenho que ir.

Andei em direção à porta, mas, antes de eu passar por ela, ouvi-o dizer:

— Com que roupa você vai?

Parei e me virei.

— Por quê?

— Porque você é uma mulher bonita, e o que você veste é importante.

— Se vou te envergonhar, posso ficar em casa.

Ele deu um passo adiante e me agarrou pela cintura.

— A Jessica faz arte porque tem tanto dinheiro que fica entediada e porque ela tem o olhar mais aguçado que conheço. Se ela vai me ver com você, não vai ver você usando roupa do supermercado.

Eu o olhei nos olhos.

— É mesmo, Jonathan? Você nunca me pareceu do tipo maldoso.

— *Eu* também quero ver você usando algo melhor. Desculpe. Vamos lá. Vá à Barney's, converse com a Lorraine. Ela vai arrumar você e me mandar a conta.

— Agora sou eu quem está realmente desconfortável.

— Por favor? Basta ir. E se você gastar menos do que três mil dólares, vou espancar você e mandar de volta para Wilshire Boulevard.

— Vou gastar *só* um pouco menos do que três mil, então. E não é porque eu tenha intenção de voltar para aquele lado de Wilshire.

Capítulo nove

Fiquei com a cabeça embaixo do chuveiro, com as mãos na parede, deixando a água escaldar minhas costas. Baixei a cabeça, e o cabelo caiu à minha frente. Não podia me movimentar sem sentir dor, e, quando abri os olhos, vi a parte de dentro das minhas coxas através do vapor.

Primeiro pensei que estivessem sujas. Quando toquei e senti uma dor aguda, sabia que não era sujeira. Eram hematomas.

Saí do chuveiro e olhei no espelho. Minha bunda e a área logo abaixo e entre as pernas estavam roxas e azuladas. Doía para me mexer. Minha vagina estava tão dolorida que tinha doído ao me lavar. Ouvi uma batida leve na porta, e Gabby perguntou:

— Mô? É você?

— Sou eu. Quer fazer xixi?

— Quero. — Ela começou a abrir a porta. Gabby e eu nos vemos nuas e ficamos no mesmo banheiro para fazer xixi o tempo todo, mas não podia deixar que ela me visse daquele jeito. Parecia que um tubarão tinha tentado me morder para me cortar em duas. Segurei a maçaneta e fechei a porta. — Está tudo bem? — ela perguntou.

— Tudo bem, eu só... — Eu não tinha justificativa. — Me dê um minuto.

Contorci-me vestindo uma camiseta e um jeans que tirei de dentro da cesta, me encolhendo por causa dos músculos feridos e vasos sanguíneos rompidos. Abri a porta com um estalo. Julgando pelas roupas limpas e cabelo escovado, ela já estava acordada fazia um tempo.

— Aonde você foi ontem à noite? — ela perguntou.

— Encontrei o Jonathan. — Escovei meus cabelos enquanto ela fazia xixi.

— É mesmo? E então? Como foi?

— Ele sabe foder, isso é certeza.

— Melhor que o Kevin?

— É a diferença entre um homem e um garoto. — Tirei minha escova de dente de dentro da caneca e fui direto ao ponto. — Imagino que a gente deva ligar para a WDE lá pelas dez e meia. Aqueles caras não chegam antes das dez, e eu quero dar a chance de ele tirar o paletó e trepar com a secretária, mas quero falar com ele antes que vá para uma reunião.

— Estou nervosa. Você está nervosa?

— Estou. Para falar a verdade, estou. — Coloquei pasta na escova, e Gabby se inclinou em direção ao espelho, removendo alguma sujeira inexistente do canto do olho. — Mas você sabe como é — continuei. — Você fica toda nervosa por causa da ligação, você telefona e eles não estão disponíveis. Então você telefona de novo e você vai ser oitenta de 101.

— Desde quando você vai ser oitenta de 101? Dá um tempo. — Ela pegou um tubo de hidratante de aloe vera que comprei no mercado de fazendeiros. — Posso experimentar?

— Vá em frente — eu disse, escovando os dentes. Depois que cuspi, acrescentei: — Quero deixar claro que somos uma dupla. Você e eu. Certo?

— Por quê? — Ela parecia inabalável pela minha sugestão.

— Suponha que ele não consiga um tecladista para alguma banda, e você está fora fazendo um tour, o que eu deveria fazer? — Separei meus cabelos em partes para fazer tranças.

— Deveríamos inventar um nome para nós. — Gabby me empurrou para sentar no vaso. Eu me encolhi, mas ela não estava olhando. Deus, sentar ia ser uma tortura hoje, e talvez amanhã.

Gabby tinha poderes mágicos com as tranças. No nosso primeiro ano em Colburn, fizemos noventa por cento das nossas amizades porque ela trançava como uma mágica. Ela pegou as partes que eu tinha separado. Virei a cabeça para que ela não me visse fazer caretas de dor no meu traseiro.

— Eu gostava de verdade do Spoken Not Stirred — eu disse. — Mas Vinny é o empresário deles.

— Esse não foi o último nome legal que nós tivemos — Gabby disse.

— Acho que depende do que ele quer de nós. Estou gravando as minhas coisas? Mas como ele poderia querer? Ele nem mesmo sabe que sou capaz de compor uma maldita música. — Gesticulei e vi os hematomas em volta dos meus pulsos. Merda. Coloquei as mãos entre as pernas, desejando estar usando mangas compridas.

— Você é capaz, Mô. Suas canções são incríveis.

Deixei que o trabalho dela fizesse como que um carinho no meu couro cabeludo.

— O que estou dizendo é que, se forem as minhas coisas, então tem um nome, mas nós precisaríamos de uma banda inteira. Se for só você e eu, é um som totalmente diferente. O que é legal, mas mesmo assim, nós estamos escrevendo material novo? Ou estamos fazendo Irving Berlin?

— Ele pode nem mesmo saber o que quer. — Ela se concentrou nos fios dos cabelos, enrolando um em volta do outro, puxando e apertando, endireitando e separando os comprimentos com um pente preto.

— Ele sabe — eu disse. — Aqueles tubarões não começam a nadar a não ser que tenham sentido cheiro de sangue. Alguma marca está procurando por algo específico que ele acha que fazemos. Caso contrário, ele não teria aparecido. Confie em mim.

Ela tirou o cabelo da minha nuca.

— Calma, Monica.

— O quê?

— Um monte de chupões aqui atrás.

Levantei e olhei no espelho. Gabby segurou um espelho de mão, e eu enxerguei a trilha de hematomas na minha nuca.

— Merda — eu disse. — Você pode fazer uma trança para cobrir? — Sentei no vaso novamente e Gabby desfez o trabalho dela. Minha bunda, meus pulsos e agora minhas costas. Se não tivesse sido tão bom, teria sido espancamento.

— Claro, mas qual a diferença? — Gabby perguntou. — É um telefonema.

— Vou na abertura do Eclipse Solar, no L. A. Mod, hoje à noite.

— Chique. Jonathan convidou você? — Gabby mexeu no meu cabelo de um modo que me acalmou, e me deu vontade de ronronar feito um gatinho.

— Não, foi o Kevin, mas o Jonathan vai me levar.

— Kevin?

— É uma história tão comprida...

— Vai usar o seu pretinho mini com o laço no ombro?

Deus, não. Mesmo na minha cabeça, aquela coisa tinha um aspecto barato e surrado. Jonathan estava certo, apesar do meu orgulho ferido. Eu tinha um armário cheio de roupas pretas e nada bonito para vestir em um evento black tie.

— Que tal fazermos assim? São quase nove. Você toma os seus remédios, volta aqui e faz as tranças enquanto eu conto tudo sobre ontem à noite sem as partes sujas. E aí, às dez e meia, fazemos a ligação no viva-voz no telefone da cozinha.

— Combinado.

Capítulo dez

A Barney's de Nova York ficava na melhor parte de Wilshire, perto da Rodeo Drive e de todas as grandes agências. A WDE ficava a meia quadra dali, em um prédio próprio, um falo preto acetinado.

Jonathan tinha dado o meu nome para uma *personal shopper* aparentemente difícil de conseguir. Ela me telefonou e agendamos uma hora.

Um valet estacionou meu Honda de merda atrás de um Bugatti e de um Jaguar e me tratou como uma princesa quando, conforme as instruções de Lorraine, pedi o elevador para o quinto andar. Fui encaminhada para um cara vestido com um blazer cor de vinho que me levou pelo saguão, em seguida à direita, e depois apertou o botão para mim como se eu fosse boa demais para levantar o braço.

O elevador se abriu direto para uma sala repleta de flores do campo e tapeçarias. Os sofás de couro branco estavam vazios, mas a mesa antiga era ocupada por uma mulher que tinha por volta da minha idade, pele macia e sorriso fácil.

— Boa tarde, Srta. Faulkner — ela cumprimentou.

— Pode me chamar de Monica.

— Meu nome é Shonda. Lorraine já vai chegar. Aceita um café? Um chá?

— Se tiver chá verde ou branco, quente e puro, eu adoraria.

— Ótimo. — Shonda parecia estar verdadeiramente satisfeita de providenciar chá para mim. Ela não tinha a mesma expressão que eu, quando queria parecer verdadeiramente satisfeita por servir bebidas a alguém, mas, na verdade, eu não estava. Ou talvez minha aparência fosse igual à dela.

Não sentei, mas fiquei perto da janela, olhando para o prédio da WDE. Nosso telefonema para Eugene Testarossa tinha sido rápido como uma trepada ardente. Nosso encontro ia acontecer em quatro dias, às doze e trinta. Um almoço de classe. No Location TBA. Significava que éramos importantes para ele. Ele queria ser visto com a gente. Um dia, eu entraria naquele grande prédio preto a partir do estacionamento e tomaria o elevador como se eu pertencesse àquele lugar. Seria uma fábrica de dinheiro, uma mina de ouro, o canário da empresa.

— Srta. Faulkner?

Eu me virei e vi Lorraine, uma mulher dos seus sessenta anos, uns centímetros mais baixa do que eu, com cabelo branco curtinho e repicado, e nem um pingo a mais de maquiagem do que seria apropriado.

— Oi — eu disse.

— Muito prazer em conhecê-la. — Ela estendeu a mão e nós nos cumprimentamos.

— Me desculpe — eu disse. — Quero ser honesta. Não sei exatamente como fazer isso. Quero dizer, em geral, só vou fazer compras, então, se você puder, tipo, me ajudar com isso?

— Claro — ela disse, cruzando as mãos à sua frente. — Você está procurando alguma coisa para o espetáculo Eclipse?

— Estou.

— Me acompanhe. — Ela sorriu de lado e piscou para mim. — Vai ser divertido. Prometo.

Entramos em uma sala com espelhos e carpete branco. Meu chá esperava por mim sobre uma mesinha de mármore. Lorraine fechou a porta.

— Preparei algumas possibilidades para você — Lorraine disse, apontando para uma arara de roupas penduradas em cabides. Quatro manequins estavam com outros vestidos. Eram todos trajes de noite pretos.

— Provavelmente não vamos precisar fazer nenhum ajuste. Selecionei tamanho 40, conforme recomendação do Sr. Drazen.

— Ele sabia o meu número?

— Ele falou que você era perfeita. Tive que tirar conclusões a partir daí.

Não queria saber quantas mulheres ele tinha mandado para Lorraine. Não era uma linha de pensamento produtiva, e eu tinha um monte de roupas para avaliar. Em geral, eu amava fazer compras, mas aquilo era exasperante. Me senti como uma fã dos Dodgers no Wrigley Field.

— Se você puder se sentar — Lorraine disse, indicando uma cadeira —, vou mostrar o que tenho.

Sentei devagar quando ela estava de costas. Não queria que ela visse a dor no meu rosto. Ela tirou as peças da arara, uma de cada vez, e as estendeu. Rejeitei a maioria como muito ultrapassada ou muito estilo vagabunda, o que a fez rir. Não sabia exatamente o que eu queria, o que não ajudava. Quando ela chegou ao último vestido da arara, sabia que aquele comprimento não ia funcionar, ao me imaginar entrando no L. A. Mod. Quem eu veria? Como eu gostaria de me apresentar? Eu ia estar com o Jonathan, mas quem mais me veria além dele?

Ela não parecia impaciente ou incomodada de forma alguma quando rejeitei a última peça.

— Acho que decidi uma coisa — falei.

— Oh, que bom.

— Quero ficar parecendo uma artista.

Ela olhou para mim por um momento, mãos cruzadas à sua frente outra vez, e piscou quando disse:

— Sei exatamente o que mostrar.

Ela saiu e voltou em exatamente um segundo. O vestido era preto, evidente e macio ao toque, ainda que firme o suficiente para manter um formato. O comprimento batia no joelho, com a beirada do tecido ao natural e caindo em tiras a partir da bainha, como uma franja desconstruída. O corpete era simples, mas as alças se entrecruzavam ao longo das costas e da frente, criando uma teia assimétrica de linhas sobre os ombros.

— É deslumbrante.

— Experimente.

Fui para o provador. O vestido parecia mágica na minha pele. A diferença entre um vestido do supermercado e um de grife trazido para mim por uma *personal shopper* não era a minha aparência, embora aquela fosse a melhor versão de mim mesma. Era a maneira como eu me sentia dentro dele. Me sentia como uma rainha.

Até que saí do provador, me virei e vi os hematomas na minha nuca.

— Droga. — Meu rosto ficou vermelho.

Lorraine afastou a preocupação.

— Temos uma solução para isso lá embaixo no balcão de maquiagem. Vou trazer para você. Não se preocupe. Já vi muito piores. E já vi meninas ricas mimadas que queriam algo que exibisse essas marcas. — Ela balançou a cabeça. Sorri. Ela me fez sentir confortável. Supus que fosse o trabalho dela, mas foi um presente. Se ela não estivesse lá, eu ficaria muito, muito envergonhada.

— Amei esse vestido — eu disse.

— Você está linda. Tem sapatos?

Eu não tinha pensado nisso.

— Acho que não.

— E alguma coisa bonita para vestir por baixo?

— Oh, não preciso de nada disso.

Lorraine olhou para mim pelo espelho.

— Não é sobre o que você precisa, querida. E não é para *você*.

— Acho que posso gastar um pouquinho para ele, então?

— Exato.

Capítulo onze

Depois das compras no quinto andar da Barney's, meu quarto parecia bagunçado e escuro. O espelho fazia meu corpo se retorcer. As paredes estavam rachadas, e o chão, arranhado até aparecer a madeira bruta. Mesmo assim, o vestido estava perfeito em mim. Os braceletes que comprei para cobrir meus pulsos machucados tilintavam e tiniam quando eu girava rápido o bastante para fazer o vestido ondular. Tentei protestar que as solas vermelhas dos sapatos não combinavam com o vestido preto, mas Lorraine insistiu que estavam bons, e, já que ela tinha rejeitado tantas coisas a meu favor antes, eu tinha certeza de que não iria falar nenhuma bobagem para mim.

A conta veio, e, apesar de não ser responsável por pagá-la, eu tinha que assinar o que estava levando da loja. Lorraine a tinha deixado na mesa de Shonda com um sorriso. Conferi os itens e em seguida o preço. O total foi dois mil novecentos e noventa e nove dólares.

— Sei que gastei mais do que isso — eu tinha dito. — Vi o preço dos sapatos.

— Bem, você me pegou — ela respondeu. — Supostamente, você não deveria ver as etiquetas de preço. Então, se você não contar a ninguém que viu... — Ela parou e sorriu para me mostrar que, de fato, não tinha importância. — Vou contar para você. O Sr. Drazen pediu que a conta tivesse esse número, independentemente do valor. Ele disse que você entenderia a brincadeira.

— Entendi muito bem. — Assinei, procurando não dar um sorriso muito aberto, mas, quando me olhei no espelho do quarto, sorri de novo.

Gabby tinha penteado o meu cabelo para cobrir as marcas de mordidas, me desaprovando o tempo todo de brincadeira e me fazendo dar risadinhas. Sobre a noite passada, tinha contado a ela o que pude, deixando de fora as partes que fizeram as minhas coxas ficarem roxas. Ela imitou a voz de uma senhora de igreja e me fez rir tanto que pensei que fosse quebrar uma costela. Nós estávamos no banheiro brincando com a minha nécessaire de maquiagem, quando a campainha tocou.

— Deus — eu disse —, isso é ridículo. Eu me sinto como se estivesse indo para o baile de formatura.

— Você não foi ao baile de formatura. — Gabby passou creme para as mãos nos dedos. — Você e o Darren ficaram se pegando na limusine.

— E você e o Bennet Provist? No Elysian Park? — Peguei os tubos e os lápis da minha pequena bolsa de maquiagem.

— É. Um baile de formatura excelente.

— Mô! — Darren gritou da sala. — Você tem uma visita, é um cavalheiro! — Oh, Deus, será que o Darren ia me envergonhar? Corri para fazer o controle de danos.

Jonathan estava na porta, parecendo grande demais para o espaço, vestindo um smoking cortado para ele e para mais ninguém. Ele e Darren estavam sorrindo.

— Sim, senhor — disse Jonathan —, o baile tem acompanhamento de adultos.

— Quero que ela esteja em casa às onze.

Entrei na sala antes que a piada envelhecesse, e Jonathan me viu no vestido novo. Ele gostou. Apertou os lábios para suprimir o sorriso que teria me mortificado na frente do Darren e da Gabby.

— Você está bem apresentável — eu disse.

— Obviamente você estava pretendendo se apresentar naquela coisa velha também.

Fechei minha bolsa com um estalo.

— O que foi bom é que o Exército da Salvação ficou aberto até tarde.

Ele estendeu a mão, e nós enlaçamos os dedos.

— Você conheceu o Darren, imagino.

— Conheci. Ele mencionou que tem uma espingarda.

— Essa é a Gabby.

— Muito prazer — Jonathan disse.

— Oi.

— Tudo bem, ótimo — falei. — Vamos. — Eu o empurrei porta afora. Vi Lil em pé ao lado do Bentley, que parecia estar quase na vertical estacionado na minha colina.

Darren ficou na porta e sacudiu o dedo.

— Lembre-se do que nós conversamos. Nem um minuto de atraso, rapaz.

Jonathan deu um passo atrás e acenou para Darren.

— Amanhã de manhã às onze, sim, senhor.

— Oi, Lil — eu disse. — Você gostou da minha colina?

— Um passeio e tanto — ela disse. — Quero experimentar com o Jaguar.

— Tome cuidado.

— Nasci cuidadosa, moça. — Ela abriu a porta para nós. Deslizei para dentro, Jonathan entrou logo em seguida e se sentou de frente para mim. Atrás dele, a divisória entre nós e Lil estava fechada. Ficamos em silêncio por dez segundos. Meus olhos devem ter comido Jonathan vivo tanto quanto ele me despiu. Assim que o carro começou a andar, estávamos colados um no outro, lábios buscando, línguas se contorcendo, mãos testando onde poderiam chegar antes que nos arriscássemos a amassar e manchar as roupas.

Ele colocou as mãos por baixo do vestido, e, quando sentiu a liga, sussurrou *Oh* no meu ouvido, mas eu me encolhi porque ele tocou no alto e alcançou os hematomas. Ele foi para trás e disse:

— Me deixe ver.

Puxei o vestido até a parte de cima das meias.

— Monica, você ficou tímida de repente?

— Não perca a cabeça.

— Garanto para você que vou perder a cabeça. — O seu tom mostrou que ele não falou "perder da cabeça" do mesmo modo que eu.

Levantei o vestido, revelando as ligas de seda pretas, e, apesar da parte da frente das minhas pernas estarem bem, ele definitivamente enxergava os danos na parte interna.

— Eu fiz isso?

— Nós fizemos. Eu não deveria estar usando ligas, mas elas são tão bonitas.

— Vire.

Virei para a janela de trás, com os joelhos sobre o assento do carro, as mãos atrás do banco para me firmar. Jonathan me tocou quando levantei o vestido, os dedos dele mal roçando minha pele. Não me machucou, mas a antecipação da dor me fez estremecer mesmo assim. Ele beijou onde estava machucado, os lábios macios e maleáveis.

— Desculpa — disse, enquanto beijava a parte de trás das minhas coxas.

— Não sinta. Valeu a pena. — Ele abaixou meu vestido e gentilmente me ajudou a sentar. Peguei as mãos dele. — Só fiquei um pouco machucada, mas nunca com medo.

— Eu me sinto péssimo. — Os cotovelos apoiados nos joelhos, a postura que eu me lembro da manhã em que o vi conversando com a ex-mulher no quintal. Seus olhos procuraram os meus, buscando uma raiva escondida.

— Tudo bem, pare com isso. De verdade. Nunca tive um sexo como aquele na vida. Os machucados vão sarar. A química do meu cérebro é que está totalmente fodida.

— Isso é um grande elogio. Devo agradecer você primeiro.

— De nada.

Ele segurou as mãos no alto, na direção das minhas coxas.

— Estou com medo de tocá-las.

— Pode tocar.

— Estou indo para San Francisco passar uns dias. Quando eu voltar, os hematomas já devem estar curados e não vou precisar me preocupar em machucar você.

— Eu me lembro de ter pedido isso.

— Deus — ele sussurrou —, eu também.

Ele colocou as mãos no meu pescoço e me beijou o caminho todo até o museu.

Capítulo doze

Entramos de mãos dadas no L. A. Mod desde o estacionamento, dando uma volta extra ao redor do quarteirão. Sua palma seca contra a minha, as trilhas de seu polegar desenhando círculos na base do meu pulso, e o som de sua voz, tudo junto, pareciam ter uma linha direta para o calor entre as minhas pernas, que pulsava no seu próprio ritmo após a sessão de amassos no carro.

O museu tinha sido construído em uma das ruas mais movimentadas da cidade, recuado para deixar espaço para um pátio de granito flanqueado por degraus de cada lado, que levavam a um pátio um lance de escadas acima. A reunião começava no pátio. Jonathan me apresentou a trinta pessoas, nenhuma das quais ficou retida na minha mente. A Gabby teria um dia de mãos na massa traçando conexões entre todos, mas tudo o que eu vi eram os vestidos caros e as abotoaduras. Eu vi por que Jonathan havia insistido que eu fosse à Barney's. Eu teria me destacado negativamente no meu vestido de algodão.

— Quando me mandou para a Barney's, você estava salvando a *mim* de passar vergonha — sussurrei depois de outra apresentação.

Segurei a mão de Jonathan, inclinando-me sobre ele como se ele fosse um baixo de cordas.

— Só queria que você se encaixasse.

Apertei sua mão e olhei para a multidão. Meus olhos passaram as escadas em revista.

— Por que você está nervosa? — ele perguntou. — Posso te apresentar para quem você quiser.

— Não estou nervosa.

— Sim, está.

— Kevin. — Olhei para Jonathan quando eu disse isso. Estava um pouco envergonhada de ter meus olhos grudados em busca do meu ex-namorado, enquanto estava com meu atual amante, mas eu não tinha ilusões sobre o meu futuro com nenhum dos dois homens. — Estou procurando o Kevin. Desculpa. Não quero ser mal-educada. É só que, de repente, eu quero evitá-lo.

— Monica, quando você estiver comigo, não precisa ficar nervosa por ver o Kevin ou nenhuma outra pessoa. — Ele me levou até a escada de pedra.

— Não estou nervosa.

— É melhor manter a verdade nesses lábios.

Balancei a cabeça e desviei o olhar. Eu a vi no topo da escada: Jessica Carnes. Ela não era fotogênica. Ela era linda em fotos, mas, em pessoa, era deslumbrante. Usava um longo vestido branco sobre seu corpo esbelto e sapatos baixos em pés pequenos. Ela nos viu, ou melhor, Jonathan, e pediu licença para se afastar do casal com quem estava conversando.

Jonathan apertou minha mão. Olhei em sua direção e falei perto dele, mantendo os lábios tão silenciosos quanto possível.

— E essa é quem deixa *você* nervoso.

— Eu odeio isso — ele disse.

— A gente pode se apoiar. Aí você pode me levar para casa e deixar o resto do meu corpo roxo.

— As coisas que saem da sua boca...

— Te agradam?

— Agradam. — Ele olhou para mim e deu uma longa piscada antes de ficar de frente para a ex-mulher. — Jess, como vai? Parabéns! — O sorriso dele era tão largo que eu pensei que o rosto fosse se dividir em dois. Não era um sorriso feliz. Eles trocaram beijinhos nas bochechas, sua mão no ombro nu da Jessica.

— Obrigada — disse ela. — Estou feliz que tenha vindo. — Ela fez um quarto de volta, então me encarou completamente, seus olhos azul-celeste brilhando com um prazer gelado. — Não nos conhecemos. — Ela estendeu a mão.

Jonathan falou antes que eu pudesse proferir uma palavra.

— Esta é a Monica.

Eu apertei sua mão, e, para minha surpresa, era quente.

— É um prazer conhecê-la — ela disse. — Muito, *muito* bom te ver aqui.

— Obrigada — respondi. Enquanto eu tentava retirar a mão, Jessica colocou a esquerda sobre nossas mãos entrelaçadas por um segundo, depois soltou.

— Onde está o Erik? — perguntou Jonathan.

A expressão dela não mudou. Nem um fio de cabelo e nem um músculo se moviam.

— Ele não veio.

— Ah, que pena. Bem, estamos prestes a entrar. Vemos você lá?

— Claro.

Outra meia-volta e ela estava falando com outra pessoa. Jonathan passou o braço em volta de mim e me guiou dali.

— Quem é Erik? — perguntei.

— O homem por quem ela me deixou.

Eu balancei a cabeça.

— Vocês são maduros demais para mim.

Ele riu como se tivesse tanto a dizer, mas não soubesse como.

Capítulo treze

As galerias foram projetadas para mudar. O vasto espaço era cortado por repartições de aspecto permanente que ainda deixavam espaço suficiente para esculturas enormes. A iluminação era dura, quente e consistente, lisonjeira para as pessoas. O espaço era tão grande que eu parei de procurar Kevin e olhei para as peças.

Lynn Francis ainda fazia enormes telas fotorrealísticas de animais empalhados marcados. Star Klein colocou um balde de carne exposto em acrílico. Borofsky ainda contava de um a um bilhão em caneta esferográfica. Elaine Slomoff tricotava blusas com os nomes dos mortos em guerra. Jessica Carnes exibia três esculturas de dez metros de altura que só poderiam ser acomodadas removendo peças do teto modular e tornando o céu visível acima delas. As bases eram formadas como palitos de picolé e os topos, que alcançavam o céu noturno, eram árvores vivas. Ela cortou-os para parecer um picolé de cereja, limão e framboesa, um picolé de chocolate e um daqueles sorvetes duplos com dois palitos que a gente partia no meio para comer com a nossa irmã, quando a gente tinha uma.

— Alguma ideia? — perguntei a Jonathan, parada ao lado dele sob o picolé de chocolate com folhas.

— Ela glorifica a natureza contra a cultura popular. É isso que ela faz. Ela cortou os troncos, então estes foram feitos para morrer, como tudo.

Eu me virei para encará-lo, me sentindo ordinária e um peixe fora d'água.

— Acho que é uma merda em um palito.

— A capacidade de falar sobre arte moderna é o indício de uma mente educada. — Sua voz era petulante, mas não deixava de ser convidativa. Ele queria que eu retrucasse alguma coisa.

Eu estava de frente para a lateral de seu corpo e entrelacei meus dedos nos dele enquanto falava baixinho no seu ouvido.

— A grandiosidade de Jeff Koons, mais o embelezamento do mundano que Damien Hirst faz, dividido pelo extremismo do comum do Coosje van Bruggen... é igual a uma merda. A presença do palito é incontestável.

Nós ficamos nos entreolhando por um segundo.

— Adequadamente erudito — disse ele. — E você pronunciou o nome de van Bruggen do jeito certo. Que outros truques você tem na manga? — Ele acariciou o interior do meu antebraço, deixando trilhas de formigamentos nas minhas terminações nervosas. Eu queria beijá-lo, mas era uma estranha ali, e não tinha ideia de quem eu iria acabar aborrecendo.

— Consigo eliminar um cara no *home plate* — disse eu. — Meu braço é como um rifle, contanto que o lançador fique fora do caminho.

Nossos narizes estavam um ao lado do outro, e meus lábios sentiam o calor dos dele. Senti o cheiro de sálvia de sua colônia e a erva-doce da pasta de dente.

— Monica? — Eu conhecia aquela voz. Essa voz havia pronunciado meu nome na escuridão da noite, com o luar entrando pela janela, e gritado na luz do dia com o calor exalando do asfalto. Meu nome esteve naqueles lábios entre risos e lágrimas, entre raiva e humildade.

Eu virei meu rosto para longe do de Jonathan.

— Kevin.

— Me desculpe, eu, uh... não queria interromper, mas não sabia se conseguiria falar com você de novo esta noite. — Ele vestia um terno marrom em evento de gala, com uma gravata cor de lavanda e uma camisa listrada azul. Era para ter ficado horroroso, mas ele estava lindo, como se estivesse *no* mundo daquele evento, mas não *feito* dele. O lenço no bolso do paletó estava dobrado em um triângulo à espreita, e as calças vestiam bem como se tivessem sido feitas sob medida. Pelo visto, ele também andou fazendo compras para o evento, e, a menos que tivesse uma namorada rica, o negócio de ser Kevin Wainwright tinha sido dinâmico.

— Oi, Kevin. Este é o Jonathan.

Kevin estendeu a mão.

— Drazen?

— Eu mesmo.

É óbvio que Kevin conhecia Jonathan, pelo menos por nome e rosto. Ele fazia questão de conhecer todos que pudessem pagar por uma obra de arte original.

Kevin se virou de volta para mim.

— Já viu a minha peça?

— Não, onde está? — Claro que ele estava preocupado com ele mesmo. Claro que ele não via problema algum em interromper um momento íntimo para me perguntar se eu já tinha visto a peça *dele*.

— Sem pressa — disse ele. — Está naquele canto ali. Eu só queria te ver primeiro. Quero dizer... — Ele olhou para Jonathan, depois para mim. — Espero que você goste. Com licença.

Ele se misturou de volta na multidão.

— Isso foi estranho — eu disse.

— Parece que é melhor irmos ver se é uma merda num palito. — Jonathan me deu seu braço e nós viramos em uma esquina entre as obras.

— Kevin Wainwright coloca suas merdas em uma caixa.

Kevin era conhecido por instalações. Duas dimensões não podiam contê-lo e nem suas grandes ideias fedorentas. Sua primeira montagem foi em uma vitrine de três por três que ele alugou na pior parte do centro. Quando seus pais se mudaram para um apartamento de um quarto no centro de Seattle, mandaram para ele um porão cheio de todos os brinquedos, jogos e objetos de sua infância. Mas para ele, não eram porcarias. Para ele, eram mídias. Ele passou um mês naquela vitrine pendurando, prendendo, colando e amarrando coisas nas paredes; montando mesas para encenações com soldadinhos e figuras de ação; desconstruindo jogos de tabuleiro e baralhos de cartas, misturando as peças para fazer coisas novas.

Nessa época, eu não o conhecia. Quando passei a dividir a cama com ele, Kevin já era um cometa agenciado, riscando o céu noturno do mundo artístico. Eu tinha ouvido falar de sua vitrine no centro da cidade, que tinha sido intitulada *Arcade Idaho* e gerado uma centena de imitadores, mas nenhuma outra história de sucesso.

Kevin também era um homem de negócios perspicaz. Instalações não deixavam nada para o artista vender. Sua arte não era uma pintura que uma pessoa rica poderia colocar em sua sala de estar ou uma escultura para o quintal. Ele vendia esboços e trabalhava em estreita colaboração com um equipamento hipster de encadernação em Santa Monica Boulevard para criar livretos em edição limitada contendo impressões em haleto de prata, junto com sua prova prolixa e afetada descrevendo o que tudo aquilo significava.

Eu sabia que sua exposição seria uma porcaria. Eu sabia que teria um significado fabricado e exasperante, e isso me lembraria de todo o seu drama. Mas, quando virei a esquina e vi a porta para a instalação, fiquei um pouco nervosa. Havia placas de metal penduradas do lado de fora. CUIDADO. ÁREA DE CAPACETES. NÃO ULTRAPASSE. As placas de alerta eram o típico exagero de Kevin, mas era a placa do topo que me preocupava.

MINA DE CARVÃO FAULKNER

— Não é o seu sobrenome? — perguntou Jonathan.

— É.

— Tem certeza de que quer entrar?

— Não.

Mas eu continuei mesmo assim.

Do lado de fora, ouvi um canário cantando, um pássaro solitário em alto volume. A porta tinha pouco mais de um metro e meio de altura. Eu me abaixei um pouco para entrar, e Jonathan se abaixou bastante.

A sala era escura, com holofotes para o ponto onde ele queria que a gente olhasse. No início, minha vista não tinha se ajustado para o que eu estava vendo. Ele tinha rabiscado muitas palavras, do chão ao teto, em duas paredes de frente uma para a outra e, nas outras duas opostas, tinha 2,5m por 3,5m de cópias impressas fixadas nelas. Pilhas de objetos estavam no chão com papéis em suportes de partitura, que eu não conseguia ler porque as pessoas estavam na frente delas.

Então, como um tiro, o canário se transformou na buzina de um número desconectado. Todos se encolheram, e algumas pessoas ficaram zangadas com o barulho intrusivo. Menos eu. Eu sabia que barulho era aquele. Eu sabia o que significava o canário, e eu sabia, com certeza, o que era aquela instalação.

O ruído do telefone expulsou as pessoas que estavam em frente a uma pilha de nove objetos pequenos. Uma linha de giz preto tinha sido desenhada em torno deles. Um suporte de partitura estava na frente. O suporte tinha um papel preso a ele, e, no papel, os dizeres:

1 (um) frasco de 400 mL de shampoo Purell. 50% vazio. Valor atual — $ 2,39

1 (um) frasco de 400 mL de condicionador Purell para cabelos secos. Fechado. Valor atual — US $ 4,79

5 (cinco) tampões marca Tampax, tamanho médio. Valor atual — $ 1,34

1 (um) escova de dentes reciclável, cerdas macias. Usada. Valor atual — $ 0

1 (um) frasco de 480 mL de hidratante Kiehl Crème de Corps. 75% vazio. Valor atual — $ 12,50

Eu me lembrei de uma conversa sobre aquele tubo. Ele tinha me questionado sobre isso e sobre todo o resto, porque ele presumiu que eu fosse muito incompetente para cuidar da minha pele.

— Quanto você gasta nessa coisa? — Kevin perguntou, colocando uma gota de Kiehl na palma da mão.

— Esse pote vai durar um ano, se você não usar tudo isso.

Então ele o esfregou nas minhas coxas, e nós transamos no chão do banheiro. O frasco estava 75% vazio porque aquela não foi a última vez.

Senti Jonathan atrás de mim.

— O que é isso? — ele perguntou, assim que o canário voltou.

— Essas são as coisas que eu deixei na casa dele.

Alguém se mexeu à minha direita, e eu vi uma pilha de roupas. Os bolsos da calça jeans e da camiseta que eu dormia estavam dobrados cuidadosamente sob uma calcinha simples de algodão. Eu não li o pequeno menu. Eu sabia quanto valia aquele jeans. Qualquer pessoa normal que não tivesse pavor de ser sugada de volta para a vida de seu ex-namorado teria voltado para buscar aquela calça.

À minha esquerda, uma pilha de acessórios de cabelo: uma escova e um elástico. E uma cartela circular de pílulas anticoncepcionais. Aberta. Meio usada.

— *Tem certeza de que você está tomando isso certo? — ele perguntou certo mês, quando eu estava atrasada um dia.*

— *É muito fácil.*

— *Não, se você estiver grávida.*

As luzes mudaram e iluminaram as paredes, fazendo as pequenas pilhas das minhas coisas desaparecerem na escuridão. Os rabiscos tornaram-se legíveis, e mais do que as minhas coisas em exposição, mais do que o valor exato do que eu tinha deixado para trás, aquelas palavras, escritas como uma única sentença longa e corrida trouxeram meses de emoções postas de lado de volta para a ponta da minha língua.

Eu não disse que ela era mais importante porque você tem que fazer tudo ser sobre você ela precisa de mim ela tentou se matar, Kevin, o que diabos você acha que está acontecendo na sua vida que é mais importante agora como você pode dizer que eu não posso praticar como você pode tentar me silenciar novamente eu coloquei tudo em espera por você eu não posso fazer isso eu não posso cuidar de todos eu não posso estar disponível para todos eu preciso ir eu preciso ir eu preciso ir eu preciso ir.

— Merda em uma caixa? — perguntou Jonathan, a uma distância segura, como se soubesse que se aproximar seria inapropriado.

— Essas são as últimas coisas que eu disse a ele.

Eu caminhei para o outro lado da sala. Palavras mais rabiscadas na parede.

Eu não estou dizendo para você não trabalhar eu estou dizendo para você ficar comigo quando estou com esses caras eles me fazem sentir inadequado e estúpido e você é a única em quem eu confio você é a única que eu sei que não me faz sentir pequeno sem você eu não sou um homem que você não entende eu preciso de você eu preciso de você eu preciso de você eu preciso de você eu preciso de você.

Saí tão rápido quanto a entrada baixa me permitia.

implore. excite. submeta.

Capítulo catorze

Tendo estado dentro do relacionamento descrito na Mina de Carvão Faulkner, eu sabia como Kevin tinha sido corajoso em criá-la e exibi-la. Tínhamos sido impecáveis juntos. Éramos bonitos. Nunca brigávamos em público. Ninguém ouviu uma palavra dele ou de mim que indicasse que alguma coisa entre nós pudesse estar menos do que perfeita. Ele arrastava sua confiança consigo como se fosse uma pele que ele parecia possuir. Aquela instalação destemida deixava seus amigos e admiradores saberem que não só nosso relacionamento era imperfeito, mas ele mesmo não tinha confiança e arrogância.

Mas era o Kevin. Senhor cem por cento. Quando ele me amava, foi com todo o seu coração e sua alma. Eu nunca me preocupei com seu compromisso ou com sua fidelidade. Nunca encontrei um furo em sua paixão. Eu era seu tudo, e, por mais sufocante que isso fosse, nunca duvidei de onde estava o nosso relacionamento. Isso em si era libertador.

Mas agora todos os nossos amigos saberiam da nossa gota d'água. As terças eram sua noite de pôquer. Todos os rapazes iam para o loft do Jack fumar charutos e conversar sobre a didática no pós-modernismo, ou as definições de arte popular da diáspora cultural do século XX. As namoradas ficavam sentadas na cozinha conversando sobre sexo e bebendo vinho. Era como os anos cinquenta.

Gabby e eu finalmente tínhamos montado uma banda porque tocar música a fazia se sentir melhor. Isso acabou com ele. Porque, desde que Gabby tinha tentado se matar, eu estava menos disponível. Harry nos conseguia tempo livre de estúdio nas noites de terça-feira, para ensaios. Perfeito. Ele poderia ir jogar pôquer para que eu pudesse ensaiar. Mas ele deu um chilique. Ele precisava do meu apoio. Ele precisava de mim *lá*. Por que eu estava abandonando ele por causa da Gabby? E sabe de uma coisa? Eu me senti *mal*. Minha primeira reação foi que ele estava *certo*. Porque essa era toda a relação. As necessidades dele e eram muitas.

No jardim de esculturas, atrás de um pequeno templo pagode, havia um lugar onde as luzes não chegavam. Eu sabia por que eu tinha feito sexo oral no Kevin naquele lugar na noite em que ele ajudou seu mentor a pendurar sua retrospectiva.

Eu estava indo para lá quando Jonathan agarrou meu braço no pátio.

— Monica?

Peguei sua mão e puxei-o junto comigo até que tive um vislumbre da Jessica. Ela sorriu para nós. Eu estava tentando não me debulhar em lágrimas, então balancei a cabeça e deixei Jonathan se responsabilizar pelos sorrisos.

Ele soltou minha mão.

Olhei para trás. Ele e Jessica estavam conversando. Ele parou, um pé ainda apontado em minha direção, como se não estivesse comprometido com nenhuma de nós. Eu não tinha tempo para isso. Eu não precisava dele de qualquer maneira. Desci as escadas correndo.

Eu estava no meio do pátio quando ouvi seus sapatos batendo atrás de mim.

— Monica, espera.

Eu diminuí a velocidade, e ele pegou minha mão novamente sem mais uma palavra.

Quando chegamos ao térreo, virei no jardim de esculturas. Estava vazio, na maior parte, então comecei a andar mais devagar. Eu não estava respirando bem. Era assim que eu chorava: respirando mal. As lágrimas grossas logo viriam. Eu chorava como uma dama, mais ou menos. Esse foi o motivo pelo qual deixei Jonathan colocar o braço em volta de mim e me fazer andar mais devagar. Se eu chorasse como uma maluca, teria saído correndo e pegado um ônibus para voltar para casa. Ele me sentou em um banco tranquilo, lentamente, como se lembrando do dano que tinha causado para mim.

— Você está bem? — ele perguntou.

Coloquei o dedo em seus lábios, e depois coloquei meus braços ao redor dele e apoiei a cabeça em seu ombro.

— Sinto muito por tudo isso.

— Não tem problema.

— Esta noite era para ser o seu drama.

— Eu prefiro que seja o seu, para ser honesto.

Levantei a cabeça.

— Foi por isso que ele me convidou tão em cima da hora. Ele não tinha certeza se queria que eu viesse. Foi por isso que só havia um lugar para mim na lista, não para mim e um acompanhante.

— Mas você pregou uma peça nele. — Ele tirou um lenço do bolso e me entregou. Era grosso, possivelmente de seda, e tinha seu monograma.

— Deus, eu me sinto como uma bruxa indo embora do jeito que eu fui. Que tipo de pessoa simplesmente deixa todas as suas coisas e... — Minha respiração ficou difícil, e as lágrimas grossas vinham toda vez que eu piscava. Enxuguei os olhos com o lenço dando batidinhas.

— Alguém está com medo — disse Jonathan. — Vamos, ele fez essa peça a partir da perspectiva dele. Você não esperava que fosse justo, não é?

Dei de ombros e dei batidinhas, tentando obter controle de mim mesma e não perder muita maquiagem. Eu funguei com força.

— Eu simplesmente fui embora e o deixei para trás — eu disse. — Não houve um encerramento. Eu sei que o jeito que fiz era o único caminho, porque eu poderia ser forte uma vez e sair, mas ele tinha um jeito de me fazer perdoá-lo. Nós teríamos sido o casal que estava sempre meio separado, e eu sabia que não poderia ser forte por mais cem vezes.

Enxuguei o canto interior dos olhos com o lenço, mas, como não queria borrar o rímel com ele, as lágrimas dos cantos exteriores continuaram. Jonathan afagou minha nuca e esperou pacientemente.

— Eu não sei o que isso vai fazer você pensar de mim — eu disse.

— Que qualquer homem que esteja com você deve prestar mais atenção, ou vão acabar descobrindo que você se foi.

Uma breve risada escapou de mim. Eu balancei a cabeça. Se quisesse mais de Jonathan do que uma trepada casual, minhas chances de chegar lá tinham acabado de se reduzir a zero. Quem iria querer estar com uma psicopata dessas?

— Veja, eu estava mantendo você em uma esfera de saber o estritamente necessário — eu disse. — E agora você sabe demais sobre mim. Vou ter que te matar. Desculpa.

Ergui os olhos acima do lenço. Ele estava fitando minha boca como se fosse a parte do corpo mais interessante que ele já tinha visto. Ele tocou meu lábio inferior com seu polegar e o trouxe até o meu queixo.

— Eu sei que você está tentando ser reservada, mas você é verdadeira demais para isso. — Ele roçou meus lábios com a ponta dos dedos, e eu os beijei. — Acho que aquela peça lá não era porcaria. Eu acho que é a coisa mais cruel que já vi. E vender as peças para um estranho é um truque sujo.

Olhei para o meu colo, onde minhas mãos estavam pousadas. Meus pulsos estavam cobertos de pulseiras e braceletes para esconder os hematomas. Eu me senti espancada.

— Obrigada por ouvir — eu disse. — Isso não tem como ser atraente.

— Se você nunca viu beleza em um momento de sofrimento, você nunca viu beleza em nada.

— Quem disse isso?

— Algum poeta alemão. Agora, assue o nariz. Essa fungação toda está me deixando louco.

Levantei o lenço.

— Não consigo. Ele é muito bonito. — Eu funguei de novo.

— Você está falando sério? — Ele tirou o lenço de mim e o colocou sobre a palma. Depois, colocou-o sobre o meu nariz. Tinha o seu cheiro seco e nebuloso. — Assopra — ele disse.

Olhei para ele por cima do tecido de seda, e ele olhou para mim, inclinando a cabeça como se esperasse impacientemente que eu assuasse o nariz em sua palma coberta de lenço. Os cantos de sua boca se curvaram muito ligeiramente. Ele estava tentando não rir.

— Vamos agora — disse ele, apertando meu nariz.

Não consegui segurar. Explodi em uma gargalhada.

Ele também riu, dizendo ao mesmo tempo:

— Assua, já.

— Não consigo quando estou rindo.

— Então pare de rir. — Ele não era um bom exemplo, para mim, é claro, pois estava prestes a gargalhar.

Peguei o lenço de volta e me afastei dele. Assuei o nariz bem naquele acessório muito bonito e bordado, dobrei, assuei de novo antes de devolver. Ele se recostou no banco, passando o braço por cima do encosto. As lâmpadas da rua refletiam em azul sobre suas bochechas e nas pontas de seu cabelo. Seu dedo roçou meu ombro nu.

— Quer isso de volta? — eu perguntei, tentando não rir de novo.

— Pode ficar.

implore. excite. submeta.

Capítulo quinze

Esperei no banco de trás enquanto Jonathan falava com Lil lá fora. Eu queria vê-lo nu outra vez. Eu queria seu pau e seus lábios. Eu queria suas mãos em minhas partes ardentes. Mas eu não podia parar de pensar no Kevin. Depois que o deixei, pensei que ele tinha me esquecido. Às vezes, eu pensava que ele podia ter sofrido, mas eu só extraía uma alegre satisfação desse pensamento. Ele sempre foi o forte e confiante do casal, enquanto eu era o capacho.

Jonathan deslizou em frente a mim, e Lil fechou a porta atrás dele.

— Vai me falar para abrir as pernas? — perguntei.

— Vou chegar nessa parte.

Ele não o fez. Só ficou olhando para mim. Meus joelhos estavam pressionados um no outro. Meus mamilos estavam endurecidos por causa do ar-condicionado poderoso, e as minhas mãos estavam dobradas sobre o meu colo. Depois que terminou com o meu corpo, ele olhou para o meu rosto.

O carro se moveu, e a vista do estacionamento se transformou na noite de Los Angeles.

— Eu quero fazer coisas com você — disse Jonathan —, mas você não está em nenhuma condição física para isso agora.

— Não sou feita de açúcar. — Eu tentei manter a decepção fora da minha voz e temi que tivesse fracassado.

— Não é mesmo. — Ele tocou minha clavícula e arrastou o dedo para baixo, colocou sob o meu vestido e puxou o decote abaixo dos seios. A malha das alças se esticou e segurou enquanto extraía meu mamilo.

— Venha mais para frente. — Deslizei meus quadris para a borda do assento e me encolhi de dor. Ele puxou o outro lado do meu vestido para baixo e, saindo de seu assento, ele beijou o mamilo que tinha libertado da minha roupa. Gemi e segurei sua cabeça em mim. Ele chupou com força, depois mordiscou, e eu ofeguei.

— Quero amarrar você à cama em cem posições e te comer em todos os lugares, mas quero que esses hematomas sarem primeiro. Quero uma bunda lisinha para deixar roxa de novo.

— Eu não devia perguntar isso.

— Então não pergunte. — Ele roçou o dedo no meu mamilo.

— Preciso saber se você é assim com todo mundo. Com todas as mulheres.

Ele olhou nos meus olhos por um segundo, em silêncio, então lançou seu olhar para baixo. Eu não sabia o que eu queria que ele dissesse, mas a curiosidade me queimou de dentro para fora.

As pontas de seus dedos tocaram meus lábios, e eu abri a boca para ele.

— Deixa eles bem molhados — disse ele. — Você vai precisar.

Então deslizou dois dedos dentro da minha boca.

Passei a língua neles, e senti que eles esfregavam nela e deslizavam pela minha garganta. Ele os tirou e os enfiou de novo. Eu chupei forte, tentando produzir mais saliva.

— Vamos, Monica, você pode fazer melhor. — Ele deslizou os dedos para dentro e para fora da minha boca, tirando-os até meus lábios, mas, em seguida, empurrando-os de novo. Minha vagina dolorida pulsou de calor. Eu o queria, apesar da dor, ou por causa dela.

Seus dedos estavam na minha boca até chegar à mão. Meus lábios se curvaram ao redor deles, e eu estava chupando. Ele usou os dedos para empurrar minha cabeça para cima até que eu estar olhando para o teto, e seus dedos foderam minha boca de cima.

— Levante a saia. Levemente. — Ouvi o sorriso em sua voz enquanto ele puxava os dedos para fora e, na sequência, introduzia de novo. Mexi minha saia ao redor da cintura.

— Ah, isso é lindo. — Com a mão livre, ele acariciou debaixo da liga no topo das minhas pernas onde a dor não era tão ruim. — Agora abra essas pernas lindas.

Uma guerra se deflagrava no meu sexo: a dor que eu sentia versus o fogo intenso do desejo. Quando abri as pernas, gemi nos seus dedos, porque fui esquentando quando exposta a ele.

— Mais, Monica. Não seja tímida. — Eu as abri um pouco mais, mas meus músculos queimavam. Com sua mão livre, ele abriu bem minhas pernas. Eu ofeguei com dor e prazer. Ele tirou os dedos encharcados da minha boca, e, com o polegar esquerdo pressionado sob meu queixo, me manteve olhando o teto.

— Você não quer um relacionamento — ele disse. — Mas continua perguntando sobre outras mulheres. — Ele colocou os dedos debaixo do fundo da minha calcinha e estimulou meu clitóris. — Por quê?

— Não posso dizer. — Eu não sabia como formava palavras em vez de apenas sons. A pressão entre as minhas pernas me distraía demais.

— Sim, pode.

— Ah, isso é tão bom, Jonathan.

Ele colocou dois dedos em mim. Arderam por todo o caminho e eu impulsionei os quadris para frente. Seu polegar esfregou meu clitóris, e eu acompanhei seu ritmo. Seu polegar esquerdo permaneceu debaixo do meu queixo quase causando dor, impedindo-me de me mover livremente.

— Ontem — ele disse —, você mencionou algo sobre rumores e perguntou quantas mulheres eu trouxe para o clube, e agora, outra pergunta. Você quer transar ou não?

Deus, eu tinha sido tão infantil?

— Eu quero foder.

— Então qual é a sua intenção? Por que você fica perguntando?

— Curiosidade.

Ele tirou os dedos e colocou minha calcinha de volta no lugar. Eu pensei *ok, agora ele vai brincar com a minha boceta a noite toda, e, vamos falar sério, eu vou adorar.* Mas ele fez algo que me surpreendeu. Eu não podia ver porque ele segurava meu queixo para cima, mas senti como se ele pegasse meu clitóris da maneira como pegaria uma migalha de cima da mesa, com o polegar e o dedo médio. A unha de seu polegar atingia meu clitóris como um seixo jogado em um balão de água. Senti uma dor deliciosa seguida por um prazer intenso. Fiz um som vocálico no fundo da garganta, ainda olhando para o teto.

— Me diga, Monica. Por que está tão interessada? — Ele me beliscou outra vez.

— Oh, Jonathan... — eu gemi. Beliscão. Comecei a me contorcer.

— Me diga o que está na sua mente.

Era uma tortura maravilhosa. Eu não tinha ideia quando viriam os beliscões, e eles eram firmes, excruciantes e lindos. Eu nunca, nunca seria capaz de gozar, mesmo que ele fizesse isso vinte mil vezes.

— Se eu falar — eu disse —, você me conta tudo.

Ele me beliscou duas vezes em rápida sucessão. Eu gritei.

— Sem acordo — disse ele.

— Não me faça gritar — eu disse. — A Lil vai ouvir.

— Então fale — ele insistiu, me acertando de novo.

— Vai se foder.

— Fale, querida — ele disse suavemente, como se tentando me convencer.

Minha respiração era pesada, eu ia sentindo a pressão de sua mão na minha garganta. Eu poderia tê-lo impedido. Meus pulsos não estavam amarrados. Eu poderia ter afastado seus braços. Sinceramente, eu queria contar a ele.

— Eu quero você.

— E? — Ele esfregou meu sexo sobre o tecido agora molhado da calcinha. Acalmou o calor, mas não a excitação.

— Eu quero você todo para mim. Eu quero saber o que elas não faziam, para que eu possa fazer. Para te manter comigo mais tempo.

— Ah. — Ele tirou o polegar de baixo do meu queixo. Minhas pernas ainda estavam abertas, e seus joelhos me impediram de fechá-los. Olhei para ele sentindo vergonha. Eu tinha certeza de que ele me deixaria passando vontade, ali mesmo no banco do seu Bentley, no meu vestido de grife e liga nova. — Três vezes é o meu limite. Estamos a uma transa do nosso prazo de validade — ele disse.

— Espero que seja um monstro, porque vou sentir falta.

Ele sorriu para mim, então se afastou para trás. Ele fechou minhas pernas, e eu puxei a saia para baixo, alisando-a contra as minhas coxas, pensativa.

— Eu vou te falar uma coisa — ele começou. — Não posso te prometer nada a longo prazo. Não consigo superar o meu casamento. Mas eu gosto mais de você do que deveria, e não estou interessado em mais ninguém agora. — Ele apertou minhas mãos na dele e olhou para elas, depois para mim. — Vamos fazer isso. Contanto que você entenda aonde eu não posso ir. A Jess me fez sair de um monte de merda. Ela me resgatou de maneiras que você não consegue nem imaginar.

Pedir-lhe para explicar teria sido íntimo e agressivo a ponto de quebrar seja lá o que nós tivéssemos. Qualquer coisa indefinível que fosse, uma relação monogâmica de curto prazo, uma amizade colorida, uma aventura exclusiva, não era o que ele tinha tido com a Jessica. Nossa conexão não tinha dimensão suficiente para sustentar a dor entranhada no nosso passado para causar o desgaste do nosso presente. O passado de Jonathan pertencia a ela, apesar de ela ter cortado a linha e a levado com ela, puxando-o, sem deixar mais ninguém a quem ele recorrer.

— Já entendi — disse eu. — Eu aceito bem essa situação.

— Não por muito tempo. É disso que eu tenho medo.

Olhei para ele por um segundo, depois para as nossas mãos.

— Eu não entrei neste carro querendo mais nada de você.

— Sim, você entrou. Você simplesmente não admite a verdade para si mesma o tempo todo. — Ele colocou um dedo no meu queixo. — Você é uma deusa, Monica. Nunca tenha medo de pedir o que você quer.

Nossos rostos estavam a um sopro de distância. Beijei-o gentilmente. Alguns minutos se passaram enquanto a cidade zunia do lado de fora das janelas. Ouvi o meu telefone apitar, mas o ignorei. O dele também apitou, mas ele ignorou. Nossos aparelhos eram como um coro de sinos na igreja errada. Senti o carro cair para trás, como se estivesse caindo de um penhasco.

Olhei pela janela quando paramos.

— Você me trouxe para *casa*?

— Você está toda roxa em todos os lugares que eu quero foder e, se voltar comigo, eu não vou me segurar.

— As coisas que saem da sua boca — eu disse.

— Te agradam?

— Na verdade, não.

— Ora, Monica. Vou ficar fora por alguns dias. Quando eu voltar, podemos continuar de onde paramos.

— Você vai me deixar assim por *dias*? Eu sinto como se estivesse carregando uma bola de beisebol entre as pernas.

— Também não é para se tocar. Esse orgasmo é meu, e eu vou confiar que você vai guardá-lo para mim.

Coloquei meu rosto no dele, beijando sua bochecha, seu nariz, seus lábios.

— Pesa cinco quilos. Me liberte.

— Vou te libertar quando eu voltar — ele disse no meu ouvido. — Repetidas vezes. — Ele estendeu a mão e bateu na janela entre nós e o motorista.

— Você tem um sério traço de crueldade.

Ele sorriu para mim como se soubesse muito bem do que era feito seu traço. Lil abriu a porta e nós saímos. Ele me beijou nos degraus da minha varanda, e meu celular voltou a apitar. Da minha varanda, vi o Bentley mergulhar colina abaixo como se fosse uma pena jogada de um prédio alto. Dentro da casa, ouvi o piano recebendo a atenção que eu queria estar recebendo.

Capítulo dezesseis

Gabby estava acordada. Ninguém mais poderia tocar assim. Ela não parou quando eu entrei, mas acenou com a cabeça para mim.

— São onze da noite — gritei por cima da música.

— E daí?

— Você pode tocar algo menos bombástico para que os vizinhos não chamem a polícia de novo?

Ela parou de tocar.

— Por que você está em casa? Vocês brigaram ou alguma coisa assim?

— Não. Onde está o Darren? — Larguei minha bolsa e chutei os sapatos, me aconchegando no sofá. Mesmo deitar imóvel me fazia pensar em sexo, o que aumentou o latejar entre as minhas pernas. Maldito Jonathan.

— Aquele porra tem outro encontro. — Ela dedilhou uma canção divertida nas teclas. Eu nunca a tinha visto assim antes, com tão poucas palavras e tamanho tom de raiva reprimida. Eu queria poder ter minha velha amiga do colégio de volta. Ela era divertida. A pessoa que eu tinha passado os últimos dois anos vigiando tinha uma nova personalidade a cada poucas semanas.

— E então? Nós liberamos você. Você deveria estar feliz.

— Eu estou. Vou encontrar o Theo para um show à meia-noite no Sphere.

— O Theo escocês das tatuagens? Ele é legal. — Por mais que eu tentasse um tom animado e aprovador para falar do seu novo caso, ela parecia não propensa a morder a isca. Ela sempre tinha sido assim, o que eu gostava nela, mas, nos últimos dois anos, o traço se tornava menos encantador e mais alarmante.

— Então — ela disse —, o Darren tem uma moça misteriosa. Você tem um cavalheiro trilhardário.

— Eu não tenho ninguém. É completamente casual.

Ela ignorou a mim e a minha meia-verdade. Eu estava me apaixonando por Jonathan, e ela sabia disso melhor do que ninguém. Ela se virou novamente para o piano e tocou algo doce e sexual que me fez querer correr para o banheiro e me tocar para alcançar um orgasmo e conseguir dormir.

Meu telefone apitou e eu finalmente dei uma olhada nele. O número não estava nos meus contatos, mas o reconheci de qualquer maneira.

"vem me ver"

Rolei para baixo e vi mais do mesmo.

"vem me ver"

"vem me ver"

"vem me ver"

"vem me ver"

"vem me ver"

— Como o Kevin conseguiu o meu número? — perguntei.

— Darren. Eu disse para ele não fazer isso.

— Deus. Ele é foda. Isso é coisa de homem? Todo mundo machão demais para admitir que algo pudesse ser um problema?

Eu segurei o telefone para Gabby ver as seis mensagens.

— Você deveria vê-lo — ela disse. — Ele veio falar com a gente depois do nosso show. Acho que ele te superou.

— E essas mensagens são a prova. — Levantei o celular para ela ver, depois mandei uma resposta.

"Me deixa em paz"

— Vou para a cama — eu disse. — Você tomou seus remédios?

— Tomei.

Fiquei atrás dela por um segundo. Eu não acreditei, mas não sabia se devia dizer alguma coisa ou não.

Caminhei até o banheiro e peguei seu frasco de Marplan. Ela tinha acabado de comprar mais um na última segunda-feira. Havia um monte de pílulas, e, um mês atrás, eu as teria contado. Teria verificado a mensagem de Darren com o último número que ele tinha contado depois somado o número de horas para ver se ela havia tomado dois por dia. Então, teria enviado a Darren os resultados, e tudo estaria certo no mundo.

Mas eu sabia que não contaria todas aquelas pílulas. Darren não tinha me mandado uma contagem havia um dia e meio, e eu estava cansada, com tesão e meu celular apitou de novo.

Coloquei a tampa no frasco e guardei. Escovei os dentes e fui para a cama, levando meu telefone para debaixo das cobertas.

"Me deixa explicar, pfv. Eu precisava fazer aquela obra. Eu não estou tentando te reconquistar e eu sei que você está feliz com outra pessoa."

Feliz. Com certeza. Kevin só conhecera a Monica que nunca era casual em relação ao sexo. Ele só tinha conhecido a minha versão totalmente comprometida. Fiquei de repente muito infeliz com o Jonathan. Duas transas e alguns dedos ilegais e no que isso poderia se tornar um dia? Mais algumas transas e mais alguns orgasmos negados. No final, nós seguiríamos em frente. Ele não tinha espaço no seu coração para mim. Ele tinha deixado isso bem claro. Eu nunca me senti tão vazia na minha vida.

"Boa noite, Kevin"

Chegou outra mensagem.

"Obrigado por esta noite. Vou te ligar durante a semana para falar sobre essa bola de beisebol."

"De nada."

"Falando nisso... Eles vão enfrentar os Mets no dia depois de eu voltar."

Eu tinha respostas espirituosas a postos, mas elas se tornaram gelo.

Cada fragmento de atenção que ele me dava me deixava triste porque era fugaz e sem sentido. Eu não tinha vontade ou energia para jogar o seu jogo.

"Ok, boa noite."

Pip.

"vem me ver"

Desliguei o celular e fechei os olhos. A bola de beisebol entre as minhas pernas se encolheu como uma azeitona, e eu adormeci.

Capítulo dezessete

Por mais impossível que parecesse, eu estava mais dolorida na manhã seguinte. Gabby já estava em pé quando entrei na cozinha. Ela estava fitando um canto com uma caneca de café nas mãos. Se alguém tivesse colocado uma arma na minha cabeça e perguntado, eu teria falado que o café estava frio.

— Gabby?

— Devemos praticar um novo set para a nossa reunião?

— Na WDE? Não. É uma reunião, não uma audição. Você está se sentindo bem?

— Sim. — Ela olhou para mim como se eu a tivesse acordado de uma soneca. — Temos um ensaio daqui a uma hora. Me deixa tomar um banho primeiro.

Nós tínhamos transferido nosso local de ensaio do estúdio, que custava dinheiro, mas era necessário com uma banda de quatro pessoas, para a sala de estar, grátis e suficiente para duas pessoas. Éramos tão diligentes sobre os nossos compromissos quanto teríamos sido se estivéssemos nos encontrando em um estúdio.

Estava fervendo água para um chá quando ouvi o chuveiro. A batida de metal no metal do portão mal era audível por cima do barulho. Era cedo demais para o correio. Cheguei à porta da frente a tempo de ver um Jaguar verde subindo a colina e uma figura volumosa na frente. Lil, com certeza. Eu saí para a varanda depressa o suficiente para ver que o banco traseiro estava vazio. Quando me virei para voltar para dentro, vi uma pequena caixa azul-marinho com uma fita prateada. Eu a peguei e corri para o meu quarto, fechando a porta atrás de mim.

Sentei-me na cama e desenrolei a fita, revelando um HW prateado no topo da caixa. Um pequeno envelope tinha sido anexado na parte de baixo, e, quando a fita escorregou, o envelope caiu no meu colo. Eu abri.

Querida Monica,

Por favor, aceite isto como um sinal do meu apreço.

Jonathan.

Abri a caixa e depois a caixa que havia dentro dela. Havia uma barra de dois centímetros, de prata ou de platina, com um diamante circular na ponta inferior.

Um piercing de umbigo. Uma joia original para substituir a bijuteria que eu tinha comprado quando furei em Melrose. Segurei-o na luz da manhã, e fui distraída novamente por como tudo no meu quarto era barato e desleixado: a pilha de roupa suja no canto, as molduras velhas nas minhas fotos, as manchas no meu espelho.

Tirei minha camisa e substituí meu piercing porcaria por aquela coisa maravilhosa. Quando me olhei no espelho, adorando a joia, fiquei me perguntando qual era o propósito dela. Li o bilhete de novo.

Apreço pelo quê? Por mim, em geral? Ou por alguma outra coisa? O cartão era pequeno demais para eu escrever mais, mas eu não tinha certeza do que fazer com aquelas dez palavras.

O chuveiro desligou. Deixei minhas preocupações de lado. Eu tinha que tomar banho, me vestir, beber meu chá e aparecer na sala de estar pronta para o ensaio. Eu não poderia ser sobrecarregada pelas minhas preocupações sobre o que Jonathan significava para mim e o que eu significava — ou não — para ele.

Capítulo dezoito

Se minha inquietação transpareceu durante o ensaio, Gabby não disse nada, mas eu poderia dizer que não era um bom dia. Eu tinha enviado um agradecimento a Jonathan pelo presente, esperando que minha inquietação também não transparecesse. Ele não respondeu, e eu tinha certeza de que ele estava em um avião. Mas tudo bem, pois eu não queria ouvir nenhuma resposta dele ainda. Eu estava ocupada demais preocupada. Nada tinha mudado. Ele tinha me dado tudo o que eu havia lhe pedido.

— Como foi a sua noite ontem? — perguntou Debbie. — Ouvi dizer que você foi ao L. A. Mod.

Debbie, Robert e eu estávamos no balcão de serviço. Era a parte mais fraca do meu turno, no final. Todas as minhas velas tinham sido acesas para o próximo turno. Todas as minhas cadeiras estavam colocadas no lugar, guardanapos de papel, torcidos e bandejas, limpas. O sol começou sua tarefa de se pôr alaranjado sobre o horizonte de Los Angeles, uma vista que eu sempre esperava no turno do dia.

— Foi bom. Meu ex-namorado fez uma peça inteira sobre mim, basicamente me eviscerando na frente de todos por ser uma vagabunda sem coração. Não tenho certeza ainda do que vou fazer sobre isso.

— Isso é legal? — perguntou Robert.

— Só se eu for uma vagabunda sem coração. Mas acho que, se não é ruim para a minha carreira, eu deveria fechar os olhos e fingir que não aconteceu. — Robert se afastou para fazer bebidas.

— E como foi a companhia? — Debbie sorriu, uma piscadinha debaixo de suas franjas compridas.

— Muito boa.

— Ele exibiu você em público. Isso é bom. Para vocês dois.

Balancei a cabeça e reorganizei as bandejas de lima e limão.

— Não sei.

Debbie nem sequer ouviu a última palavra que eu disse. Ela se levantou como um tiro e já ia se aproximando de uma mulher que havia acabado de entrar sozinha. Ela era alta e loira, e sua pele brilhava de saúde.

Era Jessica Carnes.

Debbie fez a parte dela, sorrindo e dando dois beijinhos, criando conversa a partir do nada. Congelei no lugar. Eu não queria servir as bebidas dela. Nada no mundo poderia me fazer servir as bebidas daquela mulher em troca de gorjetas. Nada além de eu precisar do meu emprego.

Debbie indicou o bar para ela. Amei a Debbie de todo o meu coração naquele momento, pois era Robert que servia no bar. Eu era a única garçonete pelos próximos vinte minutos. Se Jessica se sentasse a uma mesa, eu teria que servi-la.

Outra mulher entrou atrás de Jessica, e mais beijos foram distribuídos. Ela tinha cabelos castanhos ondulados e um rosto brilhante de cirurgia plástica. Um disfarce? Ou uma equipe?

— Vou vomitar — eu disse a Robert.

— O banheiro é ali.

Debbie levou-as para uma mesa e entregou-lhes os cardápios de bebida. Quando ela voltou para o balcão de serviço, seu rosto não traiu nada.

— Eu tentei — ela disse quando não podia ser ouvida. — Você vai ter que ir lá.

— Não posso! Eu a conheci ontem à noite.

— Provavelmente é por isso que ela está aqui. — Debbie pegou minha mão e apertou, seu aperto frio e firme. Ela me olhou nos olhos, inflexível. — Seja uma mulher generosa.

Engoli em seco, olhando para Jessica. Ela e sua amiga de cirurgia plástica conversavam bem perto uma da outra. O sofá em que se sentaram deixava seus braços expostos, e eu vi que Jessica tinha um gesso de nylon no pulso direito.

— Tá. — Coloquei meu bloco no bolso e andei até lá como se eu fosse a dona do lugar.

Jessica e Plástica me observaram me aproximar, duas ovais bege com olhos aparentemente em sincronia me medindo de cima a baixo, muito como Jonathan tinha feito quando me conheceu. Coloquei um pequeno salto nos meus passos e sorri com os lábios fechados.

— Oi — falei. — Sou a Monica. Gostariam de fazer um pedido?

Elas apenas ficaram olhando até Plástica romper o silêncio.

— Você é uma gracinha, não é?

Eu sorri, mostrando meus dentes, desejando a pressão da mão de Debbie na minha.

— Obrigada.

— Nós nos conhecemos — Jessica disse. — Ontem à noite.

— Sim — eu disse —, é verdade. Eu não estava cem por cento certa, então eu não queria dizer nada. É um prazer vê-la novamente.

— É claro. Igualmente.

O momento embaraçoso foi quebrado por um telefone tocando. Plástica pegou o dela.

— Eu tenho que atender. — Ela sorriu para mim. — Me traz um mojito, por favor, querida? Pouco açúcar. — Ela pressionou o telefone na orelha e foi para o corredor.

— E para você? — perguntei à Jessica.

— Vou tomar o mesmo. — Ela se mexeu no assento. Eu estava prestes a escapar quando ela disse: — Você realmente me assustou ontem à noite.

— E por quê?

— Pensei que fosse uma oitava irmã.

Seu olhar me sustentou, e senti que ir embora seria falta de educação. Debbie tinha me dito para ser uma mulher generosa, e eu não sabia uma maneira melhor de fazer isso do que mostrar que eu estava interessada nela.

— O que aconteceu com seu braço? Você não estava com isso ontem à noite.

— Microfratura. Passei metade da noite no hospital. Na verdade, estou exausta.

— Oh, uau. Como isso aconteceu?

Jessica franziu os lábios e desviou o olhar, depois voltou para mim. O movimento foi tão suave e rápido que eu quase deixei de ver.

— Você sabe como é — ela disse. — Jonathan pode ser um pouco bruto às vezes.

Minha boca ficou seca. Eu não conseguia nem engolir. Acho que tremi um pouco porque senti meus joelhos baterem uma vez. Eu precisava sair dali. Eu tinha que estar em outro lugar.

— Claro — engasguei. — Claro. Vou buscar as bebidas.

Cheguei ao balcão de serviço. Os olhos de Debbie se arregalaram.

— O que aconteceu? Você está branca como papel.

— Tenho quinze minutos do meu turno ainda.

— O que ela disse?

— Não vou repetir. Tenho que ir para casa.

Debbie pegou minhas duas mãos trêmulas nas suas e tirou o bloco de notas.

— Você termina o turno. E vai sorrir. Outra mesa acabou de aparecer. Cuide deles, mas não se demore. Está entendendo?

Seu rosto não admitia discussão. Minha concordância foi tão leve e forçada que eu fiquei surpresa por ela ter visto.

— Robert — ela vociferou. — Faça dois mojitos *sem* açúcar. — Ela olhou para mim. — Deixe-as pedir o açúcar. Faça-as esperar. Cuide das outras mesas. Sorria. A Maddy está aqui para te liberar, mas você tem que terminar o seu turno. Generosidade, Monica.

Robert colocou duas bebidas na minha bandeja.

— Sim — sussurrei.

— Vá.

Quando fui entregar as bebidas na mesa delas, Jessica e Plástica estavam profundamente compenetradas em uma conversa. Fiz um rosto agradável para elas, e, embora Plástica tenha aberto a boca para me dizer algo, eu me virei antes de ela ter empregado suas cordas vocais, dando-me a oportunidade de servir minha outra mesa.

Doze minutos e meio mais tarde, voltei ao balcão de serviço com um pedido de bebida e entreguei a Robert. Maddy estava composta, de olhos brilhantes e pronta para começar. Passei as informações sobre as mesas.

— Você está bem? — ela perguntou.

— Fantástica. Onde está a Debbie?

Ela encolheu os ombros. Não me importava. Fui para os fundos sem olhar para trás para ver se Jessica me viu sair.

Cheguei à sala de descanso e liguei meu telefone. Eu tinha que desligá-lo quando estava no salão, mas agora eu diria àquele filho da puta um pouco do que eu tinha na cabeça naquele momento. Por mim, ele não conseguia nem sequer guardar aquilo nas calças por quanto tempo? Quantas *horas*? Eles devem ter combinado de se encontrar enquanto eu estava ocupada descendo as escadas correndo. Ele havia me prometido fidelidade e me deixado em casa com uma desculpa esfarrapada de não querer me machucar. Que piada. Ele foi lá dormir com outra.

Com a ex-mulher.

Que ele amava e sempre amaria.

Porque ela o havia ajudado a passar por um momento difícil.

Até que a morte nos separe.

Eu não tinha ideia do que diria para o Jonathan, mas algo tinha que ser dito. Se ele a quisesse, então tudo bem, mas por que brincar com o meu clitóris enquanto exigia que eu lhe pedisse o que eu quisesse? Por que me pressionar a dizer que eu queria ser a única dele, por sabe-se lá quanto tempo, se ele daria meia-volta com o carro e comeria a ex-mulher com tanta força que a tinha feito fraturar o pulso?

Olhei para a minha tela. Ele tinha me enviado duas mensagens algumas horas antes.

"Que bom que você gostou."

"Eu ainda estou te devendo umas palmadas por causa da Barney's."

E outra apenas três minutos antes.

"Você pode me ligar?"

Darren: *"Você viu a Gabs?"*

Eu respondi: *"Tente o Theo."*

Havia outras duas mensagens, enviadas em uma saraivada uma hora antes. Eles eram de um filho da mãe emocional, mas um que tinha sido aberto, sincero e vulnerável comigo. Alguém que nunca, nos dois anos em que me teve, me traiu. Nunca. Ele nunca tinha nem olhado para outra mulher. Nunca me deu uma razão para duvidar da sua devoção.

"Última vez que eu vou pedir."

Eu tinha esquecido como o Kevin era um chato insistente. Respondi porque não seria sua última mensagem, não importava o que ele dissesse. Eu tinha aberto uma fresta na porta, mas ele estava determinado a arrombar.

"O quê?"

Esperei por sua resposta. Não senti um arrepio entre as minhas pernas e ele também não me fazia sorrir de expectativa. Eu não o queria como namorado, amante, ou como parceiro casual...

Não que ele achasse os dois últimos aceitáveis. Eu só queria falar com ele, ver a devoção e a fidelidade que eu tinha destruído tão cruelmente. Eu não o queria de volta. Eu queria remover cirurgicamente as partes viáveis, rotulá-las e colocá-las em um estojo para que eu as reconhecesse se as visse novamente.

"vem me ver"

Eu respondi.

"Onde?"

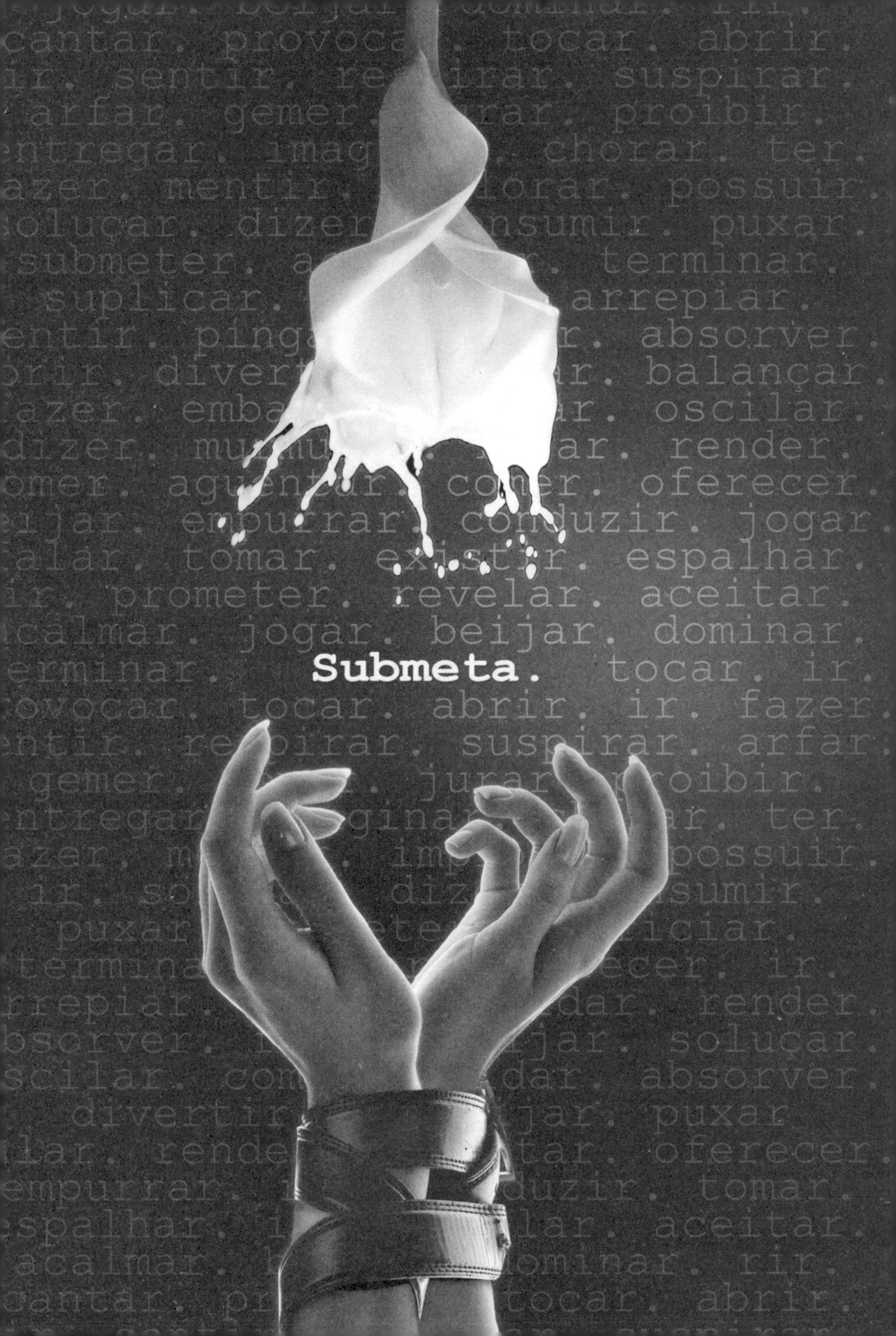
Submeta.

Capítulo um

Eu estava de quatro na porta da frente de Jonathan, as palmas dentro da casa, os joelhos ainda na varanda. O cheiro de sálvia e sereno seco matinal me cercava. O ar era frio o suficiente para endurecer meus mamilos, mesmo que o sol cozinhasse minhas costas nuas. Eu queria tocar meus seios, mas não o faria, pois tinha recebido a ordem de não tirar as mãos do chão. Eu obedeci, embora não soubesse por quê. Minha boceta estava molhada. Senti o peso da excitação entre as minhas pernas como o badalo em um sino maciço e oscilante.

Eu queria Jonathan, mas ele tinha ido a algum lugar e me deixado assim desse jeito. Eu queria juntar as pernas uma na outra para apertar meu clitóris dolorido, mas minhas ordens eram de manter os joelhos separados.

Uma voz chamou meu nome. Darren. Depois Gabby. Deus, não. Eles não podiam estar aqui até Jonathan terminar.

Então, senti seu pau pressionado contra mim, e as mãos em meus quadris. Não tive um segundo para recuperar o fôlego antes que ele estivesse dentro de mim, bombeando impiedosamente. Mãos agarravam minha bunda, pressionavam forte o suficiente para machucar, e a dor era um contraponto ao prazer, tornava-a mais doce, mais úmida, mais quente. Eu me movia com ele, encontrando seu pênis. Ele puxou meus quadris para cima e apoiou-se contra o arco das minhas costas, acariciando meu clitóris com seu membro. Eu estava muito perto de explodir em gemidos e alaridos quando vi um espelho na casa que não estava lá antes, e Jonathan não estava me comendo: era Gabby. Ela gemia, e as molas da cama rangiam.

Acordei, suando. No quarto ao lado do meu, as molas de cama reclamavam, e Gabby deixava o bairro todo saber que Theo a estava fodendo loucamente. Coitados.

Eu não estava em um estado emocional muito claro. Dois dias antes, Jonathan tinha me deixado com uma promessa de fidelidade e um nódulo inchado entre as pernas que eu jurei não tocar. Um dia depois, sua ex-mulher tinha aparecido no meu trabalho, aparentemente para me dizer que ele havia transado tanto com ela na noite anterior que chegou a fraturar um osso.

Sim, apesar do fato de que ele podia muito bem ter mentido descaradamente, eu mantive a promessa de guardar meu orgasmo para ele. E guardaria, até que o dispensasse, momento em que eu correria para o banheiro mais próximo e faria justiça com minhas próprias mãos.

Theo terminou com um grunhido escocês. Graças a Deus. Eu não tinha certeza se eles estavam me deixando sem graça ou com tesão. Vê-los na cozinha para o chá matinal ia ser estranho.

Entrei no banheiro para tomar banho e me vestir. Depois, saí pela porta dos fundos para não ter de dizer bom-dia a ninguém.

Eu me sentia constantemente à beira de um ataque contra algo ou alguém. Fiquei com raiva da perna da cadeira onde acertei meu dedo do pé. O tráfego passou de ser o preço que se paga por morar em Los Angeles a um ataque singular desferido por um Deus rancoroso. Principalmente, eu estava com raiva de mim mesma. Eu sabia que não era capaz de ter um relacionamento sério, porque me envolvia demais e me perdia nas necessidades da outra pessoa. Também não era capaz de um encontro casual, porque não suportava a ideia de alguém com quem eu estava transando acabar com outra mulher no mesmo espaço de tempo. Minha única alternativa era o celibato, uma opção boa e viável, mas eu tinha quebrado um belo jejum de sexo para estar com Jonathan. Ou seja, eu estava em um impasse. Nosso relacionamento era muito sério para eu esquecer e seguir em frente, mas muito casual para ficar chateada por ele ter comido a ex-mulher. Eu era uma idiota. Uma maldita idiota.

Entrei no carro e percebi que não tinha me maquiado. Olhei no retrovisor. Será que precisava? Eu só ia ver o meu ex, Kevin. Se eu fosse sem maquiagem, seria um sinal de que não estava tentando impressioná-lo, de que não o queria de volta. Eu só desejava conversar, e não precisava de batom para a minha boca e os meus ouvidos funcionarem. Eu não precisava de rímel para ver se eu tinha sido louca em deixá-lo.

Kevin costumava morar no centro da cidade, mas, quando o mercado de apartamentos velhos em estilo industrial explodiu, o aluguel triplicou, então ele acabou se mandando para a faixa de terra entre o Dodger Stadium e o L. A. River, chamada Frogtown. Eu o tinha ajudado a se mudar para lá quatro meses antes de ir embora. O prédio havia se transformado drasticamente nesse meio-tempo. A fachada de tijolos quebrados passara de um vermelho-escuro incrustado de fuligem para um mural multicolorido, de ponta a ponta, com uma garotinha enorme espreitando pela porta da frente como se fosse a entrada de sua casa de bonecas. A lateral do edifício tinha sido pintada para parecer que a parede era vazada, com representações de árvores e prédios que combinavam com a paisagem real com árvores desenhadas e edifícios que combinavam com a paisagem real de L. A. River. Era como um desenho animado do Papa-léguas, no qual o pássaro pintava uma perspectiva de ponto único em uma parede de tijolos.

Esses não eram trabalhos do Kevin. A garota olhando para a porta era definitivamente o estilo do Jack. A pintura estilo *trompe l'oeil*, criando a ilusão de ótica na lateral, parecia Geraldine Stark, uma das contemporâneas dele. Ela era uma vadia bastante prolífica na cena artística, e eu fiquei me perguntando se Kevin tinha comido ela em algum momento.

Toquei a campainha. Esperei. Toquei de novo. Esperei. Era a cara dele implorar para me ver e depois se envolver tanto com alguma coisa a ponto de não poder vir atender a porta. Meu Deus, os homens eram todos iguais. Todos eles.

A porta finalmente se abriu, e fiquei mais ereta para que ele não me visse arqueada de irritação.

— Monica — ele disse. — Você veio.

— Eu disse que viria.

Ele sorriu seu sorriso mais lindo, os dentes retos como um crescente de branco na poeira rosada de um conjunto de lábios que o próprio Deus devia ter usado como modelo para as perfeições do rosto humano. Lembrei-me de beijá-los. Eu me lembrei de tê-los percorrendo a parte interna da minha coxa, roçando meu sexo, que se fechou sobre sua boca trêmula.

— Entre — disse ele, dando um passo para o lado.

— Obrigada. — Segurei a alça na bolsa no ombro para ter algum apoio, quando senti seu cheiro de malte e chocolate. Jonathan me deixou com um desejo insatisfeito achando que isso ia me fazer pensar nele, mas ele não tinha ideia do quanto poderia ser perigoso. Uma pessoa diferente teria dado para qualquer coisa que se movesse.

O corredor era estreito, e eu tive que encostar em Kevin quando entrei. Ele fechou a porta atrás de mim com um *tum* metálico. Passei em frente às portas dos dois lados do corredor. No final, a passagem terminava em um espaço aberto como armazém, com um teto de doze metros e um chão de cimento que ele mesmo tinha feito. Mesas na altura da cintura estavam em todo o espaço, no que parecia ser um padrão aleatório, mas não era. Haviam sido organizadas em uma emulação do processo criativo de Kevin. Cada mesa era inacessível sem percorrer um passo necessário antes dela; assim, a história visual de seja lá em que ele estava trabalhando poderia ser contada do início todas as vezes. O padrão nunca faria sentido para um estranho, mas, na mente dele, formava um conjunto entre as instalações.

— Quer beber alguma coisa? Chá? — Ele parecia minúsculo no espaço enorme. Sua camiseta branca parecia insignificante e simples. — Montei uma cozinha.

— Uau — eu disse. — Posso ver?

Ele me levou até o outro extremo do enorme espaço, passando pelas mesas e seguindo um caminho que ele havia deixado para esse fim. A cozinha tinha janelas de blocos de vidro que davam para o exterior, e uma parede coberta de imagens de comida retiradas de revista, presas com alfinetes fininhos. Os armários eram brancos, as superfícies, enfeitadas aqui e ali com adesivos perfeitamente colocados, ou um azulejo estranho em uma cor incongruente que uma pessoa com um senso estético menos do que requintado teria estragado.

— Pode ser verde? — ele perguntou, pegando uma caixa de chá em uma prateleira alta. Sua camiseta subiu, expondo a trilha de pelos escuros no centro da barriga, e eu estremeci com a lembrança de tocá-los.

— Está ótimo.

Ele puxou a caixa, e ela caiu da ponta de seus dedos. Ele a pegou e sorriu com satisfação. Enfiou uma panela de dois litros debaixo da torneira, e, quando a colocou no fogão, notei que seus olhos não tinham encontrado os meus desde que havíamos entrado na cozinha.

— Então — eu disse, puxando uma cadeira cromada com estofado de couro sintético. — O que diabos você pensou que estava fazendo com essa merda de mina de carvão?

Ele estava de costas para mim, e eu pude ver claramente seus músculos tensos. Suas omoplatas se aproximaram e ele olhou para o teto como se estivesse invocando a força dos céus.

Ele virou a cabeça um pouquinho para responder.

— Eu alimentei todo tipo de ideia do que você iria pensar, no ano em que trabalhei naquela porra.

— Você pensou em me mandar uma carta e me perguntar o que eu pensava?

Ele se virou e cruzou os braços. Seus bíceps eram duros e magros de tanto construir, martelar e escalar. O trabalho de Kevin estava imóvel na galeria, mas era muito físico em sua criação.

— Sim. Mas, sinceramente, Monica, depois que decidi fazer a peça, o que você pensava era irrelevante. Não era sobre você.

Claro que não era. Minhas coisas, minhas palavras e nossa intimidade eram dele para usar como quisesse. Era como se eu nunca tivesse ido embora. Eu não sabia o que pensava que veria indo até ele, mas era o mesmo Kevin de sempre.

Como se ele pudesse ler minha mente, seus ombros relaxaram e as mãos caíram ao lado do corpo.

— Não foi isso que eu quis dizer — disse ele.

— Sei...

— O que *você* acha?

— Estou muito brava por ter deixado aquele jeans para trás.

Ele sorriu novamente, uma risada que mal dava para ouvir saindo de sua boca perfeita. Ele baixou os olhos para o chão, cílios negros brilhando na luz fluorescente azulada. Desejei não ter que olhá-lo. Ele estava mexendo com a minha cabeça.

— Havia outras coisas — disse ele. — Eu realmente tive dificuldade para decidir o que iria colocar.

— Esqueceu de colocar um absorvente noturno?

— Ai, Monica. Sempre pronta com uma piada quando se sente desconfortável.

— Pelo menos eu não saio por aí flertando.

Ele me olhou nos olhos pela primeira vez, e durou o suficiente para eu me mexer no assento. Desviei o olhar.

— Eu mereci — ele falou. — Posso te mostrar o motivo de querer que você viesse aqui?

Eu me levantei e desliguei o fogo da panela de chá.

— Pode.

Nós serpenteamos de volta entre as mesas no grande salão. A maior parte estava vazia, como se Kevin tivesse acabado de apresentar alguma coisa, mas, quando passei, notei nus em carvão e caneta esferográfica: homens e mulheres, alguns sozinhos, alguns entrelaçados em cópulas rabiscadas. Eram ilustrações do que estava na mente dele, e o que estava em sua mente era muito como o que estava na minha.

A parede voltada para a frente do prédio tinha uma fileira de portas e, a menos que algo tivesse mudado, os quartos estavam destinados a ser projetos de instalações. Ele abriu um e acendeu a luz.

Não tinha janelas e era semelhante em tamanho ao do espetáculo Eclipse. Era um desastre. Um edredom acolchoado estava pendurado em uma parede; na outra, mais rabiscos pornográficos. Pilhas de caixas cobriam o chão.

— O que eu estou olhando? — perguntei.

— Primeiros esboços, mas realmente fiquei muito na dúvida com um objeto porque achei que deveria devolvê-lo, só que, depois, fiquei com raiva de você novamente, e quase o queimei. Eu estava com a churrasqueira ligada lá nos fundos, inclusive, mas não consegui.

— O que é?

Ele colocou a mão entre duas caixas e tirou um *case* de plástico duro com uma alça. Notei um adesivo rosa e vermelho das Dirty Girls ao lado do fecho.

— Minha viola! — Estendi as mãos. Ele me entregou e logo afastou alguns esboços para que eu pudesse colocá-la sobre a mesa. — Pensei que tinha deixado isso com os meus pais em Castaic da última vez que fomos lá.

— É. Estava no porta-malas. Eu... uh... — Ele passou a mão pelos cabelos. — Eu não queria que você tocasse pra mim. Isso me impedia de pensar direito sobre você.

As coisas entre nós não tinham sido perfeitas antes de eu ir embora. Eu não tinha ideia de que estava tão claro para ele como estava para mim. Abri o *case*. Minha viola estava lá, exatamente como eu tinha deixado, com o arco encaixado na tampa, um bolso com cordas extras de resina e uma haste que eu gostava de usar quando estava me sentindo experimental.

— Nesses últimos meses — falei —, me senti muito solitária. Eu poderia ter usado isso.

Ele se sentou em uma caixa.

— Acho que esconder foi um erro.

Eu deveria ficar com raiva. Deveria ter batido a caixa do instrumento no meio da cara dele e saído dali correndo, mas eu não podia. Tudo parecia ter acontecido há muito tempo. Toquei a madeira, passando o dedo pelas curvas. As cordas do núcleo estavam secas e provavelmente arrebentariam antes que eu terminasse uma canção, e o braço ainda tinha pequenas manchas oleosas de todas as minhas horas tocando.

— Foi filhadaputagem da sua parte, Kevin. — Puxei o estojo da viola. — Você é um idiota inescrupuloso.

— Foi por isso que você me deixou?

Senti um buraco aberto no meu diafragma. Eu não queria discutir isso. Só queria romper com ele, e foi o que eu fiz. Como fui ser manipulada a ir ao estúdio dele só para discutir uma mágoa de dezoito meses antes?

Porque eu tinha feito tudo errado. Eu tinha feito o que era certo para mim, dizendo a mim mesma que passaria por aquilo sem as discussões e o choro. Eu só ia evitar todos os problemas emocionais, mas éramos dois, e Kevin não tinha sido parte da decisão.

Tirei o arco dos fechos. O estojo era barato, de estudante. A viola, no entanto, era de qualidade profissional, comprada em uma loja de penhores de West Hollywood, no meu décimo quinto aniversário, pelo meu pai, que me apoiava.

Encaixei a viola sob o queixo e passei os dedos pelas cordas. Estavam frouxas. Apertei um par de cavilhas, mas o som mal seria aceitável. Mal.

— Eu te deixei porque eu precisava de você — falei.

— Isso não faz sentido.

Puxei o arco sobre as cordas e ajustei a tensão, esperando que uma arrebentasse se enrolando, mas não aconteceu. Ajustei a tensão e toquei alguma coisa que ele conhecesse, arrastando a primeira nota pelo arco como se a invocasse de nosso passado em comum.

— Era impossível precisar de você. — Toquei a nota seguinte.

— Não. — Seu sussurro saiu rouco, como se a ordem tivesse enroscado em sua garganta.

Não dei ouvidos, mas toquei a música que minha mente nunca teria lembrado, mas meu corpo sabia.

Kevin não dormia bem. Ao contrário dos *workaholics* e dos viciados em tevê, ele queria desesperadamente dormir uma noite inteira; mas, ao contrário da maioria dos que sofrem de insônia, dormia bem pesado depois de uma determinada hora, mas, cerca de quatro vezes por semana, ele acordava nas primeiras horas da manhã com uma dor de ansiedade no peito. Eu acordava quando ele se mexia. Eu o abraçava, acariciava seu cabelo, murmurava, mas nada o fazia dormir de volta, exceto eu tocando viola. Nós tínhamos uma música que era nossa, uma canção de ninar que eu compunha para ele com meus dedos e com o meu braço. Nunca a escrevi no papel porque ela havia se tornado real como a ligação entre nós, e cessava de existir quando essa ligação se partia.

Então toquei para ele naquele primeiro esboço de instalação que mais parecia um depósito do que um tributo a uma separação. E ele me observava com o traseiro apoiado no tampo da mesa, os tornozelos e os braços cruzados. Deixei a última nota sumir no ar. A música não tinha fim; eu sempre tocava até que a respiração dele se tornasse constante e regular.

— O som ficou uma merda — eu disse.

— Não sei o que você queria tocando isso.

— Talvez você possa me dizer o que *você* queria colocando as minhas tralhas em um museu sem me dizer.

— Eu estava com medo.

Coloquei o instrumento no estojo.

— De?

— A peça estava acontecendo, tomando forma, e eu fui me deixando levar.

— Quero o meu jeans de volta. — Isso era ridículo. Eu não dava um puto pela porcaria da minha calça jeans. Eu só queria contrariá-lo com exatamente o que ele não queria. Eu queria brigar com ele.

— O negócio todo já foi vendido. Até mesmo os livros e os catálogos foram vendidos. Você estaria atrás de mim e de algum colecionador em uma ilha espanhola. Nossos advogados teriam advogados.

— Isso não é justo — sussurrei, acariciando as frágeis cordas da minha viola perdida.

— Eu sei. Nada disso era.

Eu sabia que ele não se referia apenas à sua peça. Ele queria dizer tudo, desde o momento em que nos encontramos até quando terminei de tocar nossa canção de ninar. Eu me sentia emocionalmente desidratada e em carne viva.

— Tenho que ir. — Fechei o estojo. — Obrigada por não colocar isso aqui na obra.

Dei meia-volta para ir embora e, como um gato, ele pulou na minha frente, colocando as mãos nas minhas bochechas.

— Está feliz? Com esse cara novo?

— Jonathan. Você sabe o nome dele.

— Você está feliz?

— É casual.

— Você? Passarinha? Eu não acredito.

Eu tinha esquecido disso. Ele me chamava de "meu canário" quando estava se sentindo caloroso e afetuoso. Que conveniente para mim deixar de notar que, quando ele se sentia minimamente confrontado, ou distante, ou sobrecarregado de emoções, me chamava de Passarinha. Eu nunca soube se ele mesmo percebia que o nome dizia mais sobre ele do que sobre mim.

— Tire suas mãos do meu rosto — eu disse. Seus dedos caíram das minhas bochechas como se derretessem. — Não quero ser cruel, Kevin. Eu não quero mais cair na vida involuntariamente. Jonathan tem um propósito. — As sobrancelhas dele subiram um pouquinho. Isso tinha que ser respondido. — Tire a sua mente da sarjeta.

Estar *fora da sarjeta* significava uma coisa para nós que era diferente da que significava para o resto do mundo. Significava *Pare de pensar que tudo é dinheiro.*

— Sabe, eu não te pedi para vir aqui falar sobre nós. Se puder me dar mais dez minutos, podemos sentar na cozinha, e eu vou fazer chá para você. De verdade. Quero te propor uma coisa.

Olhei no relógio. Eu trabalharia no turno da noite.

— Você tem meia hora.

Ele se inclinou um pouco para me olhar no rosto com seus grandes olhos de moedas de chocolate.

— Obrigado.

Ele voltou rapidamente para a cozinha. Fez chá com eficiência e graça, falando com uma pegada de emoção na voz que eu não ouvia há muito tempo. Eu não conseguiria ter participado da conversa nem se eu quisesse.

— Todos nós fazemos arte sobre grandes conceitos. Sentimos que precisamos colocar tudo debaixo de um guarda-chuva cultural se quisermos entrar no léxico, mas eu não choro na frente de uma obra de arte desde que estava na faculdade. É porque a cena toda está cheia de si. A cultura dos letreiros de rua do Banksy, Barbara Kruger ainda gritando sobre a cultura do consumo, John Currin falando sobre sexo e cultura, e Frank Hermaine... Eu nem sei do que esse cara está falando. Ninguém está fazendo nada sobre as coisas que realmente importam, coisas que nos fazem levantar de manhã, que nos embalam à noite. Quando percebi isso, comecei a sentir gratidão por você ter ido embora. Quero dizer... não realmente, mas me fez perceber que nada do que eu estava fazendo causava uma maldita diferença, não tocava ninguém, e eu pensei que, se pudesse pegar essa dor que eu sentia e a colocar em uma sala, quando alguém que estivesse passando pelas mesmas coisas entrasse lá, iria reconhecer. Essas pessoas diriam: *Sim, eu estou conectado a isso. Estou sentindo.* Consegue imaginar? O vínculo? O potencial? O poder?

No meio do discurso, ele se sentou e, como uma mola espiralada, escorregou para a borda do assento, as pernas esticadas, os calcanhares balançando a cadeira e a apoiando nos cantos das pernas. Seus cotovelos estavam inclinados para o tampo da mesa, as mãos gesticulavam.

Como eu era jovem para me apaixonar tanto por seu entusiasmo.

— Então era isso que você estava tentando com a peça do espetáculo Eclipse?

— Eu estava tentando te exorcizar com ela, tentando assimilar tudo o que aconteceu para que eu pudesse me livrar de você, mas, no fundo, me fez pensar sobre o que algo realmente pessoal poderia significar enquanto uma narrativa visual. Foi então que eu pensei: talvez não seja uma narrativa visual. Talvez seja uma narrativa multimídia, com uma das partes falando com o visual e a outra com o sonoro. — Como se reagindo à minha expressão, ele se inclinou ainda mais para a frente. — Antes de pensar em qualquer coisa, ambas as narrativas precisam se enfrentar. Precisa haver uma tensão estética até que tudo se apague e caia no silêncio. É uma experiência de plenitude antes da morte. *Pá.*

Beberiquei meu chá. Ele precisava esperar que eu pensasse. Eu não estava mais transando com ele. Não tinha que pular como um fã sem cérebro a cada ideia que ele me contava. Só que essa era uma boa ideia. Tudo ali poderia ficar bonito, uma experiência realmente emocionante, um cinema tridimensional de tons.

— Você não está falando de uma narrativa linear — eu disse.

— Claro que não.

— É.

— É o quê?

— Você deveria fazer, mas sem meus itens de higiene.

— Fodam-se os seus artigos de higiene. Eu quero *você.*

Respirei fundo pelo nariz e fechei os olhos. Eu precisava evitar desferir a minha raiva. Ele não poderia ter dito aquilo no sentido sexual. Não podia.

— Deixe-me reformular — ele começou.

— Por favor.

— É uma colaboração. Você faz a parte sonora, obviamente.

Franzi os lábios e olhei para o meu chá.

— Kevin, eu não posso.

— Por que não?

— Por um lado, seria estranho.

— Só se deixarmos ser.

Ele se apoiou na parede. Sua postura se mostrava relaxada, agora que a fase da proposta tinha terminado e a fase da sedução artística estava prestes a começar.

— E dois — eu disse. — Eu não ando capaz de escrever uma frase ou de juntar duas notas. Estou com bloqueio.

— Bloqueios fazem parte do processo.

— Isso é um não.

— Então você vai pensar?

— Seus trinta minutos terminaram, Kevin. — Eu me levantei. — Foi bom ver você.

— Me deixa te acompanhar até lá fora. — Ele sorria como um homem que não tinha sido rejeitado, mas conseguido exatamente o que queria.

Capítulo dois

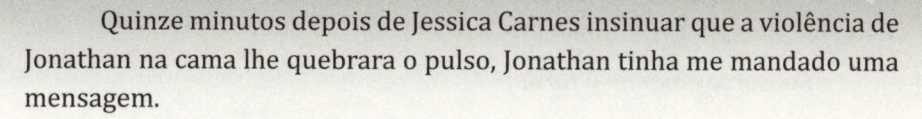

Quinze minutos depois de Jessica Carnes insinuar que a violência de Jonathan na cama lhe quebrara o pulso, Jonathan tinha me mandado uma mensagem.

"O que ela te disse?"

Não respondi, e ele não falou mais comigo. Debbie, minha gerente no bar e amiga do Jonathan, tinha visto, mas não ouvido o diálogo e o havia alertado quando ele estava em San Francisco. Ela admitiu sem nenhuma culpa.

— Se você visse o seu rosto — ela disse —, também teria ligado para ele.

— Às vezes, acho que você investiu mais nesse relacionamento do que nós dois. — Foi a minha resposta, organizando bebidas em uma bandeja.

— Eu gosto de vocês dois. Da Jessica, nem tanto. Agora, vá servir essas bebidas antes que o gelo derreta.

Mas eu fiquei feliz por não ter mais notícias do Jonathan. Não queria ter uma conversa longa pelo telefone sobre o que Jessica tinha me dito e por que isso me incomodava, quer ele tivesse transado com ela ou não. Eu não queria desculpas. Eu não queria histórias conflitantes. Eu só queria fazer o que tinha que fazer: música, em paz, de olho na Gabby, desempenhando meu trabalho remunerado sem um olhar triste no rosto e sem derrubar coisas.

Então, quando recebi outra ligação do Jonathan, mandei para a caixa postal. Eu estava dirigindo. E não queria falar com ele. Eu sabia que ele estava de volta, porque, apesar de toda a minha pose, eu estava contando os dias para o retorno dele. Ele mandou uma mensagem e eu ignorei, mas, quando parei no sinal vermelho, tive que ler. Afinal, eu era humana.

"Se você está terminando comigo, pelo menos me diga, ok?"

Porra. Ele tinha que tocar nesse assunto. Ele tinha que minar o meu rancor delicioso. Parei o carro, elaborei e reformulei uma mensagem. Se eu o visse antes da nossa hora marcada no estúdio para a WDE amanhã, poderia deixar o assunto bem curto. Nada de sessões de dozes horas seguidas de sexo. Perfeito. Eu precisava evitar me punir com o corpo dele.

"Conversa amanhã à tarde?"

Meu visor me dizia que ele estava escrevendo e eu imaginei seu dedo deslizando sobre a tela, da maneira como tinha deslizado sobre o meu corpo, e estremeci um pouco quando o carro parou em uma zona vermelha.

"Lugar público?"

Comecei a digitar, mas, em seguida, parei. Um espaço público significava que eu não podia mostrar que eu estava chateada, e, se fosse honesta comigo mesma, para variar, eu *estava* chateada. O problema com um espaço privado era que estar sozinha entre quatro paredes com ele significava que a conversa só poderia terminar de uma maneira.

"Privado."

"Pode ser o Loft Club? Não exatamente neutro."

"Está bem. 13h. Tenho de ir."

Joguei o telefone no banco do passageiro e engatei a primeira no carro. Eu tinha marcado com Jonathan três horas antes de uma sessão de gravação em Burbank. A sessão tinha sido marcada pelo Eugene Testarossa, da WDE, porque Gabby e eu não tínhamos uma faixa nossa ainda.

A reunião de almoço marcada com Testarossa tinha ido bem e durado exatamente uma hora. Fomos paparicadas, elogiadas e recebemos ofertas de shows e contratos que nunca poderiam ser realizados. Eu tinha me convencido, em algum momento na faculdade, que a habilidade mais valiosa que alguém poderia precisar em Los Angeles era distinguir a balela da coisa séria. Somente uma informação verdadeira entrou na conversa.

— A Carnival tem um novo selo — Eugene disse ao terminar sua salada. Ele tinha nos levado ao Mantini's e passado a refeição inteira olhando para a porta. — Cantores, compositores. Nada popular, mas uma espécie de poesia trip-hop. Lounge com letras pesadas.

— Não tenho muitas canções prontas — eu tinha comentado. Não queria dizer que não tinha *nenhuma* canção, mas não podia mentir completamente sem ser pega.

Eugene acenou como quem não dá importância.

— Temos um compositor. Só precisamos das suas cordas vocais. — Como uma reflexão tardia, ele virou-se para Gabby: — E de suas habilidades harmônicas.

Então concordamos em ensaiar duas canções escritas por um cliente da WDE no DownDawg Studios, em Burbank. Gabby e eu estávamos em uma situação que significava que eles poderiam tirar uma porção do dinheiro que a gente recebesse sem se comprometerem a nos representar no longo prazo. A Gabby foi dando risadinhas por todo o caminho até em casa, mas eu me sentia completamente sem chão.

As músicas tinham sido enviadas no dia seguinte. Por todas as pretensões de Eugene sobre os vocais muito centrados em letras profundas, para mim aquilo era um lixo. Eu teria que trabalhar o dobro para conseguir fazer aquilo ter cara de alguma coisa. A última coisa que eu deveria ter feito era marcar um encontro com Jonathan logo antes da sessão no estúdio, mas eu tinha sido compelida. Daria tempo. Eu teria uma desculpa para sair.

Quando meu telefone apitou, não olhei. Se Jonathan e eu marcávamos, a gente marcava. Se ele tinha alguma mudança, ele ia ter que esperar que eu aceitasse. Eu não ia fazer joguinhos com ele. Eu precisava muito chegar à casa do Darren se pretendia conversar com ele e ainda chegar ao Frontage a tempo.

Estacionei na minha garagem, desci o morro e virei à direita na Echo Park Ave. Darren vivia em um prédio de dois andares com um pátio no meio de um U gigante. Era exatamente igual a milhares de outros prédios em Los Angeles: mal-planejado, mal-construído e feio além da conta, mas as sebes e árvores altas na frente davam a aparência de um refúgio tranquilo, e sua proximidade à irmã problemática, em quem ele tinha que ficar de olho se tinha esperanças de dormir à noite, tornava aquele lugar perfeito para ele.

O portão da frente estava escancarado como sempre pelo pessoal que entrava e saía. Enquanto marchava escada acima, ia pensando sobre como perguntar a ele o que eu queria perguntar e que resposta eu queria. Passei por sua janela. A TV estava ligada, então ele estava em casa. A porta da frente estava aberta, a tela, fechada. Lá dentro, Darren estava apoiado no batente da cozinha e dava risada. Era um riso descontraído, feito com os braços cruzados, como se uma resposta a algo, e eu senti como se estivesse bisbilhotando. Ergui a mão para bater, mas um homem com cabelo curto cor de areia se levantou do sofá, e Darren riu mais ainda ao ser engolido em abraços e beijos — molhados e apaixonados — e quatro braços masculinos robustos se entrelaçaram.

Não consegui ficar em silêncio.

— Ah... *rá*!

Eles se separaram e olharam para mim.

— Teatro musical! — eu gritei. — Você é a mulher misteriosa que anda levando ele a shows!

— Qual é essa? — Cabelo de Areia perguntou.

Eles se entreolharam, e Darren disse:

— Você vai entrar ou o quê?

Atravessei a porta e estendi a mão.

— Sou a Monica. Prazer.

— Adam. Igualmente.

Trocamos um aperto de mão. Seus dedos apertaram firmes e secos. Ele era atraente, com um pouco de barba alourada e olhos cinzentos que eu sabia que mudavam de cor a depender de que roupa ele usasse. Eu tentei ficar calma; mas, por dentro, ria com prazer. Eu estava feliz, não só por descobrir o segredo do Darren, mas porque ele só estava escondendo felicidade.

Adam pegou o casaco.

— Tenho que ir. — Ele se aproximou de Darren e foi com tudo em um beijo. Darren manteve os braços cruzados e virou o rosto para o beijo pegar na bochecha. Adam o pegou pelas bochechas e virou o rosto para lascar um beijo molhado nos lábios. Darren não demonstrou reação.

— Ah, fala sério — disse Adam. — Olha pra ela. Ela está sorrindo.

— Beija ele! Beija ele! — pedi.

Ele beijou, e foi tão adorável ver meu amigo feliz que eu tive que segurar as mãos para não sair batendo palmas.

Adam finalmente o afastou.

— Meu Deus, bofe. Você está me atrasando. — Ele piscou para mim na saída.

Eu sabia que estava sorrindo de novo. Era o tipo incontrolável de sorriso que fazia meu rosto até doer.

— Você está passando vergonha — ele disse.

— Não me importo. Você vai me contar tudo?

Ele se jogou no sofá e desligou a TV.

— A gente se conheceu na Music House. Ele vai lá o tempo todo. Achei que ele estivesse querendo falar comigo por causa da minha experiência.

— Mas era por causa do seu corpo gostoso.

Ele jogou uma almofada em mim.

— Quer parar com isso?

Enterrei o rosto na almofada.

— Estou tão feliz! Eu me preocupo com você o tempo todo, porque você raramente sai com alguém.

— Eu estava confuso, como se costuma dizer. E Deus sabe que eu não poderia sobrecarregar a Gabby.

Atirei a almofada de volta nele.

— Por que não contou pra *mim*?

— A gente tem um passado. Não quero que você se sinta como se eu estivesse... não sei, como se eu não te amasse do jeito certo.

— Nada a ver, retardado. Agora, sim, mas antes, não. E por que você não conta para a Gabby agora?

Ele suspirou.

— O sobrenome do Adam é Marsillo. O que não significa nada pra você, mas sabe a CEO da Foundation Records? É o nome de solteira dela.

— É a mãe dele.

— Gabby saberia — disse ele — e ia surtar. Ela iria começar a fazer planos de casamento. Ele é legal, mas não estou pronto para ela começar a ficar na minha cola.

Desviei o olhar e fiquei mexendo em uma prega do meu jeans. A Gabby iria lidar com a homossexualidade do irmão muito bem, mas ele estava certo. Qualquer conexão com a indústria da música poderia fazê-la girar em qualquer direção.

Saltei e caí no colo dele, abraçando-o com todo o meu ser. Beijei sua bochecha.

Ele riu e me empurrou.

— Desculpa, gata, você não é meu tipo.

— Estou de coração partido.

— Você veio aqui para bisbilhotar ou tinha algo a dizer?

— Eu vi o Kevin.

— Xiiii.

— Nada disso. Ele quer fazer parceria em um projeto. Estou com um bloqueio gigantesco e pensei que, se nós três trabalhássemos nisso, eu ia conseguir sair do bloqueio e a gente poderia estar juntos mais uma vez. — Olhei no relógio e levantei num salto. — Mas agora não tenho tempo nem para falar sobre isso. Você vem hoje à noite?

— Adam e eu temos ingressos. — Ele sorriu. — Teatro musical.

— Você é um clichê.

Ele encolheu os ombros.

— Não conte para a Gabby ainda. Eu não gosto dessa coisa com o

Theo.

— Por que não? — Me irritava que ele negasse a felicidade dela quando tinha encontrado a sua.

— Ele mexe com remédio. É a última pessoa com quem ela deveria estar andando.

— Como é que eu não sabia disso?

— Sua cabeça não está no lugar desde que você passa a noite lá em Griffith Park. Falando nisso, viu suas fotos com o Sr. Encantador no espetáculo Eclipse Solar? Estão pela internet inteira.

— Deus, não.

— Quer que eu as descole pra você? Você está maravilhosa.

— Absolutamente não. Não quero ouvir o que alguém tem a dizer sobre a minha vida. Vivê-la já é bem difícil. — Fui até a porta... mas pensei melhor em vez de me mandar. Abracei Darren de novo e beijei sua bochecha. — Estou feliz por você.

Ele me empurrou em direção à porta. Eu me senti mais próxima dele do que desde a época do colegial.

— Sai daqui — disse ele. — Vai e arrasa, sei lá.

232   implore. excite. submeta.

Capítulo três

Primeiro, vesti a roupa menos provável que eu acabasse com o pau do Jonathan dentro de mim. Meus jeans eram apertados o suficiente para marcar a curva da bunda e acentuar o espaço entre minhas coxas magras, mas eram tão difíceis de tirar no calor da paixão que eu teria tempo suficiente para pensar no que estava fazendo e negar acesso. Vesti um sutiã com três ganchos na parte de trás e uma camisa de malha que não poderia ser puxada sobre a cabeça sem que fosse desabotoada. Fiquei atraente, mas fisicamente inacessível.

Percebi que isso tornaria muito fácil que ele mentisse para mim, pois eu entraria no recinto, ele faria planos de remover minhas roupas, avaliaria as dificuldades e diria qualquer coisa que fosse preciso para acalmar minha mente. Eu não queria isso. Eu queria a verdade sobre o que tinha acontecido entre ele e a Jessica na noite em que ele me deixou em casa. Queria com todas as partes feias e detalhes sórdidos. Eu queria toda a dor e todo o sofrimento. Eu merecia, por ter confiado nele e por pedir mais do que ele poderia me dar, mesmo que eu tivesse sido alertada de antemão. Se ele me machucasse bastante, eu não cometeria os mesmos erros de novo.

Apesar dos hematomas que ainda manchavam a parte de trás das minhas coxas, Jonathan não era o tipo de cara que iria se deleitar em me ferir, pelo menos não emocionalmente. Eu ia ter que arrancar isso dele, e minha armadura não iria segurar. Teria que enfraquecê-lo. Eu tinha que fazer com que ele me contasse tudo, mesmo contra o que ele achava certo. Eu tinha que fazê-lo implorar.

Então seria cinta-liga e, depois, um vestido com a saia rodada. Fiquei excitada só de vestir. Eu iria para o estúdio em Burbank diretamente depois, então coloquei uma calcinha extra na bolsa e declarei que estava pronta.

implore. excite. submeta.

Capítulo quatro

Quando saí do elevador e entrei no saguão do clube, uma sensação de latejamento começou a aumentar entre as minhas pernas, e, a cada passo pelo corredor, meu sexo dava um alerta, como se soubesse da cinta-liga que eu estava usando debaixo da saia. A conversa que eu estava prestes a ter ia ser muito difícil se eu não desse um jeito no meu desejo sexual.

Eu me elevava diante da Terry, a *hostess*, sobre um salto dez. Os sapatos me deixavam com cerca de um metro e oitenta, mas eu queria olhar Jonathan olho no olho. Eu queria saber quais eram as mentiras e as meias-verdades, antes que elas fossem ditas.

A sala era outra, menor, com dois conjuntos de mesas coquetel, uma namoradeira de couro e uma mesa de centro no meio do espaço. Ele estava em pé diante das janelas, e, quando olhou para mim, meu coração parou por meio batimento. Era a roupa de trabalho: o terno escuro, a gravata bordô, as abotoaduras. Copo de Perrier na ponta dos dedos.

Mas, quando cheguei perto, alguma coisa tinha mudado. Seu perfume não era seco do jeito que eu me lembrava, mas algo como serragem, couro e terra molhada. O aroma era menos bonito, porém mais sexy, e eu senti os efeitos no peso e na umidade entre as pernas e no formigamento na bunda.

— Oi — disse ele.

— Olá.

A porta se fechou atrás de mim. Eu queria abraçá-lo, esquecer de tudo. Se eu só pudesse fingir que a Jessica não tinha entrado no bar, eu teria me enrolado ao redor dele. Aproximei-me um passo, até estarmos cara a cara.

— Aceita um copo de água? — ele perguntou.

— Não, obrigada.

— Água sem gás? Posso pedir sem as bolinhas.

— Não, obrigada.

— Posso pedir biscoitos.

— Não quero nada.

— Pode só me dizer o que ela te contou?

— Você está todo trêmulo, Jonathan. O que acha que ela me disse? — Meu tom foi mais contundente do que eu pretendia.

Ele girou o gelo dentro do copo.

— Algo que te deixou chateada. — Ele ia tangenciar o assunto indefinidamente. Ele estava reservado e, sem dúvida, pronto para não ser sincero com relação a alguma coisa.

Eu tinha vindo preparada para tornar as coisas muito difíceis para ele.

— Sim. Ela disse algo que me chateou. Muito. — Coloquei o dedo no cós da calça dele.

— Ela disse que você estava gorda? Ela sabe ser bem desagradável.

— Engraçadinho. — Tirei seu cinto do passador e soltei a fivela de metal. — Vou te fazer uma pergunta e quero que você responda detalhadamente. — O cinto caiu aberto com *clanc* metálico. Peguei o copo da mão dele e coloquei-o sobre a mesa. As pontas de seus dedos subiram ao meu rosto, mas eu as afastei. — Mãos ao lado do corpo.

— Você está brincando.

— Eu pareço estar brincando? — Abri o zíper das calças. — Eu vou estar de joelhos. Sem tocar.

— Havia uma pergunta? Você disse que tinha uma pergunta.

Eu me ajoelhei e esfreguei seu órgão através da cueca até deixá-lo duro. Coloquei os lábios nele e soprei um ar quente, depois rocei os dentes pelo tecido e encobri o volume cada vez mais rijo. Ele grunhiu.

Tirei seu pênis, aquela coisa linda, e lambi a ponta.

— Está pronto para a minha pergunta?

— Não.

Coloquei a cabeça na minha boca para molhar e suguei na saída.

— Se você parar de falar, eu paro de chupar. Certo? — Ergui os olhos para ele.

Ele fez menção de pegar o meu cabelo, mas afastei sua mão.

— Certo — ele disse, e eu podia ouvir o sorriso em seus lábios.

Dei outra chupada na cabeça e depois disse:

— Me fala onde você foi depois que me deixou em casa e o que aconteceu lá.

— Não preciso tanto assim de um boquete, Monica.

— Eu quero você com a guarda aberta, e quero o seu pau. — Deslizei a boca até o fim, escorregando os lábios por todo o comprimento, a língua junto, abrindo a garganta. Deixei-o me sentir inteira por um segundo antes de puxar devagar.

— Caralho. — Ele foi pôr as mãos atrás da minha cabeça e eu tirei-as de novo. — Vou amarrar suas mãos atrás das costas da próxima vez — disse ele.

— Você foi para que lado na Vestal Street?

— Vou direto ao ponto — ele respondeu. — O lado da Jessica. Fui para ver a Jessica.

— Uma hora depois de concordamos em sermos exclusivos um do outro?

Eu não queria olhá-lo quando ele respondeu, então coloquei o pau na boca e trabalhei enquanto ele falava.

— Ela me mandou uma mensagem. Ela queria conversar. Eu sempre estava à disposição quando ela precisava, porque ela sempre estava quando eu precisava. Não vi nenhum mal nisso. Não pensei que fosse acontecer alguma coisa. — Ele deve ter sentido um espasmo na minha garganta, porque acrescentou: — Espera. Eu não quero dizer isso dessa forma.

— Pode dizer do jeito que você precisar — respondi, acariciando o membro com a mão. Minha saliva o havia deixado liso o suficiente para trabalhar, e o suspiro brusco que ele deu me dizia que ele poderia entrar no jogo a qualquer momento. Uma gotinha de fluido se formou sobre a cabeça vermelha e eu a capturei com a língua. Lambi até a base. Sua pele era fininha como papel contra a minha língua, e o que eu estava procurando, o perfume da outra mulher, não estava nele em parte alguma.

— Monica, eu gosto de você. Eu não quero... — ele ofegou quando um dente raspou pelo membro.

— Fala. Eu aguento.

— Eu não transei com ela. Não sei o que ela disse, mas não vou te dizer mais nada enquanto você estiver me chupando. — Ele agarrou meus pulsos e os colocou na minha cabeça como se eu estivesse sendo presa. — Agora, termine o trabalho.

Olhei para seus lábios sorridentes. Eu não sabia o que ele tinha feito. Sem dúvida, havia mais nessa história, mas eu ia ter que engolir a porra para descobrir?

Abri a boca. Ele segurou meus pulsos com força na mão direita. Com a mão esquerda, ele guiou o pau na minha boca e, ao contrário de um segundo atrás, quando eu tinha controlado a situação, o sabor e a firmeza da sua pele fizeram disparar um raio pelo meu corpo. Eu não pude resistir. Minha vagina inchou quando ele apertou a mão que segurava meus pulsos. Jesus, o filho da puta sugava a minha determinação e a transformava em orgasmos.

Ele colocou a mão esquerda atrás da minha cabeça e se introduziu com cuidado pela minha garganta, soltando um gemido na terceira estocada.

— Tudo bem aí embaixo? — ele perguntou.

Fiz um barulho que indicava afirmação.

— Engole. Até o fundo.

O ato de obedecer à sua ordem inchou o meu clitóris, que pulsava, exigindo que eu notasse o tom da voz dele, seu novo cheiro, a mão que puxava meus cabelos na nuca.

— Achate a língua até na base. Ah, desse jeito.

Ele penetrou minha garganta, e, com a língua, fui acariciando a parte inferior do seu pau latejante e quente. Ele apertou meus pulsos e estocou duro e rápido, ainda segurando a minha cabeça. Abri bem a boca para evitar de lhe dar uma mordida enquanto ele mergulhava na minha garganta até a base. Os pelos da sua barriga faziam cócegas no meu nariz. Toda a concentração necessária para ficar de boca aberta e engolir o pau só trouxe o meu próprio orgasmo para cada vez mais perto.

— Vou gozar — ele sussurrou. Foi uma declaração, não uma pergunta, e eu deveria me preparar para engolir.

Ele grunhiu e gozou, forte e pegajoso descendo pela minha garganta. Eu respirava pelo nariz, engolindo sem engasgar, deixando os fluidos se esgotarem conforme ele terminava. Quando ele acabou, beijei a ponta do seu membro. Ele soltou os meus braços.

Quando eu baixei, senti uma dor aguda no bíceps.

— É melhor eu não descobrir que você está mentindo — disse. — Esse foi o melhor boquete que já fiz.

Ele se colocou de volta dentro das calças e fechou.

— Você tem um jeito engraçado de mostrar a um cara que está chateada. — Ele pegou a minha mão para me ajudar a levantar, e eu aceitei. Ele me estabilizou quando oscilei sobre os saltos altos.

— Bem-vindo de volta — disse eu. — Pois então, fiquei aborrecida por dias.

— Me desculpe por isso. Se você tivesse me ligado, eu poderia ter contado antes.

— Mas você fez *alguma coisa* com ela.

Ele tocou meu queixo com dois dedos, depois deslizou-os sobre o meu maxilar e desceu pelo pescoço, depois pelo peito, parando no mamilo, que estava duro como pedra debaixo do vestido. Ele roçou o polegar e inclinou o corpo no meu, beijando meus lábios suavemente ao mesmo tempo em que acariciava meu seio.

— O que você quer saber? — ele perguntou.

— Odeio segredos.

— Eu tenho segredos que posso nunca te dizer.

— Hoje eu só quero esse. Sei que ela é sua. Eu sei que ela tem o seu coração, mas você me prometeu o seu corpo, então eu tenho direito a ele.

Ele beijou meu pescoço, encontrando os pontos sensíveis.

— Ela não tem nada meu.

Minhas mãos entraram debaixo do paletó e encontraram a sua cintura. Acariciei a forma de seu corpo quando ele tirou as mãos do meu seio e foi para a minha bunda.

Ele perdeu o fôlego no meu pescoço, quando sentiu o que eu estava usando debaixo da saia.

— Monica.

— Eu estava pronta para fazer qualquer coisa para você me contar.

Ele recuou.

— Segura a saia.

— Não conseguimos aproveitar isso na outra noite. — Puxei a saia para que ele pudesse ver a cinta-liga, sem a calcinha. — Então você estava me dizendo...

— Não.

Abaixei a saia.

Ele se aproximou mais e passou os dedos pelos ossos da minha clavícula.

— Sem jogos. Eu não quero te dizer porque é melhor assim, mas vou te falar uma coisa: passei os últimos três dias pensando em você, no quanto eu te queria e percebendo que eu estava livre para ter você. — Ele me beijou, uma fricção lenta dos lábios e da língua, e eu me rendi a ele. — Fala que você é minha — ele sussurrou. — Fala.

Eu queria. Eu quase falei. Quase lhe prometi seja lá o que ele quisesse, mas a ansiedade dos últimos dias incomodava o meu peito e a minha garganta.

— Me fala o que aconteceu com a Jessica.

— Tenho medo de espantar você e eu não quero fazer isso.

— Eu aguento.

— Então está bem. — Vire-se.

Soltei a saia e virei para o outro lado. Ele colocou as palmas das mãos na minha bunda, depois se aproximou e colocou as mãos nas minhas costas até seu pênis novamente ereto estar pressionado contra mim. Ele abriu o zíper do vestido preto simples e apertou as mãos nos meus ombros de forma a me virar de frente para ele.

— Tire — pediu.

Deixei o vestido escorregar sobre os ombros e cair no assoalho. Fiquei de cinta-liga preta, sapatos altos pretos, sutiã de renda combinando e uma boceta molhada. Saí do meu vestido e empurrei para o lado. Ele me observava, e eu quase podia ver seu cérebro trabalhar. Ele ficou atrás de mim e afastou minhas pernas usando o pé, então acariciou meus braços descendo até as mãos. Entrelaçou os dedos nos meus. Seus olhos não deixavam de ser gentis, mas estavam duros e focados.

— Eu te comeria até você perder os sentidos — disse ele —, mas eu nunca tenho mais camisinhas.

— Você vai me compensar.

— O que ela disse para você? — ele perguntou.

— Eu quis saber como foi que ela quebrou o pulso, e ela me disse "Jonathan pode ser um pouco bruto às vezes".

Ele fez um ruído que poderia ter sido confundido com uma risada curta se o resto do rosto não estivesse tão rígido.

— Em primeiro lugar, isso é mentira contextual típica da Jessica. — Ele colocou minhas mãos atrás do meu corpo. — Incline-se para trás. — Ele segurou meus braços com firmeza para eu não cair, até minhas costas estarem arqueadas o suficiente para as mãos se apoiarem no encosto da namoradeira. Seu corpo se curvou com o meu, sua respiração soprando no meu ombro conforme ele subia as mãos pelos meus braços. — É verdade como declaração, mas falsa no contexto. Em segundo lugar, ela não sabe o que é ser bruto. Você, minha querida, viu mais coisa do que ela jamais viu.

Ele saiu de trás de mim, uma artista trabalhando em uma obra. Eu estava em pé, pernas separadas, costas arqueadas, braços para trás apoiados no encosto do sofá. Eu me sentia exposta, vulnerável e excitada. Ele tinha chamado Jessica de mentirosa e sugerido que ela tinha sua própria maneira de mentir. Notei a mudança de atitude. Ele pôs a mão na minha lombar e puxou para cima, arqueando-me ainda mais, me expondo a ele e me forçando a olhar para o teto.

— Ela mora em Venice Beach, na praia — ele disse ao levantar meu sutiã e expor os seios para que pudesse acariciar os mamilos duros. — E ela estava esperando. Assim que cheguei lá de carro, ela estava na porta. Ela não tinha se mostrado alegre em me ver fazia dois anos. E sim, eu pensei em você, mas achei que só tinham se passado algumas horas. Se eu precisasse sair, você entenderia. Ou não. Em termos éticos, eu não estava em terreno movediço.

Um fiozinho de umidade escorria na minha perna.

— Ela me abraçou e me puxou para dentro de casa. Perguntei várias vezes o que estava errado, e, quero dizer, eu não deveria estar surpreso, mas tinha um monte de coisa faltando lá.

— O namorado dela foi embora e levou as coisas dele — disse eu.

— Fiquei feliz. Fiquei excitado. Senti como se tivesse ganhado algum tipo de guerra. — Ele abaixou a mão para afastar mais as minhas coxas do que eu achei que fosse fisicamente possível. Seu dedo percorreu o caminho da gotinha. — Uma guerra de paciência. Ela nos serviu um pouco de vinho, e, assim que começou a falar sobre como estava se sentindo incrível por ele ter ido embora, eu sabia que tinha algo errado. — Ele passou o dedo molhado nos meus lábios inferiores, e eu provei a mim mesma. — Isso é excitante para você.

— O que você está fazendo. Não o que você está dizendo.

— Ela colocou as mãos em mim. Você não imagina o quanto eu esperei que ela me tocasse novamente. — Ele colocou a mão entre meus seios e desceu pela minha barriga, tocando o diamante no umbigo e circulando-o antes de descer ao meu sexo. Acariciou minha fenda apenas o suficiente para sentir a umidade e então voltou às coxas.

Gemi e me pressionei contra ele.

Ele apertou a mão no meu sexo, deixando que eu fizesse o trabalho de me esfregar nele.

— E eu a beijei. Eu admito. Não consegui parar. Ela disse: "Faça amor comigo, Jonathan, como você costumava fazer". Então eu a joguei no sofá.

Franzi o rosto porque não queria demonstrar que estava chateada. Eu queria aproveitá-lo e aproveitar o seu toque e não ouvir o que tinha acontecido para impedir que ele fizesse amor com a ex-mulher. Será que ela o tinha rejeitado no último minuto? Ou o namorado tinha entrado? Eu não me importava mais.

— Não quero ouvir — falei, olhando para a viga exposta no teto.

— Tarde demais. — Ele pegou seu copo de Perrier e o colocou no meu peito. — Não deixe isso cair.

Eu não conseguia olhar para ele ou o copo tombaria. Um caminho gelado se formou no centro do meu esterno.

Ele se ajoelhou entre as minhas pernas.

— Ela ainda tinha o cheiro que eu me lembrava. Grama cortada. — Ele beijou o interior da minha coxa, lambendo os sucos da minha vagina e subindo. — E eu pensei, ah, eu me lembro desse cheiro. E eu estava beijando ela, mas... — Ele parou e beijou meu clitóris uma vez. — Percebi que não a queria. E o cheiro de grama cortada? — Sua língua passou da minha entrada ao meu clitóris e voltou.

Gemi de novo, mais alto. Ele me abriu. O próprio ar era uma pressão física sobre mim, e eu o queria, só desta vez, mesmo que fosse a última.

— O cheiro de grama cortada não era amor. Era gratidão. Senti como se eu estivesse beijando uma das minhas irmãs. — Ele deu uma sugada no meu clitóris, uma coisa rápida e leve que arrancou um grito de mim. — Então eu pensei em você, e eu sabia que tinha que sair dali. Foi o fim de tudo.

Com isso, ele colocou a língua no meu clitóris, soprando quentes respirações, tremendo a língua até eu pensar que ia virar o copo. Também senti gratidão, e não era nada como o cheiro de grama cortada.

— Beijar é trair — eu disse. — Mesmo se você tivesse que beijar para superar a Jessica de vez.

— É, mas eu imaginei que, se estivesse com a boca na sua boceta, você fosse me perdoar. Acho que entramos aqui com a mesma estratégia. — Ele deslizou os dedos dentro de mim. — Se esse copo cair, eu paro, e você vai para casa com uma bola de beisebol.

— Eu não te perdoo. — Gotinhas de condensação geladas pingavam do meu peito para os lados do corpo.

— Eu sei. — Ele empurrou os dedos tão fundo quanto possível e usou a outra mão para expor o nódulo duro no topo do meu sexo. — Você tem uma boceta linda, Monica.

Não tive nem um segundo para pensar como essa palavra era nojenta e repugnante nos lábios de qualquer outra pessoa antes de ele colocar a língua no meu clitóris e todo o pensamento desaparecer. Três estocadas com a ponta e uma chupada. Quatro estocadas e uma chupada mais longa. Enfiando e tirando os dedos, me dilatando, me lambendo de novo, depois enfiando os dedos até o fundo, usando os dentes para mordiscar de leve o clitóris.

— Ai, *Deus!* — gritei. A dor foi forte, mas imediatamente seguida por um prazer que eu nunca tinha experimentado, como se os nervos tivessem sido expostos pela mordida e deixados mais vivos pela delicadeza que se seguiu.

— Foi um "Ai, Deus!" bom ou "Ai, Deus!" ruim?

— Foi um "ai, puta que pariu, *Deus*" incrível.

Ele fez de novo, apertando os dentes um pouco mais e sugando para acompanhar o movimento da mordida. A dor e o prazer coexistiam, caminhando de polos opostos e se encontrando no meu âmago. Eu estremecia o suficiente para sacudir a água do copo e derramá-la na minha barriga, mas não chegou a virar.

Ele chupou meu clitóris entre os dentes, e eu enchi sua boca com estrelas.

— Vou gozar. Porra. Jonathan...

Ele gemeu dentro de mim, e eu sabia que isso significava que eu estava autorizada a gozar. E ele não parou ou pausou o suficiente para eu segurar a avalanche que era o meu orgasmo. Tentei manter meu corpo parado, mas, no final, quando pareceu que a sucção estava arrancando até a última gota de prazer de dentro de mim, perdi o controle do corpo e o copo tombou e rolou no chão. Minhas costas arquearam ainda mais. O topo da minha cabeça foi parar sobre as almofadas do sofá, e Jonathan se levantou para continuar com a cabeça entre as minhas pernas. Ele continuou sugando mesmo depois de eu tentar empurrar sua cabeça, seus dedos molhados de sexo segurando as minhas coxas.

Ele afastou a boca quando eu já tinha me tornado um trapo quente e trêmulo. Respirei pesado, recuperando os sentidos. Ele colocou as mãos na minha cintura e me colocou em pé. Eu ainda não conseguia falar. Ele abaixou meu sutiã delicadamente e pegou meu vestido do chão. Caí em cima de Jonathan, e ele riu, me segurando.

— Você está bem?

— Acho que minhas partes estão todas desencaixadas.

— Você parece tão perfeita como há dez minutos.

Respirei nele por um segundo, absorvendo o perfume novo almiscarado.

— Acho que não tenho coordenação para vestir a roupa. — Comecei a me orientar, me sentindo sexualmente satisfeita de uma forma que eu sabia que não duraria. Eu poderia estar pronta para outra em questão de minutos.

Jonathan encontrou o decote do meu vestido e o levantou sobre a minha cabeça.

Balancei os braços através das mangas.

— O que ela fez para você que te deixou tão agradecido?

— Estou prestes a ser enigmático — ele disse.

— Ótimo.

— Passei por algumas coisas quando era mais jovem, e fui tratado como se tudo acontecesse *comigo*. Eu era essa vítima. Ela me mostrou que eu era responsável. Ela me devolveu a minha masculinidade. Comovente demais para você?

Peguei o sarcasmo na última frase, mas também o ar defensivo. Virei as costas e afastei meu cabelo do caminho para que ele pudesse subir o zíper.

— Como ela quebrou o pulso? — perguntei.

Ele fechou o zíper do vestido lentamente.

— Eu disse que sentia muito por não poder mais fazer aquilo com ela, a dança toda que vínhamos fazendo. Ela saiu correndo atrás de mim e tropeçou na calçada. Caiu em cima do pulso. Não consegui falar com o meu médico pelo telefone, então a levei ao pronto-socorro e esperei junto com ela. As únicas três palavras que ela me disse? "É aquela garota?"

— Ela estava falando de mim?

— Suponho que sim.

— O que você disse?

— Eu menti.

Eu me virei.

— Você disse que eu não era uma garota?

Ele sorriu.

— Eu disse que você não era nada para mim. Acho que usei a palavra "caso".

— Eu sou um caso?

— Não para mim. Não mais. — Parecendo pensativo, ele alisou meu vestido. — Mas você vê o que ela fez quando pensou que você era. Fez uma viagem especial à Stock só para te magoar. Se ela soubesse que eu penso em você o tempo todo... Bom, ela é possessiva. Mesmo depois que me deixou, ela fez questão de descobrir com quem eu estava e o que eu estava fazendo com a pessoa. Achei que isso significava que ela ainda me amava, mas, na verdade, significa que ela é maluca. — Ele beijou as minhas mãos e depois a bochecha. Seu rosto tinha o cheiro do meu sexo. — Tem mais alguns minutos?

— Alguns. Vou gravar daqui a algumas horas. Fiz de tudo para que a gente não tivesse tempo demais juntos.

— Menina esperta.

— Bem, só que agora eu quero devorar você.

Ele me virou de volta e me beijou. O sabor da nossa língua era uma mistura de sexo e suor. Caí nele, um gemido subindo no fundo da minha garganta. Eu o queria de novo, e de novo.

Ele moveu a boca para o meu nariz, para o meu queixo, e falou na minha bochecha.

— Preciso me lavar. Você pode me encontrar lá embaixo, no bar?

implore. excite. submeta.

Capítulo cinco

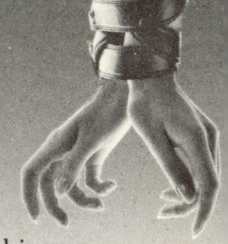

Eu carregava uma escova de dente na minha bolsa porque sabia que, no mínimo, o pau dele entraria na minha boca, e eu não queria acertar as notas altas no estúdio DownDawg com hálito de boquete. Lavei o rosto, reajustei o vestido e vesti a calcinha. Isso fez minha vagina parecer amordaçada, mas, se alguma parte de mim precisava se calar por um minuto, era a sensação de umidade entre as minhas pernas.

Ele estava esperando em uma mesa pequena perto da janela, com uma garrafa de Perrier e dois copos prontos. Ele me viu entrar, e eu observei a apreciação no seu olhar.

— Quanto tempo eu tenho? — Ele pegou um par de pistaches beges de uma tigela de porcelana. Uma tigela de metal estava ao lado dela, com algumas cascas vazias dentro.

— Cerca de noventa minutos. Não dá tempo de mais uma rodada. — Eu me sentei. Nossas cadeiras eram de frente para as janelas, e estávamos tão próximos que nossos joelhos se tocavam.

— Está ótimo. Eu só quero falar com você.

— Você está com um cheiro diferente — eu disse.

Ele sorriu.

— A última colônia... foi a Jessica que me deu no Natal, há sete anos. Mandei fazer uma coisa nova no norte. Você gosta?

— É seu outro lado.

Ele removeu a castanha de uma casca e a colocou nos meus lábios. Olhei ao redor. O bar estava vazio, exceto por Larry, que estava limpando os copos para alcançar um brilho óptico. Eu tomei a castanha na minha boca como uma oferta.

— Que lado é esse? — Ele me olhou com aqueles olhos de turmalina, seus cabelos acobreados brilhando nas beiradas por causa do sol da tarde.

Eu não sabia se estava autorizada a apaixonar por ele, já que ele tinha se livrado de Jessica como se fosse uma pele velha. Não sabia se estava autorizada a acreditar que ela tinha ido embora, ou se muita coisa tinha mudado entre nós.

— O lado que me faz implorar.

— Você gosta desse meu lado? — Ele quebrou outro pistache e jogou a casca dentro da tigela de metal com um *plinc*.

— Você percebe?

— Eu quero me certificar de que você não esteja tolerando isso por outras razões. — Ele colocou o pistache nos meus lábios novamente.

Eu o peguei, deixando a parte molhada dos meus lábios roçar no seu polegar.

— Se eu estivesse, eu mentiria.

— Verdade.

— O que os seus instintos dizem? Sou uma mentirosa?

— Você é tão real quanto qualquer uma que eu já tenha conhecido.

Ele voltou a atenção para os pistaches. Abriu outro e jogou a casca na tigela com um *plinc*. Ele comeu aquele, e depois outro. *Plinc, plinc.*

— Eu tinha negócios em San Francisco, mas, além disso, há uma mulher lá.

A sensação fria de metal que subiu minha coluna deve ter feito um som alto o suficiente para ele ouvir.

Ele olhou para cima e falou com a voz que usava quando estava me dizendo para colocar as mãos nas costas:

— Espera. Me deixa terminar.

Isso me acalmou o suficiente para remover o gelo das minhas veias.

— Vá em frente — eu disse.

Ele me deu mais um pistache e jogou a casca com a outra mão.

— Ela se chama Sharon. Nós trepamos de vez em quando já faz alguns anos. Somos muito honestos um com o outro e ela gosta das mesmas coisas na cama que você e eu fizemos, mas ela tem mais experiência. Quando fui lá, eu me encontrei com ela e contei sobre a Jessica e sobre você. E terminei com ela, é claro. A julgar pela sua cara, você precisava ouvir isso?

— Desculpa. Não quero ser possessiva.

Ele sorriu.

— Tudo bem. — *Plinc*. Ele colocou o rosto perto do meu e trouxe a mão sob o meu queixo, um polegar em uma face, e pressionou de leve para abrir a minha boca.

Meus olhos ficaram a meio mastro, e uma explosão de prazer floresceu entre as minhas pernas.

Com a outra mão, ele deu a castanha.

— Eu quero você, Monica. Quero você regularmente. Constantemente, na verdade. Não consigo pensar em muitas outras coisas. — Ele soltou minhas bochechas e passou o polegar no meu lábio inferior antes de tirar a mão e me deixar mastigar. — Estou às portas de estar completamente apaixonado por você. Preciso saber se você sente o mesmo.

Engoli. Eu o queria? Jesus Cristo, nunca quis algo com a mesma força. Tomei um gole de água.

— Enquanto você estava fora, e as últimas palavras que eu tinha ouvido eram as da Jessica, eu senti os nervos à flor da pele. Às vezes, eu tremia de raiva. Não importa que você não tenha feito nada, ou não tenha feito muito, ou que teve que beijá-la para superá-la de vez. O fato é que foi bem difícil conseguir fazer coisas normais. É por isso que não quero um relacionamento. E o problema é que você não pode me prometer que eu não vou mais sentir aquilo de novo.

— Não, não posso. — *Plinc, plinc.*

— Mas como posso ir embora?

— Você não pode. Você é minha. No minuto em que eu te disse para abrir as pernas e você atendeu, você era minha. Quando eu te disse para implorar, você era minha. Quando você coloca as mãos atrás das costas sem que eu precise pedir, você é minha. Você nunca teve que dizer uma palavra. Você é uma submissa natural.

Plinc. Quando ele desviou os olhos da tigela para me encarar, tinha um pistache descascado nos dedos, pronto para os meus lábios. Seu rosto, antes tão perto do meu, afastou-se uns quinze centímetros.

— Por que o olhar? — ele perguntou.

— O que você disse?

Ele sorriu e aproximou seu rosto novamente.

— Você é uma submissa natural, Monica. Você gosta de ser obediente. Você cede o controle com ambas as mãos. É exatamente certo.

Eu estava tremendo. Eu o queria e, cinco minutos antes, ele era meu. Ele tinha desistido da esposa e me queria, e a dor de esconder meus sentimentos por ele foi debelada, por apenas um momento. Até ele me chamar de submissa.

Peguei minha própria droga de pistache e descasquei.

— O que você estava pensando sobre nós? Você vai me colocar na coleira?

— Você acabou de se transformar em pedra.

Mastiguei, sem comentar. Eu queria uma resposta. Ele não disse mais enquanto se servia de meio copo de Perrier, e eu imediatamente me lembrei do copo que eu tinha derramado no chão.

— As mulheres que eu levo para a cama geralmente me desafiam, ou se fazem de engraçadinhas, ou exageram na obediência, não são sinceras. Muitas fingem gostar de ficar amarradas na cabeceira da cama. Uma era tão flexível que era desconcertante.

— E essa tal de Sharon?

— Ela é uma submissa. É isso que ela faz, então acertou em cheio, mas não é esse tipo de relacionamento. Eu poderia falar com ela sobre o que eu gostava e podíamos tentar coisas juntos, mas não é como você. Eu quero você. Não consigo ficar longe de você. Você é forte. Eu quero ver como você fica com os pulsos amarrados aos joelhos. Quero bater na sua bunda até ficar vermelha. Porque você aguenta. — Ele fez uma pausa, olhando para mim. — E eu acho que tenho medo de você. Não é o que você pensa. Eu não quero nada que você já não tenha me oferecido.

— Com as duas mãos, aparentemente.

— É lindo, Monica. Não torne isso feio. — Ele inclinou a cabeça, como se tentasse ver através de mim.

Joguei minha casca de pistache na tigela com um *plinc*, sentindo-me mal-humorada e confusa.

— A Jessica era submissa?

— Não. Acho que foi isso que a afastou.

Não pude deixar de pensar que a recusa de Jessica em ser dominada significava que ela era mais respeitável do que eu jamais seria. Eu seria sempre a criança, em quem ele poderia mandar, ser dispensada, menosprezada e abusada.

— Monica, em que você está pensando?

— Não — eu disse.

— Não o quê?

— Não. Apenas não. — Eu peguei a minha bolsa. — Mas obrigada por perguntar.

Dei grandes passos com meus saltos altos, acenando com a cabeça para Larry, a quem eu provavelmente nunca mais voltaria a ver, e saí para o corredor, onde o elevador esperava. Havia uma imagem na minha mente, um pensamento, e eu o estava mantendo à distância. Algo sobre os pistaches e as coisas que ele tinha dito estava trazendo uma memória de volta para mim.

Ele pegou meu cotovelo quando apertei o botão do elevador.

— Monica.

— Não me toque.

— O que é isso?

As portas deslizaram e se abriram. Não achei que ele fosse me seguir, mas ele seguiu.

— Me deixa em paz.

— Não, porra, não!

As portas se fecharam e nós descemos.

Ele me pegou pelo bíceps.

— O que foi? Essa é a palavra? Vamos escolher uma diferente.

— Não é o que eu quero. Por favor. Apenas esqueça tudo isso. Desculpa. Não posso.

— Por quê?

Eu não queria pensar sobre o porquê. Eu não queria responder. Olhei para ele, pensando que talvez eu encontrasse algumas palavras para juntar umas nas outras, de forma que ficassem razoáveis ou aceitáveis sem deixar transparecer a imagem que eu mantinha para mim. Seu rosto, sua postura, tudo me dizia que eu o tinha deixado aborrecido.

— Me desculpe — falei quando as portas se abriram. Corri para fora, peguei o corredor, atravessei o saguão e entrei no estacionamento. Lil estava sentada com os outros motoristas e se levantou quando me viu, mas saí correndo. Entrei no meu carro e engatei a primeira, mal o motor tinha sido ligado.

As ruas do centro faziam o carro sacudir. Eu não conseguia dirigir direito. Minha mente era uma sopa de imagens das quais eu não queria tomar ciência. Cheguei em frente a um conjunto de portas de ferro em um beco sem saída vazio e parei o carro.

Minhas mãos estavam tremendo. Eu tinha que me acalmar. Eu tinha que gravar uma música dali a uma hora. Em Burbank. Quem sabia como seria o trânsito até lá?

Respire. Respire.

Enquanto eu relaxava, senti um raio de excitação debaixo da saia. Fechei os olhos, pensando sobre a porcaria que eu iria ter que cantar, os clichês e os acordes simples. Eu tinha que me acrescentar a ela. Eu tinha que dar um sopro de vida em algo morto. Era só nisso que eu deveria estar pensando.

Ouvi um *plinc* no teto do carro. Em seguida, outro. Tinha começado a chover. *Plinc, plinc.* Através do meu relaxamento, veio a memória. A que eu tinha tentado calar.

Um clube. Kevin e eu íamos a lugares e fazíamos coisas à noite, na madrugada, nos cantos da cidade, procurando subculturas e caminhos sinuosos. Éramos artistas, nada era indigno de nosso conhecimento ou de nossa experiência.

O clube estava escuro. Eu já tinha passado por isso antes. Não havia absolutamente nada especial lá. Estávamos sentados no fundo do bar, perto da parede. Eu estava bebendo alguma coisa, e Kevin segurava a minha mão na dele. As pontas de seus dedos estavam frias do gelo no copo, e eu gostava do jeito como ele traçava círculos dentro do meu pulso. Era delicioso e eu adorava.

Ouvi um rangido de dobradiças velhas acima de mim. Olhei para cima. A parede parecia ter uma porta escondida, e uma plataforma e uma parede falsa giraram. Uma mulher de olhos vendados da minha idade estava amarrada a uma plataforma, de quatro, com as mãos e a cabeça de frente para o salão. Ela usava uma configuração de amarras de couro atando seus pulsos aos joelhos. Um anel prateado com a circunferência de uma castanhola lhe mantinha a boca aberta e a cabeça erguida. O arnês de couro segurando tudo no lugar estava amarrado ao redor da cabeça e se conectava a um gancho na parede.

O barman bateu uma tigela de metal debaixo da plataforma que segurava a garota e se pôs ao trabalho, como se mulheres fossem amarradas na parede o tempo todo. Kevin mal olhou para cima, e, embora eu tentasse manter a mente na conversa que estávamos tendo com Jack e a namorada dele, meus olhos ficavam se desviando para a garota. Ela usava calcinha rosa de algodão que não combinava com as amarras de couro preto que pressionavam seus seios nas costelas, mas, quando notei um espelho cuidadosamente colocado, eu soube por quê. Sua calcinha estava ensopada no fundo, e o rosa mostrava a excitação de um jeito que o couro não mostraria. Eu voltei para uma conversa sobre processo artístico na década de 1980.

Ouvi um *plinc, plinc* e segui o som até uma tigela metálica. Dobrei o pescoço para trás. Continha algumas gotas de líquido claro e esbranquiçado. Olhei para cima. A garota, a boca aberta forçosamente pelo aro, estava babando saliva e sêmen pelo queixo e deixando cair dentro da tigela. *Plinc, plinc.*

Tive um vislumbre de seus olhos pela fenda debaixo da venda. Ela desviou o olhar quando fizemos contato visual. Percebi então que ela podia ver através da venda, que não estava lá para proteger sua identidade, nem para protegê-la do fato de que a estávamos observando, mas para nos proteger de ver como ela estava excitada.

Eu não era ela.

Aquela submissa. Eu não era aquilo. Não, não, não.

Kevin e eu tínhamos ido para casa, e nenhum de nós jamais tocou no assunto da garota babando. Nós nunca julgávamos. Éramos sofisticados e cosmopolitas demais para isso. A gente era foda pra caralho para manifestar o que tinha notado. Eu odiava a gente. Nós éramos uns esnobes odiosos que nunca faziam nenhuma pergunta sobre coisas reais. Como, por que uma mulher iria querer babar a porra do dominador dela dentro de uma bacia de metal e mostrar a boceta molhada para todo mundo.

Então aqui estava eu, tremendo no meu Honda, porque Jonathan tinha visto aquela garota em mim. Por sua ordem, eu tinha aberto a boca do tamanho da castanhola para que ele pudesse foder a minha garganta.

Pare com isso.

Eu tinha que parar. Eu tinha que cantar, mas, toda vez que ouvia o *plinc* da chuva no meu capô, era uma casca de pistache, e eu estava babando a porra do Jonathan em uma tigela de metal.

Capítulo seis

No caminho para a rodovia 101, percebi que ainda tinha aquele maldito diamante no meu umbigo. Parecia um arnês. Eu ia deixá-la no Hotel K depois da minha sessão. Meu telefone dançou no banco do passageiro. Poderia ser o Jonathan, mas ele também não era meu único assunto em andamento. Fiquei muito feliz por ter olhado: WDE.

— Ei, Monica — Trudie disse.

— Sim, eu estou a caminho.

— Tivemos uma mudança. O set é em DownDawg, em Culver City, não em Burbank.

— Oh. Você ligou para a Gabby?

— Sim, eu falei com ela. Aqui, me deixe te dar o endereço.

Estacionei e anotei. Eu estava feliz por não precisar ligar para a Gabby, porque provavelmente eu demoraria uma hora para chegar lá sem discutir com a minha pianista por vinte minutos, dissecando todas as possíveis razões para a mudança de local.

Levei um segundo para percorrer minhas mensagens recentes. Nada do Jonathan. Meu alívio e desapontamento eram palpáveis. Então o telefone apitou e tremeu na minha mão.

"Vou te ligar agora. Atenda."

Ah, isso não era uma ordem suculenta? Atenda ao telefone. Abra as pernas. Qual era a diferença?

Quando meu celular tocou, eu rejeitei a chamada e mandei uma mensagem de texto.

"Tenho que ir a Culver City. Não posso falar."

"Vamos falar sobre isso novamente. Vou usar palavras diferentes."

Ele não era ninguém para mim, na realidade. Se eu nunca mais o visse, minha vida não teria sido nada diferente do que tinha sido um mês atrás. Não, isso não era verdade. Minha vida seria a mesma em todas as formas superficiais. Eu viveria na mesma casa e teria os mesmos amigos, mas de alguma forma eu tinha mudado. Ele havia me acordado de um sonho sem sonhos, e eu não conseguia virar e fechar meus olhos, pois estava sonhando no meu estado acordado.

Li a mensagem de texto novamente. Eu conseguia pensar no que ele tinha dito, mas não conseguia responder-lhe. Não podia ser quem ele pensava que eu era, mas, se eu não poderia ser, quem seria? Eu não podia voltar, e, de alguma forma, em tão pouco tempo, ele havia se tornado o condutor do meu movimento para a frente.

Eu não sou uma submissa.

Eu não sou uma submissa.

Eu não sou uma submissa.

Entoei esse mantra até Culver City, surda para a vibração do telefone e para qualquer pensamento sobre o lugar aonde eu estava indo, ou o que ia fazer lá.

Não recuperei a cabeça até estacionar o carro.

Meu nome é Monica, e eu não sou submissa. Tenho um metro e oitenta de salto alto. Sou descendente de um dos maiores escritores do século vinte. Sei cantar como um anjo e rosnar como um leão. Não sou de ninguém. Eu sou feita de música.

Capítulo sete

DownDawg Studios não era uma pequena casa grunge com isolamento acústico de isopor nas paredes. Não cheirava a cigarro e fast food, e com toda certeza não era um lugar pelo qual conseguiríamos ter pago. Havia três em Los Angeles. Burbank, que passava muito tempo atendendo a Disney; Santa Mônica, a base para garotos ricos e rappers de classe média da zona oeste; e Culver City, onde Sony fazia seu ADR e aparentemente onde a WDE mixava.

O edifício ficava na Washington, no centro de Culver City. O prédio parecido com um caixote, reformado, conservava as janelas originais na metade da frente, onde elas combinavam com a porta metálica de três toneladas. A metade dos fundos era de tijolos, uma caixa verde sem janela com contornos alaranjados, o perfeito combo modernista sem sentido.

Um manobrista estacionou meu carro. Uma recepcionista com mais brincos do que uma vitrine da Tiffany me guiou até os fundos. Eu estava sete minutos atrasada. Minha desculpa era a mudança de local. Certo.

Abri a porta e entrei na sala de som com a mesa cheia de equipamentos e a janela que dava de frente para a sala de gravação. Um homem da minha idade de cabelo ruivo e camisa de linho com as pontas aparecendo debaixo do suéter conversava com um cara de pele escura e boné de aba dura dos Lakers.

Camisa de Linho estendeu a mão e disse:

— Eu sou Holden, seu produtor. Este é Deshaun.

Deshaun estendeu a mão.

— Engenheiro de som. A minha garota ouviu você tocar no Thelonius há algumas semanas. Disse coisas boas.

— Ah, obrigada. — Eu corei um pouco. — Parece que foi há muito tempo.

— Você tem a música? — Holden perguntou. — O que achou?

Eu achava que era uma bosta, mas a sinceridade não iria me levar a lugar nenhum.

— Fizemos algumas tentativas. A Gabby está a caminho.

Holden se levantou da banqueta e se jogou no sofá.

— Me fala como você está fazendo.

Eu segurava forte a minha partitura. Eu conseguiria. Eu poderia falar sobre a música. Eu sabia o que tinha de fazer e era boa nisso, mas a conversa com Jonathan tinha infectado a minha mente, e continuei a falar para Holden e Deshaun sobre dinâmica e harmonias, ao mesmo tempo em que pensava que, de alguma forma, eles sabiam que eu era submissa. Eles iam passar por cima de mim e me falar como cantar as notas, como respirar, como abrir a boca o suficiente para engolir um pau. Eu sabia que eles não iriam rir de mim e das minhas pretensões de controle vocal, mas também sabia que eles iam.

Holden olhou para o relógio.

— Está ficando tarde.

— Me deixa mandar uma mensagem para a Gabby — eu disse, tirando meu telefone do bolso. — Ela deve estar no estacionamento.

"Onde você está, porra?"

"Com o Jerry, esperando você."

Comecei a ter um sentimento muito ruim nas minhas entranhas. Eu me virei para Holden.

— Você conhece um cara chamado Jerry?

— Ele faz produção no estúdio de Burbank.

— Ele conhece o Eugene Testarossa?

— Sim. Trabalha com ele o tempo todo.

Eu digitei rápido:

"Houve uma confusão, estou em Culver City."

Não houve mensagem por um minuto ou mais.

— Ela está em Burbank. Ela nunca vai chegar aqui a tempo. — Olhei de relance para o estúdio de som. Um teclado já estava montado lá.

Como se lendo minha mente, Holden falou:

— Se você tocar, estamos prontos.

Eu tocava. Eu geralmente não precisava me importar por causa da Gabby, mas eu tocava piano muito bem. Meu telefone apitou.

"Não é uma confusão, é uma armação. O Jerry nunca recebeu um engenheiro e anda falando sobre o clima. Você tem um engenheiro aí?"

Dei uma olhadela em Deshaun, que estava teclando no celular. Eu não sabia o que fazer. Se eu tocasse, ela nunca me perdoaria, e, se eu não tocasse, eu era uma ovelhinha que abaixava as orelhas e ia embora sem nada. Uma zé-ninguém. Uma decepção.

— Temos tempo para algumas tentativas — disse eu, desligando o telefone e entrando na sala de gravação.

implore. excite. submeta.

Capítulo oito

O sol estava mergulhando abaixo da linha do horizonte quando voltei para o carro e liguei meu celular. Não adiantava fingir que eu não tinha visto as mensagens da Gabby, e não adiantava ouvi-las. Então eu liguei.

— Moooooooniiiiiicaaaaaaa... — Ela estava bêbada. O ruído branco chicoteando como vento interrompia o som de música e risos.

— Gabby, onde você está?

— Estou com Lorde Theodore no píer de Santa Monica. Estamos na roda-gigante.

— Você está bem?

— Você fez a gravação?

Esfreguei a parte inferior do volante e olhei para o edifício, como se isso pudesse me exonerar, mas o grande cubo verde não fazia nada além de parecer atarracado e moderno.

— Sim.

— Foi uma armadilha, sabia? Para mim, pelo menos. Ele não me queria, então eles fizeram de um jeito que você gravasse sozinha. Você sabe disso, não sabe?

A Gabby parecia conformada, mas estava chapada e andando de roda-gigante, então eu não poderia aceitar cegamente o perdão dela.

— Não pense que foi maldade, Gab.

— Ah, porra, quando você se tornou uma tamanha... qual é a palavra? Quando você acredita no melhor das pessoas? Como se você não vivesse em Los Angeles a vida inteira.

— O Theo também está bêbado?

Eu ouvi o telefone ser abafado e Gabby dizer:

— Ei, amor, você está bêbado? — Então a voz dela ficou clara novamente. — Ele diz que está mais ou menos.

— Ótimo. Você quer que eu vá aí te buscar?

— Vai se foder, Monica.

A linha ficou muda.

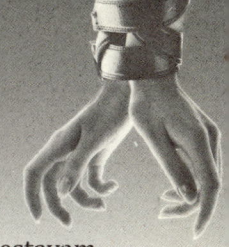

Capítulo nove

Meu carro era o único na garagem, mas as luzes da casa estavam acesas. Saí do carro e entrei na casa.

— Como foi? — Darren estava na minha cozinha, limpando o balcão. Ele tinha uma chave. Ele poderia muito bem ter se mudado para lá. Filho da puta. Eu o odiava e tudo mais. Darren olhou para mim, todo olhos verdes e cabelo ruivo desarrumado. — O que aconteceu?

Eu não tinha palavras. Deslizei os braços ao redor da sua cintura e o abracei apertado. O cheiro dele era gostoso.

Ele inclinou a bochecha na minha cabeça e acariciou minhas costas.

— Foi aquele cara rico?

— Sim e não.

— Onde está a Gabby?

Deixei minhas mãos caírem e bati a testa no peito dele.

— A WDE armou pra nós. Poderia ter sido um erro, mas não foi. Eu sinto. Acabamos em estúdios diferentes, e ela está com o Theo agora, se automedicando.

— Pelo menos ela não está sozinha. Theo é um filho da puta, mas não vai deixá-la se matar. — Darren colocou as mãos nos meus ombros e me afastou para me olhar nos olhos. — Você fez a gravação?

— Fiz.

— Ah, graças a Deus, Mô.

— Eu sinto como se a tivesse abandonado.

Ele balançou a cabeça.

— Eles nunca iriam reagendar, mas, se a gravação é boa, eles vão mandar, e aí você tem uma chance extra.

Larguei minha bolsa no chão e desabei em uma cadeira da cozinha.

— Bem, não vamos ter que nos preocupar com isso. Foi disparado a pior performance da minha vida.

— Fala sério.

— Sem brincadeira.

— Por causa da minha irmã?

Inclinei-me sobre a mesa, entrelaçando os dedos no meu cabelo.

— Não.

— Quer um chá?

— Sim, por favor. — Eu me levantei. — Eu faço. Você nem mora aqui.

Ele me empurrou de volta para a cadeira.

— Eu sei ferver água. — Ele pegou os saquinhos de chá. — Tenho certeza de que não foi tão ruim assim, Mô. Pense nisso. Você está só brigando com os caras da fraude?

Os caras da fraude eram as criaturas que viviam dentro do cérebro de todo artista, virando as caras feias sempre que algo bom acontecia e dizendo que as pessoas eram inúteis, engodos sem talento beneficiados pela sorte.

— Não, eu realmente estraguei tudo. Não consegui sustentar uma nota. Eu estava distraída.

— Por? — Ele colocou a chaleira no fogão e se virou para mim, encostado no balcão com os braços cruzados.

Será que eu poderia dizer a ele? E se não o dissesse, para *quem* eu iria contar? Respirei fundo e me preparei para o calor vermelho subir e tomar conta da minha cara.

— O Jonathan é um pouco excêntrico.

Darren levantou uma sobrancelha.

— Ai, meu Deus.

— Por favor, não me faça passar vergonha.

Ele puxou uma cadeira da mesa, sentou-se e colocou os cotovelos sobre o tampo.

— Bilionário excêntrico encontra garçonete gostosa. É o clichê dos clichês. Adorei. Ele faz você bater nele?

O calor finalmente atingiu as minhas bochechas.

— É o contrário.

— *Não.*

Confirmei, arranhando um pedaço inexistente de sujeira no tampo da mesa.

— Quer dizer, não fomos tão longe ainda, mas, basicamente, essa é a natureza de nós dois na cama. Ele me manda fazer coisas, e eu faço. E ele é duro. Muito duro. Ele quer mais, eu acho, a versão *intensa* do que tem acontecido, mas estou com medo.

— Ele tem uma masmorra?

Enterrei o rosto nas mãos e dei um "não" abafado por trás das palmas. Eu abri os dedos.

— Acho que não.

Ele fez uma pausa, esfregando o queixo, então se inclinou ainda mais sobre a mesa.

— Ele quer que você seja o brinquedinho de sexo *oficial* dele?

— Ai, Deus, Darren!

— Não ouço você dizer isso há anos.

Me levantei tão rápido que a cadeira caiu atrás de mim.

— Estou muito chateada, Darren, e você só está querendo fazer piadas. — Desliguei o fogo e fui fazer o chá. — Ele acha que eu sou uma submissa natural, em outras palavras, tipo um capacho debaixo dele, e sim, em outras palavras, também é o mesmo que ser a porra do brinquedo sexual dele. E eu sei o que você vai dizer. Você vai dizer que eu não sou a prostituta de homem nenhum. E você está certo. Eu não sou. Eu não sou uma gatinha submissa nem um maldito saco de pancadas. Que merda ele está pensando? E você *sabe* o que eu estou pensando.

— Não tenho ideia do que você está pensando.

Eu levantei o bule.

— Quer um pouco?

— Claro.

— Açúcar?

— Monica?

— O quê?

— Você estava dizendo algo sobre o que estava pensando.

Eu servi o chá. Darren não tomava açúcar e nem eu, mas eu precisava de um segundo para evitar dizer algo estúpido.

— Não posso falar.

— Você não é prostituta de homem nenhum.

Olhei para o chá sendo extraído pela água quente.

— Eu sei.

— Mas você está se apaixonando por ele.

A força sumiu da minha coluna. Eu odiava Darren por trazer aquilo à tona e por ver dentro de mim; apesar disso, eu era grata que ele dissesse que eu não podia ser a prostituta do Jonathan.

— Ele é espirituoso — eu disse. — E confiante e afetuoso. E ele me olha como se eu fosse a única mulher no mundo. E você pode tirar sarro, mas... o sexo é... — Procurei a palavra certa e não encontrei nada adequado. — Eu sou uma puta de brinquedo, não sou?

Darren se levantou para pegar o chá, já que eu estava falhando no serviço.

— Vou te falar a verdade. Não gosto de ouvir que alguém está te tratando assim. Isso me incomoda. Na verdade, eu tinha uma certa vontade de dar um soco na cara. — Ele serviu a água quente. — Você ficou muito tempo sozinha, está vulnerável. Você está fazendo coisas que normalmente não faria.

— É.

— Se você quer namorar novamente, deveria ter tentado namorar, sabe?

— Eu queria zoar você por não namorar por um longo tempo e depois acabar gay, mas não posso. É certo para você. É só que... Não acho que isso seja certo para mim. — Tirei o saquinho da minha xícara e pressionei até virar um saco de folhas encharcadas. — Que pena.

— A Gabby o estava triangulando com todas as outras pessoas em Los Angeles, e ela disse que tinha algo para te mostrar. Não parecia boa coisa.

— Ótimo. Segredos. Adoro essas coisas.

— Vamos. — Darren esfregou meus ombros. — Vamos assistir a um filme idiota e falar sobre o Kevin. Estou entediado e decidi que eu adoraria deixar aquele cara louco.

Nunca falávamos sobre o lance do Kevin. Nunca nem assistíamos a um filme. A gente deitava no sofá e via uma sequência de programas sobre rockstars com vícios debilitantes em drogas e que acabavam se redimindo na casa dos cinquenta anos. Adormeci no peito do Darren, onde eu me sentia tão segura e confortável como quando eu estava com o Jonathan.

Sonhei com algum deserto onde o céu falava por meio de narradores, gravações de risadas e comerciais, e eu me ajoelhei na areia e coloquei as mãos dentro das calças para aliviar o tesão que tinha se tornado como água para mim.

Acordei com o som de Darren no telefone. O programa *Morning Stretch* estava mudo. A voz do Darren era estridente, mas eu não achei nada de estranho. Minha bexiga, que estava cheia, pressionava alguma parte sexual dentro de mim, o que me dava a sensação de estar inchada e pronta. Eu queria transar.

Fui para o quarto, subi na cama e peguei o bloquinho que eu usava para ideias no meio da noite de cima do criado-mudo.

Eu escrevi: *E se ele me puser uma coleira? Me der tapas? Me bater? Me morder? Comer a minha bunda? Me chicotear? Me machucar? Me exibir? Me amordaçar? Me vendar? Me dividir com outros? Me humilhar? Me amarrar? Me fazer sangrar? Pisar na bola comigo?*

Não consegui escrever mais nada. Minha imaginação continuava encontrando novas coisas para fazer, que se tornavam mais e mais horríveis conforme eu me aprofundava.

Fui ao banheiro, me sentei no vaso e, no escuro, tentei não despertar demais do sono. Eu tinha definido algo sobre Jonathan durante a minha conversa com Darren, e, embora eu estivesse reconfortada por ter chegado a uma conclusão, fiquei triste com a decisão.

Houve uma batida na porta.

— Mô? — Darren sussurrou.

— Use o outro banheiro.

— Encontraram a Gabrielle. — Ele parecia tão calmo que pensei que ele estava falando de algo inócuo. — Eu tenho que identificar o corpo.

Eu me levantei, as calças em volta dos joelhos.

— O quê?

Ele perguntou baixinho.

— Você pode vir comigo?

Capítulo dez

Na minha vida, eu tinha experimentado a dor como tinha experimentado o amor: profundamente e com poucas pessoas.

Meu pai foi tirado de mim quando eu tinha dezenove anos. Eu não o via muito mesmo quando ele não estava em campanha. Minha mãe era dona dele, lá no fim do mundo de Castaic, duas horas ao norte da toca de pecado e tentação que eu chamava de casa. A notícia veio através dela, enquadrada de forma gelada, como se houvesse uma existência mais feliz junto a um Deus benevolente. Eu não queria falar com ela sobre como tinha acontecido. Acabei no telefone com o supervisor dele em Tomrock, que me disse que ele tinha sido atingido por fogo de morteiro enquanto escoltava um príncipe saudita para a mesquita central em Cabul. Eu disse que meu pai devia ter ficado no exército, que vender os serviços dele como mercenário o deixariam desprotegido, mas ele estava cansado de ouvir ordens politicamente motivadas, travestidas de patriotismo. Se estava caminhando para a morte, ele queria que tivesse esse nome, e queria ser pago para assumir esses riscos. Nada de fanfarra. Nada de se vestir na bandeira. Meu pai era real. Ele queria uma vida tão real que chegasse a doer. Tinha sido baleado duas vezes, esfaqueado uma vez, e teve sua campainha tocada mais do que algumas vezes em brigas de bairro. Ele ainda abria a porta para a minha mãe, depois de vinte anos de casamento, e a amava como uma rainha, mesmo que ela não merecesse.

Quando ele foi morto, pensei que iria ficar louca. Me senti inquieta, insegura, órfã. Eu me vi parando o carro para olhar no mapa lugares por onde eu já tinha passado centenas de vezes. Eu ligava para o Darren duas vezes mais que o normal, só para ouvir a voz de alguém que me amava. Eu não queria sair de casa se pudesse evitar. A única coisa que me salvou, além de Darren e Gabby, foi a música. Meu pai me ensinou piano. Ele aprovava as minhas buscas pessoais. Então, quando eu tocava, especialmente quando tocava na frente das pessoas, eu me sentia segura novamente. Com o passar dos anos, encontrei outras maneiras de me sentir segura e amada, e a tristeza escapava tão lentamente que eu não reparava quando se tornava uma dor maçante da memória, causada por algum canto da casa ou pelo pé de tangerina do meu pai no quintal.

Minha dor ficava sempre escondida, pronta para a próxima vez. Então, quando Darren e eu escutamos a policial nos contar que Gabby tinha sido encontrada afogada, a três quilômetros ao norte do píer de Santa Monica, eu ouvi, mas estava ocupada demais tentando impedir que o balde de tristeza se derramasse. Darren precisava de mim, e, se eu caísse em uma cacofonia de emoções, não ia poder ajudá-lo.

Estávamos diante de uma janela de acrílico, vendo uma maca coberta por um lençol sendo levada a uma sala adjacente. Senti aquele balde de tristeza virar e ficar vazio, derramando seu conteúdo da minha garganta para o coração. Era escorregadio quando eu me mexia, e pensei que teria de tirar o conteúdo colherada a colherada.

Inicialmente, eu não sabia o que Darren estava fazendo. Ele identificou a irmã, que parecia inchada e azul, e em seguida virou-se para sair. Ele desabou nos meus braços, chorando. Fiz o meu melhor para segurá-lo, mas a policial com cabelos muito pretos e encaracolados teve que me ajudar a segurá-lo até chegarmos à mesa dela.

A policial nos trouxe água e uma caixa de lenços de papel.

— Ela tomava algum remédio?

— Marplan — Darren sussurrou.

— Ela o misturou com álcool?

Ele agarrou minha mão.

— A gente deveria ter buscado ela. Não deveria ter confiado no Theo. Putz. De todas as pessoas.

Eu não ia acreditar nisso.

— Ela estava bebendo, com certeza, mas achei que ela tinha se afogado — eu disse à policial.

— Tecnicamente, sim, mas o que acontece é que as pessoas exageram, e porque estão com o senso crítico comprometido, elas vão nadar. A respiração fica mais rasa, a coordenação motora é ruim, então elas sucumbem. — Ela fez uma pausa de um jeito que parecia experiente e profissional. — Eu lamento.

Assinamos alguns papéis. Eles queriam saber para onde enviar o corpo. Dei o nome da funerária para onde o meu pai foi porque eu não tinha espaço no meu cérebro para mais nada, e Darren também estava emocionalmente brutalizado para tomar qualquer tipo de decisão. Eu não sabia como é que sairíamos de lá, mas conseguimos, devagar, porque, quanto mais nos afastávamos da delegacia, mais para trás nós deixávamos a Gabby. Paramos de supetão no estacionamento, de mãos dadas, sem conseguirmos prosseguir mais.

— Acho que eu não posso ir para casa — ele disse.

— Você pode ficar comigo.

— Não.

— E quanto ao Adam?

Darren ficou com o olhar perdido e vazio à distância por algum tempo. Eu não sabia o que fazer agora. Ele não tinha família exceto a Gabby. Eu *era* sua família, e não tinha ideia de como ajudá-lo. Seu olhar se fixou em algo, e eu segui. Theo fechou a porta de seu Impala e veio em direção a nós, seu passo um pouco torto. Apertei a mão de Darren mais forte.

— Vamos — falei. — Não tente lidar com nada hoje. — Puxei-o para o Honda. — Por favor.

Ele olhou para mim, olhos azuis, cheios de linhas vermelhas.

— Já temos muito a fazer — continuei. — Eu preciso de você. Por favor.

Ele piscou como se um pouco do que eu dizia fizesse sentido.

Theo estava se aproximando, acenando e dando uma corridinha como se pensasse que pudesse nos perder. Afastei Darren e tentei disparar contra Theo um olhar de alerta. Eu não era uma pessoa de rezar, mas rezei para não haver nenhuma briga. Nenhuma palavra acusatória. Nenhuma defesa. Nenhuma desculpa. Empurrei Darren no lado do passageiro bem quando Theo nos alcançou.

— Garota... — ele disse.

— Pra trás, Theo. — Andei até o meu lado do carro.

— Eu também estou chateado com tudo isso. Eu a impedi de saltar da roda-gigante.

— Eu te aviso quando estivermos com o funeral marcado, caso você tenha a cara de pau de aparecer — falei ao abrir a porta.

— Foi você quem traiu ela. Você fez aquela gravação sem ela.

Bati a porta antes que Darren pudesse ouvir mais uma palavra daquilo.

— Eu vou matar ele — disse Darren.

— Hoje não.

Eu sabia que tinha um tempo limitado para assimilar tudo. Senti pensamentos que eu não sabia que tinha dentro de mim pressionarem o muro defensivo que me mantinha funcionando. Eu precisava desse muro. Era a percussão que mantinha o ritmo, organizando a sinfonia de reações e decisões que precisavam acontecer. Sem ela, toda a peça virava uma porcaria.

Saí do estacionamento. Theo ficou pequeno no meu retrovisor.

— Precisamos tomar providências — eu disse. — Você está preparado para isso, ou eu te levo para casa?

— Eu não sei o que fazer.

— Você tem dinheiro?

Ele balançou a cabeça.

— Havia uma apólice de seguro de vida. Para nós dois. Por segurança. Eu verifiquei quando ela fez a última tentativa.

— Certo. Vamos cuidar disso. Depois, eu não sei. — Peguei a mão dele quando o farol ficou vermelho. — Vamos segurar as pontas até o sol se pôr.

— E depois?

— A gente desmorona.

Chegamos em casa antes do pôr do sol. A funerária tinha cuidado do pior, e fizemos o que os enlutados geralmente fazem: largamos tudo no colo deles e deixamos que nos dissessem o que precisávamos fazer. Darren assinou os formulários para dar permissão de retirarem o corpo. Deixamos que eles cuidassem da cremação. Não haveria um grande funeral, nada de caixão aberto, apenas uma coisa na minha casa. Eu não sabia que nome tinha essa coisa, mas o diretor da funerária pareceu saber e assentiu, encerrando o assunto.

Então corremos de volta para a minha casa e demos telefonemas, deitados juntos no sofá. Liguei para três pessoas que eu sabia que estavam fora, deixei mensagens e continuei em frente, até que ouvi Darren chorando o nome de Adam no celular. Eu me senti contente o bastante para deixá-lo sozinho. Ele precisava de alguma outra pessoa além de mim. Ele havia perdido a irmã, sua única família. Ele merecia ter mais alguém para amá-lo.

No entanto, minha alegria foi ofuscada por algo mais escuro e insidioso, algo mais egoísta. Uma apunhalada profunda de solidão e a melhor coisa que eu poderia fazer era ignorar. Eu devia ter ficado na sala de estar para ter o corpo quente do Darren ao lado do meu, mas ele precisava ficar sozinho. Ele não ia querer ir para o quarto da Gabby e eu não iria forçá-lo varanda afora. Então, simplesmente entrei no meu quarto, me arrastei debaixo das cobertas e abracei o travesseiro, me perguntando quem iria trançar meu cabelo no dia seguinte.

implore. excite. submeta.

Capítulo onze

Mandei uma mensagem para a Debbie, pedindo alguns dias de folga e explicando que minha melhor amiga tinha morrido. Ela ligou, mas eu rejeitei a chamada. Meu celular apitou, tremeu e chamou uma centena de vezes, por causa de todas as pessoas que já tínhamos conhecido na vida. Atendi algumas, agradecendo-as pelas condolências, mas eu só queria ficar em paz, então desliguei o telefone e me enrolei debaixo das cobertas.

Saí da cama na noite seguinte. A casa estava vazia. Tomei banho, comi uns biscoitos e voltei para a cama.

Liguei meu celular de novo, entrei nas cobertas e fui olhando todas as palavras gentis e as longas mensagens. Eu me ressentia delas. Eu era grata por elas. Eu queria estar perto de pessoas e eviscerar o buraco da saudade e da solidão que havia no meu corpo. Eu tinha ganhado o isolamento e não queria ter nada a ver com nenhuma outra alma viva. Todo mundo que se danasse. Eu precisava deles. Eu os odiava.

Tentei lembrar coisas sobre a minha amiga, histórias legais para me animar debaixo dos cobertores escuros e úmidos, mas meu cérebro não soltava nada. Eu só conseguia me lembrar das cenas mais banais. O dia da formatura. A última vez que eu a vi, a última vez que falei com ela. Todo o resto era terra arrasada, como se nada tivesse acontecido nunca, ou como se alguma porção madura e piedosa de mim estivesse protegendo de mais dor uma parte fraca e repelente de mim, recusando-se a liberar informações dolorosas.

Alguém bateu na porta em algum momento, talvez alguma entrega, mas foi o suficiente para me acordar. Passei pelas mensagens. *Sinto muito/É terrível/Posso te levar comida?* Etecetera, etecetera. Todos eram muito gentis, mas eu não sabia como aceitar a bondade deles. O telefone vibrou na minha mão, e, embora eu o estivesse ignorando por sei lá quantas horas, essa mensagem eu olhei.

"A Debbie me contou."

Eu não sabia como responder ao Jonathan. Não estávamos em um ponto no nosso relacionamento em que eu pudesse lhe pedir nada nem esperar que ele intuísse o que eu precisava. Sua mensagem me fez sentir mais solitária do que qualquer outra. Respondi, sentindo como se estivesse gritando em um beco vazio.

"Fala pra ela que eu vou trabalhar depois de amanhã."

"O que você está fazendo agora?"

"Estou debaixo das cobertas."

"Sozinha?"

"S"

"Um crime."

Eu sorri. A sensação de leveza rachou a casca frágil de tristeza por apenas um segundo, e as lágrimas escorrerem pelo meu rosto.

"Não me faça rir, imbecil."

"Posso me juntar a você debaixo dessas cobertas sortudas?"

Quando li a mensagem, não senti seu pedido nas partes baixas, mas na minha pele. Eu queria que ele me tocasse. Me beijasse. Respirasse em mim. Falasse comigo. Me abraçasse durante horas. O desejo não estava só entre as minhas pernas, mas no meu tórax, na minha medula, na ponta dos meus dedos. Eu poderia desistir da proteção da solidão, que me consumia, e me aconchegar durante algumas horas na presença de Jonathan? Eu era digna de um pouco de conforto? Provavelmente não. E eu não tinha esquecido a questão de ser submissa. Não. Ele ia me arrastar para um poço de impureza e humilhação. Vê-lo seria apenas atraí-lo para mais perto de mim do que ele jamais deveria estar.

Mandei mensagem:

"Eu preciso de você."

Enviei. Não deveria. Eu deveria ter escrito uma frase muito mais fria, mais distante. No mínimo, eu deveria ter sido espirituosa em admitir que eu era uma massa nojenta e repugnante de desejo, mas não o fiz. Quatro palavras e eu tinha me degradado.

Senti esperança pela primeira vez em dias. Saí da cama e entrei no chuveiro, deixando mais quente do que precisava. Eu não fazia ideia de quanto tempo havia passado na cama, mas eram sete da manhã de acordo com o meu relógio. Eu não tinha visto ou ouvido falar do Darren, e presumi que ele estivesse com o Adam. Eu deveria ter ligado para ele, mas a ideia de procurar alguém, mesmo que fosse a única pessoa no mundo que entenderia minha sensação de fracasso, fazia eu me encolher como tivesse levado um tapa na cara.

Minha pele estava ardendo e rosada do calor e da fricção quando saí do chuveiro. Sequei o cabelo e peguei a escova. Um laço de cabelo retorcido estava em volta do cabo. A Gabby tinha colocado ele ali enquanto arrumava o meu cabelo para o espetáculo Eclipse. Coloquei a palma no meu cabelo molhado e penteei para baixo, enrolando os dedos em volta de uma mecha, apenas o suficiente para a corda de um arco. A sensação não era nada como quando Gabby o fazia com cuidado e dom artístico. Nada disso existia mais. Todo aquele talento tinha ido para o nada e para lugar nenhum. Toda a música que ela teria feito nunca existiria.

Eu me atirei embaixo das cobertas, nua e meio molhada do banho ainda, pegando o celular no caminho.

"Não venha. Esquece."

Ouvi um telefone apitar na sala de estar e, logo depois, uma voz próxima demais me chocou.

— Tarde demais — disse Jonathan. — A porta da frente estava aberta.

"Vá embora."

Uma lufada de ar frio me atingiu quando as cobertas foram mexidas e, no segundo seguinte, eu senti o novo perfume. Ele puxou as cobertas sobre nós no mesmo instante em que seu celular apitou. Ele pressionou a frente de seu corpo nas minhas costas, me abraçando de conchinha, suas roupas absorvendo a água que eu não tinha enxugado com a toalha.

— Eu sinto muito, Monica. — Ele colocou o rosto no meu cabelo molhado e passou o braço ao meu redor. — Ah. Que mensagem é essa que eu recebi aqui? Aqui está dizendo "Vá embora".

Funguei.

Ele deslizou o braço debaixo do meu pescoço e segurou o telefone na frente dos nossos rostos com as duas mãos. Sua respiração fez cócegas na minha orelha.

— Me deixa responder. Espera aí.

"Eu prefiro estar aqui com você."

Esperei aparecer no meu celular. Ele se aconchegou no cabelo acumulado na minha nuca enquanto eu digitava uma resposta.

"E depois o quê?"

Seus dedos voaram na tela.

"Vamos falar sobre o resto mais tarde. Hoje você é a deusa em torno da qual meu universo gira."

Nos segundos que levaram para o meu telefone apitar, tive um milhão de pensamentos, entre os quais que ele era louco. Maluco. Ele não via com quem estava deitado? Puta que pariu, eu tinha matado a minha melhor amiga, primeiro com negligência e depois com ambição.

Comecei a responder:

"Você entendeu errado..."

Mas então eu senti os lábios no meu ombro e seu hálito quente na minha pele, e assim minha tristeza me abandonou. Não consegui terminar. Meu peito subia e descia numa respiração trêmula, e as lágrimas vieram tão fortes que eu não conseguia respirar. Seus braços me seguravam forte pelas costas, e sua voz se revirava em pequenos espaços reconfortantes de vazio. Entrei em uma escuridão atemporal quando deixei tudo se derramar, porque não conseguia pegar. Eu sabia, em cada tosse e em cada soluço, cada respiração estrangulada e em cada espasmo no peito, que ele iria me impedir de despedaçar. Tudo o que se despedaçasse, ele iria consertar. Eu não podia amaldiçoá-lo por não ser tudo o que eu precisava ou por não se empenhar completamente. Eu não tinha espaço para rejeitar sua ideia de que eu era submissa ou vontade de lhe negar o controle sobre mim. Ele estava lá, e ele era exatamente o que eu precisava.

Quando o choro diminuiu, eu me virei para encará-lo. No escuro, achei seus lábios, seguindo sua respiração, e o beijei. Ele abriu a boca, acariciando minha língua com a dele em uma dança suave. Trancei minhas pernas nas suas.

— Obrigada — sussurrei, balbuciando sem fazer barulho.

Ele começou a responder, mas engoli em um beijo tudo o que viria em seguida. Empurrei meus quadris nos dele. Ele estava duro, e eu estava pronta. Beijei-o novamente e não notei nenhuma objeção quando tirei sua camisa de dentro da calça. Eu o queria nu contra mim. Eu queria me sentir bem, mesmo que por um minuto, e esquecer de tudo pelo tempo que levasse para nos unir e desmoronar. Eu não merecia, mas queria.

Uma pequena luz se acendeu debaixo das cobertas e um tremor foi precedido de um apito, mas nós o ignoramos. Ele rolou em cima de mim, boca colada à minha, e acariciou o comprimento do meu corpo. Perdi o fôlego. O toque era tão reconfortante, tão perturbador, um arco de repente tocando cordas silenciosas.

— Alô? Mô? — A voz soava longe.

Jonathan e eu nos separamos.

— O que foi isso? — ele perguntou.

Eu me contorci no lugar. Meu celular estava iluminado debaixo de mim. Devo ter rolado em cima dele e atendido à chamada por acidente. Tarde demais para desligar.

— Alô? Darren? — sussurrei. Por alguma razão, eu não conseguia empregar minhas cordas vocais.

— Estou no centro da cidade.

Jonathan tirou as cobertas de cima de nós, e a luz parecia tão ofuscante como o ar era frio. Eu já sentia falta do calor do seu corpo no meu.

— Preciso que você pague a fiança, ou eu vou perder o velório. — Ele parecia morto, sem emoção. — Encontrei o Theo. Eu quebrei ele. Há fiadores aqui em toda parte. Você pode vir?

— Sim, eu vou.

— Obrigado.

Dei uma olhadela em Jonathan enquanto Darren começava a me dar os detalhes. Ele ainda estava todo vestido em camisa polo azul e jeans, sentado com as costas apoiadas na parede. Eu estava nua e agachada ao lado dele. Ele acariciou meu ombro.

— O que aconteceu? — perguntou quando eu desliguei

— O Darren bateu no namorado da Gabby. Tenho que pagar a fiança dele.

— Por que você está sussurrando?

Dei de ombros. Eu não fazia ideia. Tudo o que eu sabia era que conseguia sussurrar bem, mas não conseguia falar em voz alta.

— Você não vai falar no velório, eu imagino?

Balancei a cabeça.

— Onde vai ser?

— Aqui.

Ele olhou no relógio.

— Em sete horas? Você está preparada? Quantas pessoas?

— É amanhã.

— Debbie disse que era sábado. Hoje.

Oh, Deus. Darren tinha falado que iria perder o velório, e eu pensei que ele iria perder o velório amanhã. Quanto tempo fazia que eu estava debaixo das cobertas? Será que tinha dormido mais do que pensava? Eu me levantei, em pânico. Era sábado. Eu precisava jogar comida fora. Limpar a casa. Me tornar emocionalmente apresentável. E ainda tinha que tirar o Darren da cadeia? Com que dinheiro? E que horas?

Devo ter sido uma visão e tanto, nua no meio do meu quarto, mãos para o alto, sem saber o que fazer primeiro. Jonathan se levantou e agarrou meus pulsos. Eu não tinha palavras.

— Acalme-se.

Assenti.

— Vou cuidar disso.

— Não — sussurrei. — É o meu trabalho.

Ele segurou minhas mãos, pressionando-as juntas entre as palmas de suas mãos. Ele falava com a voz que não admitia perguntas, mas não me disse para abrir as pernas ou gozar.

— Eu tenho que trabalhar algumas horas hoje. Vou mandar uma equipe aqui para limpar, e também mando entregar comida. Quantas pessoas?

— Jonathan. Por favor. Não quero que seja assim, como se eu estivesse te usando.

— Você não está me usando. Você é minha. Você é minha deusa pessoal. É o meu trabalho me certificar de que você esteja feliz. E se eu não puder te fazer feliz, não vou me sentir bem se você não for cuidada da melhor forma que eu puder. Então, por favor, me diga quantas pessoas para eu poder me sentir bem.

— Cem? — sussurrei.

Como eu iria enfiar uma centena de pessoas na minha casa de noventa metros quadrados? Jesus, o que eu e Darren estávamos pensando? Jonathan apertou as minhas mãos e trouxe minha atenção de volta para seu rosto. Ele parecia imperturbável pelo tamanho da lista de convidados.

— Deixa comigo — ele falou. — Eu posso cuidar disso entre mais dez outras coisas. A Lil vai te levar ao centro. Não quero você dirigindo. Você tem dinheiro suficiente para tirá-lo de lá?

Minha boca se abriu, mas nem mesmo um sussurro saiu. Eu tinha o suficiente para libertar o Darren da cadeia? Eu não fazia ideia. Quanto custava algo assim? E como é que eu ia realmente pegar o dinheiro do Jonathan? Eu faria minha mãe hipotecar a casa, se fosse necessário. Eu suplicaria na frente dela, prometeria andar na linha, comer quatro toneladas de merda em uma telha quente de piche só para tirar o Darren a tempo do funeral da irmã dele, mas não ia pegar o dinheiro do Jonathan.

Fiz que sim e respondi:

— Eu tenho.

Ele me beijou com carinho, acariciando minha bochecha com o polegar.

— Vou manter contato. Atende ao telefone, tá?

Concordei só balançando a cabeça porque não queria sussurrar novamente.

Capítulo doze

Jonathan saiu com cuidado, como se virar as costas para mim por tempo suficiente para começar a cuidar dos preparativos do velório na minha casa fosse me dar tempo suficiente para desmoronar. Ele caminhou de costas até o Jaguar, me observando, o ruivo no seu cabelo pegando o sol da manhã. Acenei e até consegui sorrir um pouco. Eu estava determinada a passar por isso, mesmo que significasse fingir que estava tudo em ordem comigo, por tempo bastante para restaurar a fé dele em mim. Quando ele dirigiu colina abaixo, eu me senti como se ele levasse uma parte de mim com ele.

Lil apareceu na nave espacial Bentley do Jonathan trinta minutos depois.

— Srta. Faulkner — ela disse. — Está conseguindo levar?

— Sim, estou.

— Algo errado com a sua voz?

Dei de ombros. Eu não sabia o que estava errado comigo, se era minha voz ou a minha mente, ou uma outra coisa totalmente diferente, algum truque do universo. Eu estava ficando frustrada. A condição que eu havia atribuído a lágrimas demais e tristeza demais estava começando a parecer algo mais intratável.

— Eu queria dizer — Lil começou —, e espero não estar sendo inapropriada, mas a esposa do meu irmão tirou a própria vida. Então, meus sentimentos. Na família, é muito mais difícil.

Franzi todo o rosto, tentando não chorar de novo, pois ela havia falado que a Gabby era da minha família. Ela era exatamente isso. Minha irmã. E esse reconhecimento foi como um balde de água fria.

— Obrigada, Lil — sussurrei.

— Aonde vamos hoje?

— Tirar o meu irmão da cadeia.

implore. excite. submeta.

Capítulo treze

Cinco mil dólares.

Aparentemente, Darren tinha ido atrás do Theo com uma garrafa quebrada, o que, de acordo com o estado da Califórnia, era uma arma mortal.

Então, cinco paus. Em dinheiro.

Engoli em seco.

A mulher grande de óculos fininhos atrás do vidro à prova de balas parecia compreensiva. Ela tolerou meu sussurro e deslizou um bloco de anotações debaixo do vidro, quando percebeu que eu ouvia bem, mas não conseguia falar.

— Há três fiadores do outro lado da rua. Você paga quinhentos e eles nos encaminham o resto, mas você não vai recuperar o valor. Kaylee. É dela que eu gosto. Melhor com marinheiros de primeira viagem e não há nenhum vidro entre você e ela, então ela vai ouvir a voz que você tiver. Tudo bem, moça?

Eu assenti, rasgando a página do caderno. Peguei os papéis e os formulários que ela me deu com as infrações detalhadas cometidas pelo Darren e saí.

Lil estava ao lado do carro, empoleirado em uma zona de carregamento e bonito que dava gosto de ver. Ela me entregou um copo de papel com chá. Não sabia como ela sabia que eu gostava de chá. Eu não sabia se Jonathan tinha detalhado todas as minhas manias e preferências para ela ou se ela só prestava uma atenção incrível, mas eu peguei e agradeci.

— Eu tenho que ir até um fiador. — Apontei do outro lado da rua, onde havia uma placa amarela e preta com o nome Fianças da Kaylee.

Lil abriu a porta do carro.

— É só atravessar a rua. — Eu tinha que chegar bem perto da Lil para que ela me ouvisse apesar do ruído do trânsito do horário de pico.

— Eu disse ao Sr. Drazen que cuidaria de você. Então entre. Tenho que procurar um estacionamento, de qualquer forma.

Entrei, me sentindo boba e infantil. Eu poderia ter atravessado a rua na metade do tempo, em um quarto do tempo, se andasse rápido, mas Lil estava fazendo seu trabalho com sinceridade e bondade, e eu não tive coragem de me opor a ela. Beberiquei meu chá no banco de trás, esperando que o líquido quente fosse trazer minha voz aos meus pulmões, mas, quando tentei fazer um som, só saiu respiração.

Senti que havia uma escolha em partes mais profundas do meu ser para não falar, algum temor de que minha voz fosse quebrar o mundo ou invocar monstros capazes de me dilacerar e dilacerar tudo o que eu amava, mas eu não consegui localizar esse lugar sombrio e explicar que estava fazendo mais mal do que bem, que eu precisava que o medo fosse embora, que tudo na minha vida seria rasgado em pedaços por simples inação, se eu não pudesse funcionar como uma artista e membro da sociedade.

Eu respirei. O pânico não me levaria a lugar nenhum. Eu tinha que atravessar o dia e pagar a fiança do Darren a tempo do velório. Dormir. Comer. Ir trabalhar no dia seguinte. Respirar. Eu descobriria se conseguiria controlar a ansiedade.

Lil estacionou atrás do estabelecimento da fiadora e me deixou sair como se eu fosse uma celebridade chegando a um evento de tapete vermelho.

— O Sr. Drazen disse que, se você precisasse de alguma coisa, eu deveria avisar para ele poder resolver.

— Obrigada.

— Você deveria deixá-lo ajudar você. — Ela me lançou um olhar significativo que dizia que ela sabia que eu tinha reservas quanto a aceitar a ajuda de Jonathan.

Assenti e saí pela porta de trás.

O espaço não tinha nenhuma pretensão estética. O carpete industrial cinzento era usado em áreas de alto tráfego. As luzes fluorescentes zumbiam atrás do teto rebaixado, amarelando as pilhas de papéis espalhados sobre todas as superfícies, cada estante de metal, mesa de fórmica e cadeira preta desocupada. As cadeiras ocupadas, três delas, tinham pessoas de diferentes idades e etnias, todos usando o celular ou digitando em teclados de computadores beges e pré-históricos. Pelas janelas da frente, o centro de Los Angeles fazia seus barulhos.

Uma mulher de meia-idade com grandes óculos escuros passou apressada em sapatilhas e uma echarpe multicolorida. Sua xícara de café tinha um terço de borra.

— Oi — eu sussurrei. — Estou procurando pela Kaylee.

— O gato comeu sua língua?

— Laringite. — Foi a única resposta que eu consegui pensar que faria sentido. Contar a ela que uma parte de mim achava que usar minha voz destruiria o mundo talvez parecesse um pouco louco.

— Você vai pagar uma fiança?

— Sim. Não sei como.

— Você tem dinheiro?

— Um pouco.

— Se sente ali na mesa da frente.

Foi o que eu fiz, escorregando na cadeira de escritório colocada na frente da mesa. A placa de bronze que era, na realidade, feita de plástico tinha o nome KAYLEE RECONAIRE gravado nela. Eu tinha uns duzentos dólares comigo, o que era mais do que o normal, pois não tinha chegado a esvaziar minha bolsa depois do último turno na Stock.

A mulher do café com borra se colocou na cadeira com um suspiro.

— Você tem os formulários? — Ela estendeu a mão.

Entreguei a pilha. Sobre a mesa, havia o espaço exato para olhar os formulários, espalhando-os em três pilhas perfeitas. O canhoto cor-de-rosa, o formulário grampeado e recortado, todos tinham um lugar.

— Parente? — ela perguntou.

— Não.

— Namorado?

— Não.

— Então? — Ela apoiou os cotovelos sobre a mesa. — Temos de avaliar se há um risco de fuga. É do nosso dinheiro que você está falando, então haverá perguntas pessoais. Como, por exemplo, este senhor se importa se você se declarar responsável por ele? Isto não foi só agressão. — Ela indicou os papéis. — É espancamento com uma arma mortal, querida. — Ela ergueu uma sobrancelha como se eu fosse alguma namorada convencida à base da agressão física a pagar a fiança do seu cretino pessoal.

Eu me inclinei para frente, de modo que ela pudesse me ouvir.

— Nós terminamos há muito tempo. Ele é como um irmão para mim. Ele não é algum ex com quem não paro de transar porque me sinto insegura.

Kaylee me olhou por um segundo antes de rir.

— Você é louca, menina. Você tem emprego?

— Sou garçonete na Stock, no centro. — Balancei o polegar atrás de mim para indicar que ficava a uns cinco quarteirões ao norte dali.

— Quanto dinheiro você tem?

— Eu tenho duzentos aqui comigo.

— Está faltando trezentos.

— Eu posso ir ao caixa eletrônico — falei.

— Você só pode sacar duzentos da máquina. — Ela piscou. Eu pisquei. Então ela disse: — Eu não vou te dar desconto de cem. Afinal, eu cuido de uma empresa.

— Aceita garantia?

Ela deu uma risada sem humor pelo nariz.

— Qualquer garantia que você tenha, eu vou ter que segurar na minha mão e tem que valer dez vezes mais do que eu preciso. Não vejo nenhuma joia em você que eu aceitaria.

Fiquei em pé, levantei minha camisa e mostrei o piercing de umbigo Harry Winston. Eu estava pisando em um monte de merda, e eu sabia. Usando um presente do meu namorado atual para pagar a fiança do meu ex-namorado era o tipo de pauta que programas de casos de família apresentariam.

Kaylee inclinou-se para a frente, e com isso seus óculos deslizaram para a ponta do nariz.

— É verdadeiro?

— É.

Ela estendeu a mão; seu rosto era uma máscara de descrença. Tirei o diamante e entreguei para ela. Ela abriu a gaveta superior de sua mesa, tirou uma lente de joalheiro e usou-a para inspecionar o diamante, o que, para mim, parecia a coisa mais enorme e brilhante já removida da terra. Sentei-me de novo enquanto ela fazia pequenos zumbidos, virando a pedra debaixo da lente.

Ela deslizou-o volta para mim.

— Eu posso me meter em grande encrenca, mocinha. Acho que você não entende que estou gerenciando um negócio aqui. Não recebo mercadoria roubada.

Fiquei boquiaberta. Como ela podia? Ela era louca? Fiquei absolutamente sem palavras por essa implicação.

Uma voz solitária e masculina cortou minha angústia.

— De quem é o Bentley na minha vaga? — Um homem de muleta e uma perna de calça jeans enrolada sobre uma perna ausente entrou pulando.

Levantei a mão, sussurrando:

— Desculpa.

Ele se sentou em uma mesa.

— Bem, mande a motorista tirar.

Olhei de novo para Kaylee. Ela já estava guardando meu piercing de diamante de volta em um saquinho.

— Volte com o resto logo, entendeu? Ou, pelo amor de trezentos dólares, seu novo homem vai ficar zangado.

Capítulo catorze

Eu não tinha percebido que o Bentley era tão grande até Darren se sentar do outro lado do banco de trás, como se ele não quisesse nada a ver comigo. Levei horas para liberá-lo. O dinheiro teve que ser transferido, formulários foram mandados pela internet, telefonemas foram feitos, assinaturas foram recolhidas, e ele teve que ser levado de uma área de custódia a dois quarteirões dali.

Quando o trouxeram, Darren parecia cansado, mas fez uma cara engraçada quando me viu esperando, como se quisesse me dizer que estava bem. Quando tiraram as algemas e o entregaram sob a minha responsabilidade, ele me abraçou tão forte que pensei que ele iria quebrar algo.

— Obrigado, obrigado — ele disse no meu pescoço.

— De nada. Agora temos que ir, ou vão sentir a nossa falta.

Ele assentiu e me perguntei se ele tinha se metido em apuros para evitar o funeral.

— Por que você está sussurrando?

— Laringite.

— O quê? Você não estava doente...

Puxei-o para o corredor, querendo me afastar do vidro à prova de balas e do piso de linóleo. Então eu parei e bati no meu pulso como a Debbie fazia tantas vezes, para ele saber que era hora de a vida continuar.

— Eu fui para a casa do Adam — ele disse. — Ele ficou comigo a noite toda, mas ele tinha que ir trabalhar, então fiquei andando por Silver Lake. Fiquei sentado em uma mesa no Bourgeois por metade do dia. Fabio sabia o que estava acontecendo, então ele só ficava me mandando novos copos.

As portas do elevador se abriram e um monte de gente saiu. Eu puxei o Darren para o lado.

— Ele devia ter me ligado — sussurrei.

— Ele ligou.

Certo. Eu tinha rejeitado chamadas e ignorado mensagens enquanto estava na minha caverna secreta.

Entramos no elevador com vinte outras pessoas.

Darren disse baixinho no meu ouvido.

— Eu percebi enquanto estava lá que te deixei sozinha. Peço desculpa por isso.

Dei de ombros e acenei para dispensar a preocupação. Fiquei triste com isso, mas não tive coragem de colocar isso contra ele. E tinha me trazido o Jonathan.

Darren continuou:

— O Theo entrou para tomar café, como ele sempre faz. Eu sabia que ele ia lá o tempo todo. Eu não me dei conta de que estava esperando por ele, mas, de qualquer maneira, alguma garota na mesa do meu lado tinha um daqueles refrigerantes de pomelo. Bati a garrafa no chão e fui para a garganta dele.

— Puta merda, Darren. — Eu consegui sussurrar alto e com ênfase. Dei uma olhadela ao redor para as pessoas no elevador. Ninguém estava olhando, mas deviam ter ouvido.

— Ele está bem. Acertei no rosto. Tenho uma mira de veado... o que eu sou.

Apertei sua cintura e ele gritou:

— Ai! — Nós rimos. O resto da população do elevador pareceu aliviada por ficar longe de nós quando as portas se abriram no andar do estacionamento. Lil estava estacionada em uma vaga só para veículos autorizados, onde se lia *LA Times.*

Quando Darren viu o Bentley, parou de andar de repente.

— Onde você conseguiu o dinheiro para me soltar? Cinco mil? Isso é um monte de dinheiro.

— Usei uma fiadora.

— Algum centavo disso veio *dele*?

— Pare.

— Não vou admitir nenhuma parte sua sendo prostituta.

Eu não sei o que me deu, talvez o stress dos últimos dias, talvez o insulto ou o fato de que eu não conseguia falar direito para me defender, mas uma bola de energia cinética disparou do meu coração, desceu pelo meu braço e, para conseguir liberá-la, a única coisa que eu podia fazer era dar um tapa na cara do Darren.

O *clap* ecoou pelo estacionamento. Lil ergueu os olhos do jornal dela. Darren se encolheu por causa do impacto. O sentimento de arrependimento afundou na minha barriga ao mesmo tempo em que minha mão tinha vontade de lhe dar outro tapa.

Levantei a mão, mas fechei-a em punho e levantei o dedo indicador.

— Entra no carro. Se você se atrasar um minuto para o velório da sua irmã, a cara do Theo vai parecer bonita em comparação à sua. — Minha garganta estava ficando dolorida de tanto sussurrar com aspereza, mas eu tinha certeza de que poderia lhe dar sermão por mais meia hora se preciso fosse.

Ele parecia furioso com as marcas vermelhas em toda a bochecha, e sua boca parecia pedra, os músculos do rosto criando linhas tensas na mandíbula. Senti um pouco de medo. Só um pouco, porque eu podia lutar, e eu aguentava um golpe. Eu faria as duas coisas se houvesse necessidade.

— O carro está pronto — Lil disse, de repente, ao nosso lado, com seu comportamento calmo e profissional. Ela estendeu a mão em direção à porta traseira aberta de Bentley. — Por favor.

Pensei por um momento que ele optaria por pegar um ônibus, mas eu sabia que ele não tinha dinheiro, porque o que ele tinha foi devolvido a mim em um envelope de objetos pessoais, juntamente com uma faca de bolso, que ele não estava autorizado a carregar, e alguns cartões de crédito. Ele também sabia que o transporte público demoraria horas num sábado. Apesar de sua autossabotagem, ele não queria perder o velório da Gabby.

Acenei para Lil positivamente e caminhei em direção ao carro, sem olhar atrás de mim para ver se ele me seguia. Seus sapatos faziam barulho no concreto, que aumentava devido ao espaço fechado. Entrei no banco de trás do carro e deslizei até ficar olhando pela janela para não ver se ele vinha ou não. Se ele me visse olhando-o, era mais provável que desse meia-volta e pegasse o ônibus só por causa do seu orgulho.

Ouvi-o entrar, e a porta se fechou com um estalo. Foi quando eu descobri como esse carro realmente era largo.

Lil o deixou na frente de casa. Ele não esperou que ela abrisse a porta para ele. Houve uma pausa. Não o olhei, mas segurei o recibo amarelo de Kaylee e sussurrei:

— Trezentos. Em dinheiro.

Senti o papel ser tirado da minha mão e ouvi a porta se fechar com aquele som gostoso e macio que a gente ouve nas portas dos carros novos. Eu só me atrevi a olhar quando ele estava subindo seus degraus, de cabeça baixa, com o recibo amarelo amassado nas mãos. Eu queria correr e abraçá-lo. Ele não podia ser considerado responsável por agir como um idiota, depois do que tinha acontecido com a Gabby, mas eu não pediria desculpas. Sim, ele tinha me insultado, mas também havia insultado Jonathan, e, de alguma forma, isso me irritava ainda mais.

Capítulo quinze

A casa estava transformada. O quintal da frente estava aparado como um poodle, as sebes, podadas, as laranjas caídas tinham sido recolhidas e colocadas em cestos na balaustrada da varanda, as ervas daninhas e as coisas mortas agora desaparecidas.

— Eu aviso se tiver que ir a algum lugar a pedido do Sr. Drazen — disse Lil, bloqueando a entrada de carros atrás de um caminhãozinho do bufê, com calços atrás das rodas.

Assenti para ela. Minha garganta estava detonada demais para alguma palavra desnecessária.

— Monica! — Carlos, nosso vizinho a duas casas de distância, veio correndo em direção a mim segurando um envelope pardo. Ele era um policial e protegia todo mundo no quarteirão. — Olá, soube o que aconteceu. Sinto muito mesmo por isso.

— Obrigada.

— Às vezes, ela me fazia procurar umas coisas para ela. Sobre as pessoas. Celebridades e agentes.

— Sério?

— É. — Ele sorriu docemente. — Ela me levava para jantar ou alguma outra coisa em troca.

Fiquei me perguntando o que "alguma coisa" poderia significar e decidi que era melhor não saber.

Ele me entregou o envelope.

— Esta foi a última coisa.

Peguei e lhe dei um tapinha no braço.

— Vejo você mais tarde?

— Sim. Eu vou passar lá.

Nós nos separamos, e eu fui para casa. Subi os degraus até a varanda, que tinha sido varrida. Plantas em vasinhos tinham aparecido, dando a sensação de que o alpendre era um espaço bem planejado e bem-acabado. Yvonne, que eu não via desde a noite em que parei de trabalhar no Hotel K, quase me derrubou ao sair do caminhãozinho do bufê.

— Uau! Monica! — Ela sorriu e beijou minha bochecha. — Você vai trabalhar nesse evento? Paga em dobro. Fala sério.

Merda. Eu ia ter que explicar, e não tinha tempo, vontade ou capacidade vocal.

— Eu moro aqui — falei no meio de respirações.

Yvonne abriu a boca e, em seguida, fechou de novo, inclinando a cabeça de lado.

— Menina, eles disseram que era namorada do Drazen.

Os olhos dela estavam arregalados, e seu rosto era acusador, mas de um jeito bem-humorado.

— Eu vi uma foto no *TMZ* daquele evento de arte. Eu achei mesmo que era você.

— Alô! — Debbie chamou de dentro de casa. — Vamos continuar.

— Mais tarde. Eu explico.

— Eu quero *detalhes* — Yvonne disse, antes de apressar o passo no caminhão.

A sala também havia se transformado, com pratos com aquecimento embaixo sobre longas mesas, novas lâmpadas e cantos limpos.

Debbie pegou as minhas mãos.

— Como você está?

— Você trabalha na Stock. O Jonathan é dono do K.

— Sua voz está terrível. Chega de falar. Eu me voluntariei quando fiquei sabendo que ninguém do K poderia vir além do Freddie, e ele está em condicional. Não pode chegar a um braço de uma garçonete, ou vai começar a limpar banheiros; pelo menos foi o que eu fiquei sabendo. Você sabe como funciona a rádio peão. Você. Agora. Já limpamos o banheiro, então não bagunce muito. Vá.

Ela me empurrou pela minha própria sala. Eu conhecia três das pessoas trabalhando no velório. Todos estavam vestidos em seus trajes formais de serviço e me olharam por um segundo a mais, antes de voltarem ao bufê. Fiquei morrendo de vergonha. Todos pensavam que estavam fazendo uma festa de emergência para a namorada do dono hotel, e era *eu*.

Fui para o meu quarto e fechei a porta atrás de mim. Meu armário estava cheio de preto. Escolhi uma calça e um suéter. Eu não queria nada extravagante ou especial, nada de laços, botões brilhantes ou saias curtas. Não importava que Gabby gostasse de quando eu usava brilho; eu não me sentia muito brilhante. Eu me sentia uma merda, e ia respeitá-la vestindo algo tão pra baixo e chato que eu ficaria invisível.

Despi-me para tomar um banho e me avistei no espelho. Eu estava nua, claro, mas, sem o diamante no meu umbigo, senti uma pontada de preocupação. Eu não podia deixar Jonathan me ver sem ele. Eu teria que explicar ou mentir, e não estava pronta para fazer nenhuma das duas coisas.

Tomei banho, me vesti e me arrumei em nudes e neutros por vinte e quatro minutos e então mandei mensagem para o Jonathan.

"Obrigada por tudo."

A resposta disparou em segundos.

"O prazer é meu. Em uma reunião. Te vejo lá."

Lá? Ele vinha? Eu não sabia por que não esperava por isso. Ele tinha vindo a mim em questão de minutos quando precisei dele; Jonathan não ficaria de fora do velório da minha amiga. Chutei os sapatos recatados que eu tinha escolhido e subi nos mesmos sapatos altos de sola vermelha que eu tinha usado na Eclipse.

O envelope de Carlos estava na minha cama. Abri-o e puxei uma única folha de papel. O título era Westonwood Acres, um retiro exclusivo que, na verdade, era uma instituição psiquiátrica. O papel era um formulário de admissão, e eu gelei quando vi o nome do inscrito.

Jonathan S. Drazen III

Sua idade estava ao lado da data, então eu não tive que calcular que ele tinha dezesseis anos. Todo o resto estava rasurado com grossas linhas pretas.

Era isso que a Gabby tinha para me contar. Enfiei o papel de volta no envelope e guardei na minha gaveta, com as mãos trêmulas.

Capítulo dezesseis

Darren veio subindo a colina bem a tempo. Ele olhou para mim quando entrou na casa. Eu não sabia o que ele pensava de transformação da casa, mas não me importava, e eu estava pronta para defender o Jonathan novamente.

As pessoas iam chegando, gente descolada da parte leste da cidade, músicos da parte oeste e alguns professores de Colburn que expressavam homenagens ao talento vaporizado. Todos iam querer falar comigo. Eu conhecia pelo menos setenta por cento deles, mas o pensamento de conversar com todos e explicar minha "laringite" iria tornar isso dez vezes pior do que já era.

Usei minha cara de atendimento ao cliente. Pigarrei, o que doeu, e sorri para a primeira pessoa que entrou pelo portão. Acenei com a cabeça, disse "laringite", esfregando os dedos na garganta, e passei para a pessoa seguinte. Depois das primeiras pessoas, ficou mais fácil. Eu só não pensava em nada, exceto em deixar cada um dos meus interlocutores confortáveis. O foco externo ajudou.

Mesmo com todas as ligações e mensagens constantes dos últimos dias, fiquei surpresa com como as pessoas foram gentis. Na maior parte, elas queriam ajudar. Deixei Darren no interior da casa e fiquei na varanda, apertando as mãos e beijando bochechas, sorrindo como se eu estivesse anotando pedidos de bebidas. Parei de ver rostos. Eu amava todos eles, em conjunto, sem discernimento. Fui acometida por uma súbita e inesperada sensação de bem-estar. Quando Kevin apoiou a mão no meu ombro, eu estava com a dose máxima de endorfinas.

Eu joguei meus braços ao redor dele e sussurrei:

— Obrigada por ter vindo.

— Eu sinto muito, Monica. Eu sei o que ela significava para você.

Suas mãos esfregavam minhas costas, e eu não pensava em nada a respeito.

Falei baixinho no ouvido dele.

— A coisa. A obra. Estou dentro. Só me dá um tempo.

Ele me apertou com mais força. Eu me lembrei de como ele fazia isso no passado, flexionando os bíceps até que eu achar que minhas costelas se quebrariam.

Ele me soltou, mas ainda estávamos próximos, e ele falou baixinho para que ninguém mais ouvisse.

— Ofereci o projeto para o Modern of British Columbia, em Vancouver. Para o Natal. Eles tiveram uma vaga inesperada. A gente consegue? — Ele recuou e olhou nos meus olhos, mantendo a mão no meu pescoço, um toque familiar demais, íntimo demais, mas eu não recuei.

— Vamos falar sobre isso — sussurrei.

— Assim que você puder falar — disse Kevin, sorrindo.

O perfume me alertou para a presença dele. O novo. Serragem e couro, com leves harmonias de uma foda poderosa durando a noite inteira. Eu me virei e encontrei Jonathan atrás de mim com um terno preto cortado especificamente para ele, uma camisa cinza e uma gravata preta. As cores escuras ressaltavam seu lustroso cabelo ruivo e seus olhos de jade.

Ele estendeu a mão para o Kevin.

— Bom te ver de novo — disse, a voz tensa e excessivamente educada. Seus olhos eram pedras duras, e ele sorriu de uma maneira que poderia ser confundida com arreganhar os dentes. Eu nunca tinha visto aquele olhar em seu rosto antes, e não gostei. Nem um pouco.

Eu me lembrei do papel no envelope pardo. Será que eu estava vendo um sintoma de sei lá o quê que o tivesse mandado para uma instituição psiquiátrica? Porra, eu sabia que não podia lhe perguntar sobre isso, e agora eu sempre ficaria me perguntando.

— É claro — respondeu Kevin. Então ele olhou para mim e fez algo que não tinha o direito de fazer. Ele tocou meu braço e disse: — Eu te ligo sobre a obra. — Em seguida, entrou na casa.

Puta que pariu, eu estava mesmo sendo submetida a uma briga

masculina de território no velório da Gabby? Sério? Senti falta do luxo do celibato por um momento e, em seguida, olhei para Jonathan, cujo rosto tinha suavizado.

— Que diabos foi isso? — perguntei.

— Esquece. Como tem sido até agora?

— Estou com a minha cara de pôquer. — Eu me afastei e lhe mostrei meu sorriso de palco.

— Linda. A Debbie disse que não há nenhum caixão.

Balancei a cabeça e fiz de tudo para meu olhar lhe dizer que eu achei a mera ideia disso um absurdo.

— Como um bom católico não praticante — ele disse —, eu sinto a necessidade de um caixão aberto em algum lugar.

— Eu não e também sou não praticante.

Ele passou o braço em volta de mim.

— Minha mãe vai amar você.

Engoli em seco através de uma garganta devastada. Não tinha ideia de como os pais dele se encaixavam na história em que eu era sua puta submissa brinquedo sexual, ou se isso significava que eu deveria me manter o mais longe possível de sua família. Era demais para absorver, dadas as circunstâncias.

Desviei o olhar dele. Meus olhos encontraram Darren e Adam, que estavam falando baixinho em um canto. Darren olhou para cima e nossos olhos se encontraram. Ele veio, e eu esperava que Jonathan não fosse fazer outra guerra de mijo territorial.

Como se ele pensasse que Darren não era uma ameaça, quando Kevin, de alguma forma era, Jonathan pediu licença e entrou na casa.

— Eu não estou arrependido — disse Darren.

Dei de ombros. Nem eu estava.

— O Adam vai resgatar o seu negócio. Seja lá o que for.

— Tá bom. — Eu queria perguntar quanto tempo levaria porque eu não queria que Jonathan me visse sem o piercing e acabasse dando ao Darren o mesmo olhar gelado que tinha acabado de desferir contra o Kevin.

Olhei no rosto de Darren. Eu o tinha esbofeteado há apenas duas horas, e parecia curado. A Gabby tinha hematomas na face esquerda quando fui visitá-la no hospital, e minha mão não se saído muito melhor nos nove minutos e meio em que eu tinha batido nela porque achei que fosse mantê-la viva. Talvez tivesse. Nunca descobri, porque ela estava em sua cama de hospital com desculpas, e eu tinha feito tudo que podia para distraí-la. Tudo. Não havia nada a mais que eu pudesse ter feito.

Eu perguntei:

— Alguma vez a Gabby te falou o que ela tinha a dizer sobre o Jonathan?

— Não, mas não era nada bom. Por quê?

Eu estava de repente exausta. Meus olhos doíam. Meus ombros pareciam estar carregando um enorme peso, e meus lindos sapatos me impulsionavam demais para a frente.

— Monica? — Darren disse, colocando a mão no meu braço.

Senti a presença de Jonathan e endireitei minha postura, tentando me livrar da sensação e usando novamente meu sorriso de palco. Jonathan pôs o braço em volta de mim e me guiou até o quintal. Não sei se um olhar foi trocado com Darren ou não, e não me importei.

Meu pai tinha projetado o pequeno quintal com espaços privados e árvores frutíferas. Ele tinha colocado lajotas para criar caminhos e deixado a vegetação crescer onde era necessário, margeando as linhas duras com plantas-jade baixas e pedrinhas. Liderei Jonathan para a parte dos fundos, contra a parede de blocos de cimento que impedia que a colina desmoronasse sobre a nossa casa. Eu não olhava o banco há meses. Estava sujo de folhas e poeira. Jonathan limpou, e nós nos sentamos.

— Como você está? — ele perguntou, acariciando meu cabelo.

Coloquei os braços em torno de seus ombros e beijei o lugar onde sua bochecha e pescoço se encontravam.

— O que foi aquilo com o Kevin? — Eu precisava saber com quem estava lidando, e cada nova informação que recebia apontava para o fato de que eu não tinha ideia.

— Eu não sou bom em esconder quando estou com raiva. Não gosto do que ele fez com você. — Seus lábios tocaram meu pescoço e sua mão me pressionou de encontro à sua boca.

— Possessividade e ciúmes são bem broxantes, Jonathan. Se você não pode confiar em mim...

— Não sou possessivo. Sou protetor.

Suspirei fundo, esquecendo de tudo enquanto sua língua encontrava o ponto mais sensível da minha garganta.

— Jonathan...

— Sem falar.

O braço atrás do banco aproximou-me mais dele, e a mão na minha bochecha deslizou pelo meu peito, pousando sobre os seios, que reagiram ao ficar apertados, enrijecendo os mamilos através do suéter. Ele arrastou a unha sobre o bico duro, primeiro de leve e depois com mais força. Deslizou o rosto no meu até nossos narizes se tocarem, e eu podia ver os tracinhos azuis em seus olhos.

Ele apertou meu mamilo com força através da blusa e do sutiã. Minha boca se abriu, mas nenhum som saiu. Escorreguei a mão entre suas pernas, onde eu podia sentir sua ereção dentro da calça.

— Não, Monica. Isto é para você. Ponha as mãos para os lados.

Balancei a cabeça.

— Eu gosto disso — ele disse. — Você me obedecer é o que me excita. Não me negue.

Fiz o que ele me disse, como sempre: puta submissa brinquedo sexual para alguém que se esqueceu de me dizer onde tinha passado seu décimo sexto ano. Decidi pensar nisso mais tarde.

Ele colocou o dedo nos meus lábios.

— Deixa molhado.

Peguei seu polegar, e ele o passou na minha língua enquanto eu chupava, puxando os sucos da minha boca para dar o que ele pedia. Qualquer coisa que ele pedisse. O maremoto entre as minhas pernas exigia tanto quanto ele.

Nossos narizes ainda estavam encostados enquanto ele deslizava a mão por dentro do meu suéter, empurrando o sutiã para cima, de modo que pudesse segurar meu seio na mão. Entrei um pouco em pânico quando ele passou pelo meu umbigo, onde o diamante deveria estar, mas ele passou direto, agarrando o mamilo entre o dedo indicador e o polegar molhado. Eu soltei um gemido quando ele apertou e torceu.

—'Mantenha os olhos abertos — disse ele. — Olhe para mim.

Eu fiz como ele me disse.

Ele enchia minha visão puxando meu mamilo.

— Isso é quem nós somos. — Como se vendo minha objeção através da minha excitação, ele continuou: — Você e eu. Você sabe disso.

Ele roçou a unha sobre o mamilo duro, e eu abri a boca, mas nenhuma palavra saiu.

— Suas pernas estão cruzadas. Abra-as.

Eu abri, xingando em pensamento por estar de calça. Eu queria seu toque em mim. Eu queria que ele sentisse como estava molhada por ele. Uma pontada de culpa disparou em mim por ficar tão excitada no velório da Gabby, mas foi abafada pelo rugido entre as minhas pernas quando ele torceu meu mamilo de novo.

— Abra as calças.

Desabotoei e abri o zíper, mantendo o suéter ainda por cima do umbigo.

— Coloque a mão entre as pernas — ele sussurrou.

— Não posso. — De alguma forma, sentir seu toque em mim deixaria tudo bem. Me tocar parecia autoindulgente demais.

— Sim, você pode. E você vai. Por mim.

Deslizei a mão dentro da calcinha e depois parei.

— Por favor — ele disse, não como uma súplica, mas como uma ordem.

Meu dedo médio encontrou a umidade primeiro, juntando sobre meu clitóris ingurgitado como se fosse orvalho. Jonathan suspirou quando minha expressão mudou. Coloquei a mão sobre a minha abertura, e, com isso, provoquei um rastro de arrepio e calor, circulando, reunindo os fluidos entre meus dois dedos, como uma bola de metal ao redor de uma roleta.

Jonathan beijou minha bochecha e acariciou meu seio, mantendo o mamilo rígido. Subi a mão ao clitóris, que era tão duro como um mármore e encharcado. Eu estava tão perto. Meu corpo se lembrava de que eu tinha deitado debaixo das cobertas com Jonathan, mesmo que minha mente divagasse para outras coisas.

— Posso gozar? — sussurrei. As coisas podiam ter mudado entre nós, mas uma coisa continuava a mesma: ele era dono dos meus orgasmos e eu queria que fossem dele.

— Você é uma boa menina.

— Posso?

Ele esperou antes de responder, beijando meu nariz, meu rosto, acariciando meu seio. Continuei acariciando enquanto ele me cercava. Meu orgasmo me pressionava, uma pressão lá dentro, pedindo para sair, implorando, precisando. Eu dizia *ainda não, ainda não*, até que, de uma só vez, ele pegou meu mamilo com força suficiente para doer e disse:

— Goza.

A tensão se liberou como cordas arrebentadas, para todos os lados. Meu corpo ficou rígido sob o meu próprio toque, pulsando e apertando, do meu sexo até a bunda. Abri a boca e, embora gritasse por dentro, só saía ar.

— Não pare — ele disse.

Continuei com a mão e o orgasmo continuou. Meus joelhos dobraram e meu corpo se encolheu de novo e, como num disparo, fiquei rígida, ofegando... *ah, ah, ah!* Doeu, e, quando pensei que não poderia aguentar mais, ele disse:

— Pare.

Eu caí em seus braços como um monte de geleia trêmula.

Ele riu.

— Acho que você precisava disso.

Eu só inclinei a cabeça no peito dele, arquejando, querendo ar.

— Você não usou sua voz — disse ele, acariciando meu cabelo. — Eu pensei que com certeza iria resolver.

Dei de ombros.

— Precisamos voltar para dentro — disse ele — antes que todos os seus ex-namorados apareçam aqui, e eu tenha que matá-los. — Ele passou a mão sobre a minha barriga e parou. Ele levantou a minha blusa para que pudesse ver meu umbigo nu. — Você o perdeu?

Coloquei mais pura inocência no meu rosto, acrescida de uma pitada de falta de surpresa.

— Lá dentro. — Indiquei a direção da casa, mas o centro da cidade ficava na mesma direção geral, e, a menos que fosse transportado ou roubado, havia uma boa chance de estar lá.

Ele assentiu, puxou minha blusa para baixo e, em seguida, me observou fechar a calça. Ele parecia pensativo, e eu me perguntava se ele se havia ficado sensível a mentiras contextuais.

Capítulo dezessete

Quando entramos, muito do velório tinha acabado. A equipe de garçons limpava e guardava, percorrendo trajetos lineares entre a casa e o carro do bufê. Apenas algumas pessoas permaneciam ainda ali. Darren, em particular, parecia perdido, rondando as sobras. Adam não estava em lugar algum. Jonathan e Debbie foram conversar baixinho na porta.

Um homem de uns cinquenta anos, com óculos de plástico redondos e o cabelo longo e liso, se aproximou de mim.

— Você é Monica Faulkner?

Quando assenti, ele estendeu a mão.

— Jerry Evanston. Eu vi a Gabby naquela tarde.

Inclinei a cabeça. Nenhuma memória veio à tona.

— Eugene, da WDE, me pediu para ir ao DownDawg em Burbank para fazer companhia a uma artista. Foi meio louco, mas ele arranjou meu show seguinte, então eu meio que estava devendo. Eu não questionei. Eu queria dizer que sinto muito. Não sabia que isso iria acontecer. Eugene é um idiota, mas eu o conheci na faculdade, e ele sempre tem um favor pronto quando preciso.

Balancei a cabeça em sinal afirmativo e para informá-lo de que eu sabia que foi ele quem fez companhia para a Gabby enquanto eu fodia a gravação sozinha no outro estúdio. Ela estava certa. Tinha sido uma armação.

— Eu compreendo se você estiver chateada.

— Está tudo bem — sussurrei. — Você não sabia.

— Sua parceira tocou para mim, e ela era brilhante. Eugene disse que você era muito boa.

Dei de ombros. Parecia a maneira mais simples de comunicar parágrafos inteiros de sentimentos. Eu era boa. Eu era inútil. Eu estava muda. Eu era a música.

— Sua voz está bem?

— Laringite.

— Eu tenho uma proposta para você, porque me sinto culpado pelo que aconteceu.

Fiz que sim. A sala de repente parecia sufocante com gente demais por perto e Yvonne arqueando uma sobrancelha esquisita para mim como se eu fosse sua fonte de fofocas interessantes.

— Fala — eu disse.

— Peguei um trabalho. Foi através do Eugene, mas isso não vai importar. Carnival Records. Estou trabalhando com o vice-presidente executivo para desenvolver novos talentos.

— Herman Neville? — perguntei, me sentindo como a Gabby e seu chapéu mágico de nomes.

Jonathan veio atrás de mim, e eu peguei a mão dele. Eu queria me apoiar nele mais do que qualquer coisa. Ele e Jerry trocaram um aceno de cabeça.

Jerry continuou:

— Sim. E eu tenho um tempo de estúdio marcado para quinta-feira. Em Burbank. O talento cancelou hoje de manhã, e pensei que, se você quisesse fazer algo de baixo valor de produção, podíamos montar algo decente juntos e eu podia levar para ele. Sem promessas, mas eu me sentiria melhor.

— Poderia ser minha música?

— Bem, teria que ser. Se você tiver voz para cantar, claro.

— Sim. — Meu acordo saiu com um sussurro, e eu me perguntava o que diabos eu estava fazendo. Eu não tinha nenhuma canção. Merda, eu não tinha *voz*. Em que diabos eu estava pensando?

— Ótimo, aqui está o meu cartão.

— Obrigada. — Olhei para ele. Só tinha seu nome e número. Poderia ser qualquer um. E, quando ele saiu, eu pensei que ele, provavelmente, foi a última pessoa a ouvir a Gabby tocar.

Jonathan veio atrás de mim enquanto Jerry se afastava, acariciando minhas costas. Seu toque era elétrico mesmo através do meu suéter. Dei uma olhadela para Yvonne, que parecia achar nossa intimidade fascinante de uma forma muito "É isso aí, garota".

— Você vai ficar bem? — ele perguntou baixinho.

— Cansada.

— Quer ficar comigo por alguns dias?

Meus joelhos quase perderam a capacidade de me sustentar. Eu não queria nada mais do que deitar na cama do quarto sobressalente na casa dele, onde tínhamos transado, e deixá-lo cuidar de mim por dias. Sua voz enquanto eu pegava no sono, o toque suave de seus lábios em mim, e a sensação de ser cuidada, de estar segura, de ser um par, era exatamente o que eu queria de todo o meu coração. Olhei para aqueles olhos de jade, que não expressaram nada da dominação presunçosa do clube, só preocupação, e disse:

— Não posso.

— Por que não?

— Você não é um príncipe, Jonathan. Você é um rei, mas eu não estou pronta. — Toquei seu rosto e olhei-o fixamente, como se isso pudesse transmitir a profundidade dos meus sentimentos por ele, ou minhas dúvidas sobre a prudência deles.

— Eu estou tentando não ser um idiota controlador.

— Você está fazendo um bom trabalho.

Ele me deixou com um terno beijo que Yvonne viu, e depois Darren também se foi. Os empregados e todos os seus acessórios desapareceram com a Debbie me dizendo que eu não precisava ir trabalhar no dia seguinte se eu não quisesse. Então, era eu na minha casa limpa, sozinha. A porta para o quarto da Gabby estava fechada. Eu abri.

O conhecimento da minha melhor amiga sobre a rede de relacionamentos de Hollywood vinha de horas e horas de trabalho duro.

A cômoda estava repleta de envelopes pardos, cada um com um nome. Barras coloridas em caneta de ponta de feltro decoravam a parte inferior de cada envelope, referências cruzadas com nome, formação, emprego e relacionamentos pessoais e familiares. Pilhas da revista *Variety*, a seção de calendário do *LA Times*, o *New York Times* e o *The Hollywood Reporter* se elevavam em torres por todo o perímetro do quarto. Eu pedi a ela várias vezes para usar a lixeira de reciclagem, mas ela sempre achava que poderia haver uma conexão que ela não percebesse, então não conseguia jogar fora um pedaço de papel que fosse. No final, ela só tinha relegado a bagunça ao seu quarto e fechado a porta.

"Você está bem?"

A mensagem do Jonathan chegou bem quando eu estava considerando trancar a porta do quarto da Gabby para sempre.

"Pés doem. Fora isso, bem. Eu vou para a cama."

"Boa noite, deusa."

"Ainda precisamos conversar."

"Quando você puder falar, nós vamos. Agora, vá para a cama. Sem se tocar. Eu vou saber..."

Eu tinha certeza de que ele saberia, de alguma forma. Da mesma forma que eu tinha certeza de que ele sabia sobre o diamante dentro de um saquinho.

Capítulo dezoito

Eu queria ficar na cama por dias depois do velório da Gabby, mas não podia ignorar o trabalho. Entrei atrapalhada para o turno do almoço com olhos secos e arrasada. Usei meu sorriso de palco para a Debbie, que apertou os lábios vermelhos e parecia não estar impressionada.

— Você consegue falar?

Eu balancei a cabeça.

— Então o que você acha que vai fazer?

Meu rosto deve ter ficado completamente vazio, porque eu não tinha nenhuma resposta. Debbie suspirou e chamou o Robert do outro lado do bar onde ele estava flertando com duas mulheres que pareciam modelos de capa de revista. Ela pegou o bloquinho das minhas mãos e disse para ele:

— Monica vai ficar no balcão de serviço esta noite.

— Por quê? É hora do almoço.

— Me questione de novo.

Robert ficou imediatamente intimidado. O tom de Debbie também desencadeou algo em mim. Um reconhecimento. Um despertar. Quando ela olhou para mim e indicou que eu deveria ir para o outro lado do bar, eu sabia o que era porque eu tinha ouvido dos lábios do Jonathan. Debbie era uma dominadora.

O fato de que eu reconhecia isso me falava mais sobre mim do que eu tinha vontade de saber. Passei a manhã e a tarde ocupada, andando de um lado para o outro na casa, recolhendo as coisas da Gabby e as colocando em caixas. Os exemplares da *Variety* em cima do piano. Os sapatos perto da porta. O metrônomo deixado ao lado da TV. Partituras. Eu tinha separado as coisas em *Guardar* e *Jogar Fora*, e depois guardado tudo para o Darren mesmo assim. Todo esse tempo, não era a voz na minha cabeça, mas a música. Sentei-me ao piano e toquei uma das suas composições, a que ela tocava quando estava se sentindo ameaçada e impotente, a coisa bombástica em que ela estava concentrada em uma outra noite, e parei no meio do caminho. Meu som não era tão bom quanto o dela. Algumas notas estavam fora, mas ela nunca escrevia as composições dela. Só fazia anotações em trechos que ela ouvia e tentava assimilar. Eu tinha pegado algumas folhas do bloco de anotações abandonado no cesto *Jogar Fora* e toquei de novo, escrevendo as notas conforme eu prosseguia. E então, como se as notas não pudessem ser contidas como simples sons, palavras fluíam através delas. Tive que correr para pegar meu bloco ao lado da cama.

E se ele me puser uma coleira? Me der tapas? Me bater? Me morder? Comer a minha bunda? Me chicotear? Me machucar? Me exibir? Me amordaçar? Me vendar? Me dividir com outros? Me humilhar? Me amarrar? Me fazer sangrar? Pisar na bola comigo?

Essa maldita lista. Eu poderia ter adicionado outra centena de coisas.

Prender minha boca aberta. Puxar o meu cabelo. Foder a minha cara. Me chamar de puta. Me mandar lamber o chão. Me destruir. Me fazer me odiar. Me transformar em animal.

E era isso, não era? Eu estava com medo de me transformar em algo sub-humano, não só para ele ou para as pessoas ao meu redor, mas para mim mesma.

Eu tinha lembrado do tom na voz de Jonathan quando ele exigia algo de mim. A calma, a certeza, a própria nota. Um acorde. Eu toquei, brincando com os sons até descobrir algo em Ré, e verifiquei as notações que eu tinha feito na peça da Gabby. Eu conseguiria. Eu poderia mantê-la viva. Eu poderia descobrir como continuar com ele, se é que conseguiria.

Ouvir aquele tom na voz da Debbie me desequilibrou por um segundo, então eu fiquei em silêncio. Ela levantou a sobrancelha e fez um movimento com a mão, indicando que era hora de eu passar debaixo do balcão de serviço e fazer o meu novo trabalho. Quando passei diante dela, Debbie disse:

— Você precisa ir ao médico.

Eu sorri, não porque eu concordava, mas porque sabia que não era algo que podia ser consertado no médico. Não sabia se seria capaz de cantar a tempo de gravar com o Jerry na quinta-feira, mas pelo menos eu tinha o início de uma canção.

Servi as bebidas das meninas, dançando ao redor de Robert para pegar as garrafas, colocando refil no gelo quando necessário e abastecendo a cerveja. Eu definitivamente estava pisando no território dele e na sua gorjeta durante todo aquele turno, então pelo menos tentei ser legal com ele.

Eu estava me divertindo ao usar apenas sorrisos e acenos como formas de comunicação, até que vi o Darren no bar, parecendo mal-humorado.

— Ei — disse ele. — Você está aí atrás?

Indiquei a parte de serviço do balcão bem quando Tanya chegou com uma comanda. Enchi copos com gelo, depois de bebida e coloquei a comanda dela logo abaixo do copo. O movimento ainda estava pequeno, então me inclinei sobre o balcão e comecei a limpar na frente do Darren.

— Você me traz uma cerveja? — ele perguntou.

Eu balancei a cabeça. Robert já estava me lançando um olhar demoníaco. Apontei para as cervejas. Robert tirou uma do engradado, serviu e abriu uma comanda.

— Peguei seu negócio — disse Darren. — Pedra grande pra caralho.

Estendi a mão.

— Deixei-a no piano.

Eu assenti e olhei para a Debbie, que estava no telefone e me observando.

— Não estou arrependido — disse ele. — Eu não devia ter chamado você de prostituta, mas isso não muda nada.

Eu tinha tanto a dizer, a começar pelo fato de que eu não tinha nenhum uso para o seu não pedido de desculpas, e a terminar com o fato de que eu não precisava de sua atitude crítica, mas eu também tinha compensado as coisas ao lhe dar um belo tapa, então não era tanto ressentimento o que eu tinha, mas impaciência. Ele precisava superar isso para podermos trabalhar na peça de Vancouver, seja lá o que fosse.

Angie, outra garçonete, veio com uma comanda e eu preparei as bebidas dela. Depois, Tanya. E então uma garota nova cujo nome eu tinha esquecido. Elas todas estavam trabalhando mais, pois eu não estava no salão, e Robert estava fazendo menos, de modo que eu tive que mostrar mais serviço. Quando me virei, Darren tinha desaparecido, e notas de duzentos dólares estavam debaixo de sua garrafa vazia. Robert foi correndo pegá-las, mas eu as apanhei antes.

— Que porra é essa, Monica?

Não conseguir falar estava me dando nos nervos. Mostrei-lhe o dinheiro e o peguei pela nuca para sussurrar o mais claramente possível.

— Pagando um empréstimo. — Olhei-o nos olhos com toda a intensidade que eu tinha. Eu não ia aceitar uma argumentação como resposta. Eu o afastei.

Então eu vi Jonathan na ponta do balcão. Era o mesmo assento que ele tinha ocupado na noite em que o beijei, com vista para o vale, em Mulholland e de novo no estacionamento de food trucks. Ele se apoiava nos dois cotovelos e falava ao telefone enquanto me observava. Eu não o via na Stock desde o dia em que ele me deixou faminta e implorando por ele na mesa do Sam. Presumi que ele estivesse intencional e respeitosamente evitando os meus turnos. Eu me aproximei dele. Ele abriu a mão, e eu a peguei bem quando ele terminou a chamada.

— Olá, deusa.

Balbuciei: *Olá, rei.*

— Ainda não está falando?

Balancei a cabeça, só olhando-o. Eu estava acostumada a ele, à curva da sua mandíbula e à cor do seu cabelo. Ele era uma coisa familiar, que eu estava conhecendo profundamente, linha por linha linda. Eu queria rastejar sobre o bar e cair em seus braços.

— Quando você grava com aquele cara?

Quinta-feira, eu respondi sem som. Ele viu meus lábios se moverem com uma intensidade enervante.

— E o que você pretendia fazer sobre este problema?

Dei de ombros. Eu estava ansiosa sobre não conseguir falar. Eu não pensava em muito mais coisa, mas eu não tinha uma cura. Eu sabia que não era físico; o medo impedia que minhas cordas vocais se conectassem.

— Tem planos para depois do trabalho?

Neguei com a cabeça de novo. Ontem, eu teria sido capaz de responder, mas essa coisa estava ficando pior. Seu olhar preocupado me dizia que ele notava. Avistei Sam se aproximando e tirei meus dedos de junto dos dedos do Jonathan e voltei para o balcão de serviço.

Jonathan não fez outra aparição no bar, o que era bom. O público do jantar era maior do que o normal, e estava movimentado o bastante para que eu recebesse alguns olhares agradecidos do Robert. Meu turno pareceu terminar em pouquíssimo tempo, mas estava escuro, e as lâmpadas de calor tinham acabado de ser ligadas quando chegou a outra equipe.

Debbie entregou envelopes a mim e a Robert.

— Boa noite — ela disse. — Obrigada aos dois por trabalharem juntos. Você... — Ela apontou para mim. — Vai cuidar dessa garganta. Você foi muito bem, mas não precisamos de você no balcão de serviço. Precisamos de você no salão, espirituosa e encantadora.

Concordei, balbuciando um "tá bom", mantendo os olhos baixos. Ela tinha sido muito gentil em não me mandar para casa assim que percebeu que eu não podia falar, e eu estava grata.

No meu armário, tirei o uniforme e guardei meu envelope no bolso. Senti, então, um objeto duro demais para ser dinheiro. Rasguei o envelope. Havia muito menos do que eu costumava fazer, levando em conta as circunstâncias, e havia um cartão de acesso a um dos quartos no Stock Hotel.

Meu celular apitou bem nessa hora.

"Quarto 522. Nua."

Uma ondulação de eletricidade se acumulou entre as minhas pernas. Apesar do fato de que ele e eu tínhamos muito para discutir, apesar do fato de que eu não podia falar e precisava ir ao médico; apesar de tudo, eu o queria imediatamente. Peguei minha bolsa e fui um pouco confusa para o elevador, mandando uma mensagem no caminho.

"Sinceramente, por que se preocupa se não consigo gritar o seu nome?"

"Você vai gritar."

"Acho que só vou para casa lavar as minhas meias."

Eu ia sair no quinto andar, quando percebi a única coisa que deveria me fazer ir para casa na mesma hora. Eu me xinguei. Eu deveria tê-lo dispensado marcando um outro dia, nem que fosse outra hora, mas agora, minhas mensagens engraçadas e sarcásticas significavam que eu estava subindo, e que meu piercing de diamante estava no meu piano. Droga.

Saí do elevador olhando para o meu telefone. Eu tinha que fazer isso.

"Na verdade, será que eu posso..."

Nunca terminei a mensagem. Tudo o que considerei digitar soava como se fosse uma total farsa. Eu já tinha lhe dito que não tinha planos. Ele já tinha visto que eu não estava doente nem indisposta de outra forma. Eu só ia ter que crescer e lidar com aquilo como uma adulta.

Capítulo dezenove

Eu não sabia o que fazer comigo mesma. Eu deveria estar me despindo e esperando por ele pelada, mas não podia estar diante dele em toda a minha glória nua, sem o diamante. Ele veria a joia desaparecida em algum momento, é claro, mas eu preferia que não fosse nos primeiros três segundos, com ele ainda vestido e eu pelada e pegando fogo.

Então andei de um lado para o outro pelo quarto, olhei pela janela e pelas questionáveis glórias do centro, e esperei com uma expectativa que não tinha nada a ver com sexo. Quando a porta se abriu, eu queria correr para afora, mas Jonathan bloqueava o caminho.

Ele me olhou de cima a baixo, de calça jeans preta e camiseta, depois inclinou a cabeça como se tentando me decifrar.

— Algo não está batendo aqui — disse ele, soltando o cartão na cômoda. Ele não parecia irritado, só severo. Mesmo quando eu sorri e dei de ombros, com um dedo na minha bochecha me fazendo de pura e inocente, ele não mudou. Ele chegou tão perto de mim que eu senti seu hálito na minha face. — Pelada, Monica.

Estremeci. Eu queria obedecer. Minhas mãos se contorceram nos meus botões, mas mantive-os no lugar e olhei nos olhos dele. Havia um sorriso ali, enterrado debaixo da rigidez. Não sei se era humor ou apreciação, mas havia prazer. Se eu pudesse levá-lo a tirar a minha roupa tão rápido ou com desleixo, de forma que ele não percebesse, eu já consideraria um sucesso.

— É a coisa de submissa? — ele perguntou. — Você está provando que não é?

Mantive a boca fechada. Eu não conseguia falar, então tinha a desculpa perfeita para não responder. Só fiquei com meu rosto perto dele, sentindo o calor emanar dele em ondas.

Ele passou a mão pelo cós do meu jeans.

— Você vai tirar o cinto, ou vou ser eu?

Dei uma atividade para minhas mãos trêmulas, puxando o cinto de couro pelos passadores e depois tirando-o da calça. Estava prestes a cair no chão quando Jonathan o apanhou.

— Obrigado — disse ele.

Ele escorregou seus dedos no meu cós, e eu ofeguei quando ele começou a desabotoar minha calça jeans e, em seguida, a puxar o zíper. Ele virou os cantos da abertura.

— Minha intenção era conseguir usar sua voz de uma maneira ou de outra. Você escolheu a outra. — Ele pegou um punhado de cabelo da minha nuca e me jogou na cama, de barriga para baixo.

Caí balançando. Ele estava em mim antes que eu tivesse a chance de respirar, montando em mim, pressionando minhas coxas uma na outra e agarrando meus braços na altura dos cotovelos.

— Algo que soe como "não" ou "para" é eficaz, mas você tem que falar. — Ele puxou meus cotovelos juntos nas minhas costas.

A restrição trouxe um formigueiro entre as minhas pernas, uma sensação que começou no fundo, dentro de mim, e correu até a pontinha da minha virilha. Quando ele envolveu o cinto em torno dos meus braços logo acima dos cotovelos, eu ofeguei com um tesão súbito que quase me cegou. Ele a apertou com força. Eu não conseguia me mexer.

— Você tem que usar a sua voz. Está entendendo?

Confirmei, olhando para ele, metade do meu rosto na colcha, a outra metade coberta por uma massa de cabelos. Ele agarrou meus jeans na cintura e puxou-os para baixo por cima da minha bunda, tirando a calcinha no mesmo movimento. Pensei que ele ia tirar tudo, mas apenas desceu ao meio da coxa, antes de parar para erguer minha bunda e puxá-la para trás de modo que meus joelhos ficaram debaixo de mim.

Ele afastou o cabelo dos meus olhos, olhando profundamente neles enquanto roçava seus dedos na minha vagina.

— Você está molhada, Monica. — Ele fez um círculo ao redor dela e abriu os lábios.

Senti como eu estava molhada na maneira como ele me tocava em movimentos fáceis. Olhando meu rosto, ele tirou a mão dali, e, no meio segundo, eu senti falta. Pensei que ele iria tirar suas calças ou beijar meu sexo, mas, em vez disso, sua mão pousou sobre a minha bunda com um tapa duro. Um *ah!* deixou meus pulmões. Então ele fez de novo, mais acima. Forte.

O ardor foi intenso, e a onda de excitação era inegável, como uma maré crescente. Meus braços ficaram tensos contra as restrições, mas eu não ia a lugar nenhum. Eu estava completamente submetida a ele, confinada, excitada, controlada. Eu não tinha vontade própria, apenas a escravização da sua palma na minha bunda, acariciando uma vez, descendo pela minha fenda e subindo para um novo tapa.

— Tudo bem aí? — ele perguntou.

Concordei, admitindo para mim mesma que eu me senti mais do que bem. Eu me sentia segura. Ele continuou. Fricção, tapa, carinho, tapa. Eu me perdi em ardor e calor nas minhas nádegas, completamente submetida ao que estava acontecendo, ou permitia que acontecesse. Os segundos entre a palma da mão me bater e os tapas eram quentes de expectativa, e ele fazia em um ritmo tão irregular que eu nunca estava esperando e era impulsionada para frente. Minha respiração ficou áspera e gutural à medida que ele descia pelas minhas coxas, de um lado para o outro. Eu sabia que ele ia acertar no centro. Eu sabia que a palmada seguinte ia bater bem no meu sexo, e, como se ele soubesse que eu sabia, se demorou um segundo extra, depois bateu atrás das minhas coxas e no meu clitóris encharcado.

Grunhi.

— Monica, foi você? — Ele próprio estava sem fôlego.

Não consegui fazer o ruído de novo até ele acertar minha vagina duas vezes, forte e rápido, e o ardor e depois a onda de prazer arrancaram uma longa vogal da minha garganta.

— Aí está. Essa bela voz.

Senti a pressão no colchão enquanto ele tirava as calças. Eu não podia ver o que ele estava fazendo, mas aqueles segundos de antecipação foram recompensados quando senti o pau dele na pele ardente da minha bunda. Ele o deslizou pela minha fenda molhada e entrou como se seu lugar fosse ali dentro.

— Jonathan. — Foi a única palavra que eu tinha ao senti-lo deslizar lentamente em mim. A sensação foi melhor do que sempre foi, suave, sedosa, e eu gemi, usando as cordas vocais que nunca conseguiria ou poderia prejudicar a minha vida.

Ele cravou os dedos na minha cintura e pressionou com força. Um grunhido deixou seus lábios. Ele me agarrava, me possuía, me usava, e eu iria gozar bem ali de costas para ele.

— Não — eu disse. — Assim não.

Ele parou e se apoiou ao longo das minhas costas.

— Como você quer?

— Com carinho — sussurrei.

— Eu preciso ouvir sua voz.

— Faça amor comigo — disse eu, mais envergonhada de pedir assim do que de implorar que ele me fodesse com força, mas, depois das palmadas, eu precisava de seus braços em volta de mim, do seu rosto no meu pescoço, sua respiração no meu ouvido.

Ele abriu o cinto que prendia meus braços com um movimento e depois me virou. Quando eu estava de costas e meus tornozelos estavam no ar, ele tirou minhas calças até o fim. O pau dele nunca me deixou. Assim que vi seu rosto, eu sabia que algo tinha acabado de acontecer entre nós. A rigidez em seus olhos tinha desaparecido, substituída por uma máscara de desejo e de abertura para revelá-la. Ele me beijou e eu envolvi minhas pernas ao redor dele. Nós nos movíamos juntos, e a urgência no meu sexo se tornou um incêndio. Ele colocou as mãos no meu rosto.

— Olha pra mim.

Eu o recebi, ele inteiro. Deslizávamos um contra o outro, o pau dele friccionando nos meus lábios sensíveis, avermelhados, ao mesmo tempo em que pressionava meu clitóris com a barriga.

— Oh. — Eu não tinha nem mais uma sílaba.

— Olhe pra mim quando você gozar. — Ele ia para frente e para trás, puxando o pau só o suficiente para eu sentir a dor e o prazer da estocada seguinte.

Peguei o cabelo em minhas mãos, trazendo seu rosto para o meu, abrindo as pernas o máximo possível. Minha boceta parecia um saco de bolinhas de gude espalhadas no chão, abrindo-se, e a sensação se espalhou por mim inteira, pelo chão, pelos cantos. Gelo e fogo ao mesmo tempo, os dedos do meu pé ondulavam em ondas, e eu me pressionei de novo contra ele e gritei, sentindo as bolinhas voltarem e pousarem em todos os pontos onde seu pau me tocava. Em nenhum outro lugar. Eu não conseguia sentir outra coisa, ouvir outra coisa, nem mesmo meus próprios gritos enquanto eu gozava, meu sexo se apertando cada vez mais.

Eu estava olhando diretamente para ele, mas não conseguia ver nada além do meu próprio poder ou ouvi-lo acima dos meus próprios gritos.

Quando finalmente abri os olhos, seu rosto estava virado para baixo, os olhos estavam fechados, e ele disse:

— Ah, não. — E gozou em mim como um reflexo.

Eu me senti mais próxima dele, sintonizada, respirando em sincronia. Ele me contaria o que aconteceu quando ele tinha dezesseis anos. Ele me falaria sobre Westonwood Acres, e prometi a mim mesma que eu não me importaria. Estávamos unidos.

— Me desculpa, Monica. — Ele tirou de mim, e, pela maneira como caiu e pela quantidade de líquido que se seguiu, eu sabia que tínhamos um problema.

— Você não estava usando camisinha?

— Eu ia vestir uma, mas, quando você me pediu para te virar, eu pensei que tinha mais um minuto, mas você gozou e depois...

— Jesus *Cristo*.

— Nós vamos lidar com isso, aconteça o que acontecer.

— Isto não é sobre você me sustentando com um bebê em um estilo de vida tranquilo, Jonathan. — Eu me senti piegas. Aquele momento entre nós tinha sido tão curto e logo depois quebrado, e eu já sentia as dores da abstinência. — Com quantas mulheres você esteve?

Ele estendeu os braços, separando-se ainda mais.

— Eu sempre tomo cuidado.

— Como é que isso deveria me ajudar a dormir à noite?

— Monica...

Eu o empurrei e corri para o banheiro, fechando a porta atrás de mim. Sozinha. Finalmente. Eu poderia pensar sobre o que eu ia fazer. Louco. Era tudo muito louco. Liguei o chuveiro e me inclinei na porta, deslizando para baixo até o chão.

Eu estava envolvida com um mulherengo promíscuo que tinha superado a separação da esposa fazia quinze minutos, que tinha acabado de me bater porque ele achou que eu era uma submissa, e que tinha passado um tempo em um hospital psiquiátrico. Eu era *maluca*? O Kevin era mais estável.

Tirei a camiseta e o sutiã e entrei no chuveiro. E eu tinha me preocupado com aquele diamante. Eu nem dava a mínima mais. Aquela coisa ia voltar para dentro da caixa e ser devolvida na porta dele. Eu não poderia devolver pessoalmente. Eu não podia deixar meus joelhos fraquejaram por aquele filho de puta controlador, irresponsável e manipulador.

Uma visão dele veio até mim, no clube, pela segunda vez, quando eu estava tão preocupada com a Jessica. Eu o vi reto e alto em seu terno e gravata, o cabelo ruivo penteado para trás com os dedos e aquele resplendor de sorriso quando me viu, porque o sorriso que eu sentia no coração quando o via era dez vezes o tamanho do que eu tinha no meu rosto.

Liguei a água quente e limpei entre as minhas pernas como se fosse adiantar alguma coisa, mas eu tinha que tirá-lo de dentro de mim. O cheiro dele, o sabor, cada célula dele tinha que ir embora. Claro, o problema era que eu não estava envolvida com ele. Eu não estava saindo com ele. Eu não transava casualmente com ele.

Eu estava me apaixonando por ele.

E, quando eu percebi, senti o calor da paz porque sabia que eu estava enfrentando essa verdade e a minha escolha era clara. Ficar com ele, amá-lo e lidar com as consequências, ou terminar com o comprometimento de que continuaria terminado de uma vez por todas.

Quando saí do chuveiro, eu não havia tomado uma decisão.

Jonathan tinha ido embora.

implore. excite. submeta.

Capítulo vinte

Eu estava sentada na clínica da família de Echo Park, olhando meu celular. Eu teclava sobre as letras, considerando uma mensagem para ele. No entanto, sem nada a dizer sobre o que eu queria dele, como poderia lhe mostrar o desrespeito de uma mensagem? E se eu não ouvisse nenhuma palavra dele, talvez ele tomasse a decisão por mim.

Darren mandou uma mensagem:

"Vamos limpar o quarto da Gabby?"

Ultimamente, nós só discutíamos assuntos práticos. Eu achei que ele estaria bem por um tempo. Chegaria o momento em que teríamos que discutir o que tinha acontecido.

"Pode ser no final da semana?"

"Ok."

"Aliás, recuperei a voz."

"Bom."

"Eu quero usar uma das composições da G. Vou creditá-la como autora para o espólio dela receber os royalties."

Houve uma longa pausa depois disso, então:

"Você é uma pessoa boa e honesta com um gancho de direita incrível."

— Monica Faulkner — chamou a mulher latina atrás da mesa da recepção. Ela usava roupa de hospital cor-de-rosa e pantufas. Dei um passo à frente enquanto ela tirava um papel com três vias de uma pasta. — Certo, você tomou a pílula do dia seguinte e uma injeção de depo-provera. Assine aqui. O médico deu uma data de retorno para outra injeção?

— Deu.

— Algo mais?

— Não sei se esse cara vale a pena.

— Eles nunca valem, *hija*. Nenhum deles.

implore. excite. submeta.

Capítulo vinte e um

Nós tecemos palavras sob as árvores de picolé,

O teto aberto para o céu,

E você quer ser meu dono

Com sua graça fatal e palavras encantadas.

Tudo o que tenho é um punhado de estrelas

Amarradas a um saco de bolas de gude que gira.

Vai me chamar de puta?

Me destruir,

Me mandar lamber o chão,

Me torcer em nós,

Me transformar em animal?

Vou ser um receptáculo para você?

Cortar nossa caixa de mentiras

Por uma entrada baixa para nossos

Teres e deveres.

Escolher as coisas que eu não preciso,

Sem momentos descuidados, sem mistério.

E você não precisa de nada.

Minha curva para trás não se alimenta.

Algum dia vou ser sua dona?

Amarrar você?

Posso pôr uma coleira em você um dia?

Te machucar,

Te abraçar, ser sua dona?

Um dia você será um receptáculo para mim?

— Isso — disse Jerry por trás do vidro — é exatamente do que estou falando. Isso é uma *música*.

— Obrigada — falei no microfone, tirando meus fones de ouvido. Eu tinha colocado a faixa de piano primeiro para aprender o ritmo, então cantei por cima da melodia e ouvido.

— Eu queria que você fizesse esse segundo refrão de novo.

— É isso ou vai no teremim. Estamos com pouco tempo.

Minha caixinha eletromagnética estava no canto. O segundo refrão ia ter que ficar do jeito que estava. Eu precisava fazer uma faixa tocando um instrumento e sem manipulação, ou a música inteira não iria dar certo. A letra era o culminar de todos os meus medos, mas tinha de haver uma parte da música que fosse doce e reconfortante. Qualquer coisa menos teria sido injusto.

Jerry não sabia que eu não tinha composto um acompanhamento para o teremim. Eu disse a mim mesma que não tinha tempo, mas a questão era que eu não sabia aonde queria chegar. Os sons que ele fazia eram o oposto da composição percussiva da Gabby, e as duas coisas em conjunto não faziam sentido algum.

Enquanto eu estava na frente do aparelho, ouvindo a minha voz e o piano juntos no fone de ouvido, estendi a mão para o instrumento. Minha mão cruzou o campo eletromagnético e eu fiz uma anotação. Movi a outra mão entre as hastes de metal, acariciando a música, sem tocar em nada, as vibrações causadas pela falta de fisicalidade. A dança da mão se tornava uma coisa sensual, como se eu tocasse um homem imaginário que tinha chegado perto demais de mim quando eu me sentia vulnerável, que tinha me tocado quando eu sofria, e que tinha cometido o erro de cuidar de mim quando eu pedia a ele. Por esses pecados e pelo erro de deixar sua pele tocar a minha de uma maneira perigosa, eu o tinha repelido.

— Pode começar de novo? — perguntei a Jerry, que estava mexendo na mesa de som.

— Pode.

Então eu toquei a coisa com toda a minha raiva e minha tristeza, dedilhando no ar para criar notas de desculpas em medidas de anseio.

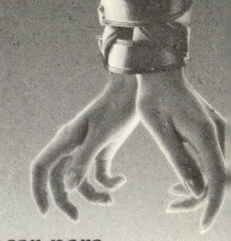

Capítulo vinte e dois

Voltei do estúdio sentindo como se tivesse acabado de tocar para uma multidão em um estádio. Jerry ia remixar tudo e rever comigo dali a alguns dias. Até lá, eu estava animada. Tive que tomar banho e trocar de roupa antes da reunião de Kevin e Darren sobre a obra em Vancouver.

Um Fiat estava estacionado em frente à minha casa. Reconheci-o como aquele que estava estacionado na garagem do Jonathan, na segunda noite que passamos juntos. Na minha varanda, estava a assistente dele, em toda a sua insociabilidade loira.

— Oi — eu disse. — Acho que não nos conhecemos.

— Kristin. — Ela não apertou minha mão nem sorriu, só me entregou um envelope. — Eu tenho que esperar até que você ler.

Rasguei e o abri. Dentro, havia uma folha de papel do laboratório Trend. No canto superior direito, Jonathan tinha rabiscado *Durma bem*.

Sob o cabeçalho estavam escritas as palavras RESULTADO DE EXAME.

Havia palavras menores alinhadas debaixo disso. Muitas não eram mais do que uma bagunça de consoantes, cada uma com duas caixinhas de seleção. Positivos e negativos. As caixinhas de negativo estavam marcadas até o fim da fileira. Dei uma olhada proposital em HIV, e, quando vi a caixa negativa ticada, suspirei de alívio.

— Quer entrar? — perguntei.

— Estou atrasada.

— Posso te dar uma coisa para devolver a ele?

— Claro. — Embora a própria palavra implicasse que dar um bilhete a Jonathan seria o prazer dela e seu tom fosse completamente profissional, sua postura e seu rosto de pedra eram outra história. Ela provavelmente tinha um MBA em Harvard e estava passando bilhetinhos entre seu chefe e a amante dele.

Destranquei a casa.

— Não vou demorar.

Eu tinha uma caixa de receitas e mexi ali até encontrar a que veio da clínica da família de Echo Park. Circulei a receita para minha pílula do dia seguinte e escrevi: *Você também*, no canto superior direito. Coloquei dentro do envelope, voltei para fora da casa e entreguei de volta para ela. Eu sabia o que eu queria fazer.

Ele não tinha mandado mensagens de texto nem ligado desde que tinha me deixado vermelha de todas as palmadas no quarto do hotel. Eu sabia que ele estava me dando espaço, tirando a pressão. Ele havia quebrado uma regra fundamental, entrando em mim sem um preservativo, mas eu não era infantil a ponto de achar que eu não tinha responsabilidade em proteger nós dois. Eu poderia ter verificado. Poderia ter sido mais diligente. Quando o pau dele pareceu tão bom em mim, eu deveria saber. Não era como se eu nunca tivesse sentido um pênis sem camisinha antes.

Segurei meu celular, sentindo o peso dele na palma da minha mão. Eu poderia ligar para ele. Poderia procurá-lo e nós poderíamos discutir sobre ele me amarrar e me bater com chicotes. Ou amordaçar minha boca de forma que ela ficasse aberta para ele poder me foder por ela. Ou me dividir com os amigos dele. Até que ponto tinha ido? Até onde ia a perversão? Eu não fazia ideia. Eu o tinha feito parar bem depressa.

Guardei o telefone, decidida a dar uma hora. Eu queria ter a receita nas mãos dele antes que ele ligasse.

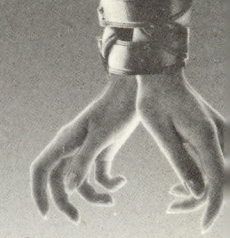

Capítulo vinte e três

— Por que o espaço deveria ser limitado? — Darren perguntou. — Espaço é visual, e o problema é seu. O tempo é sonoro, e isso é entre mim e a Monica.

— Esta é uma representação da limitação humana — disse Kevin, sua postura torcida como mola, inclinada para frente, totalmente envolvido como sempre. — Não temos autoridade sobre espaço e tempo, na realidade, e qualquer controle que pudermos retirar é, por natureza, falso.

— Então eu e a Monica vamos ditar o espaço, e você vai ditar o ritmo. Trabalhamos a partir daí.

Recostei-me, os braços cruzados, as pernas esticadas e os tornozelos torcidos. Eu não tinha nada a acrescentar. Eles estavam em uma disputa épica de mijo territorial intelectual. Nada do que eles dissessem importava e ia contra a visão original, que era remover o intelectual do emocional, mas eles começaram no minuto em que entramos em Hoi Poloi Hog, também conhecido como HPH.

O mobiliário era de objetos encontrados, resgatados de cantos de rua e de lojas de segunda mão. Isso incluía a iluminação, soquetes ajustados em lâmpadas que pareciam especificamente projetadas para dar a mínima luz possível. O céu azul-escuro da noite de outubro não ajudava a situação da iluminação de jeito nenhum, pintando o rosto dos meus dois companheiros com um tom profundo de bronze.

Não era segredo para ninguém que eu estava sentada com dois dos três homens com quem dividira o meu corpo, mas isso não foi discutido. Discutia-se a arte.

— Algum de vocês precisa de mais café? — perguntei. Ambos estavam no segundo expresso.

— Eu vou buscar — disse Darren. — Vocês compraram os dois últimos. — Ele se levantou e foi para o bar.

Kevin não disse nada por um segundo, e eu tampouco. Ele se contentaria se eu não tentasse preencher o espaço vazio.

— Você precisa de um parceiro para isso? — ele perguntou. — Porque eu não pedi uma equipe.

— Você teria nós três se a Gabby não tivesse ido nadar no meio de uma overdose.

— Isso foi um golpe baixo?

Foi minha vez de me inclinar para frente.

— Não trabalho bem sozinha. Você sabe disso, não sabe? Eu faço meus melhores trabalhos com outras pessoas.

— Você tem que superar isso.

— Você não está sentindo ameaçado, está?

Ele se recostou no assento e roeu uma casca de limão.

— Você *não* gosta de ser desafiada, Passarinha.

Meu telefone apitou e eu dei uma olhada nele. Jonathan.

"Jesus Cristo, a clínica da família de Echo Park? Você está falando sério?"

"Problema?"

"Me deixa contar quais."

Eu estava pensando no que responder quando apitou novamente.

"Podemos parar isso e falar antes de sofrer um acidente?"

Eu tinha uma piadinha pronta sobre o significado da palavra "acidente" e possíveis problemas de incontinência que poderiam ser tratados na clínica da família de Echo Park, por um preço simbólico. Guardei para mim.

— Já volto — eu disse para o Kevin, não respondendo ao seu olhar de questionamento ao levar o celular para fora.

A rua estava agitada com gente passeando com cães, falando ao telefone, beijando e gargalhando. O trânsito estava barulhento, e eu tive que tapar um ouvido quando ele atendeu.

— Oi — eu disse.

— Você saiu de lá com mais doenças do quando entrou.

— Você está sendo esnobe.

— O esnobismo é uma defesa contra a baixa posição social. *Ego sum forsit.*

— Não acredito que você disse isso. Mesmo sem a parte de latim.

— Que eu estraguei, na verdade. Porque sinto como se tivesse estragado tudo com você.

Eu deixei o silêncio pairar por um segundo, checando com a minha memória dele, a maneira como ele se movia, como falava, seu cheiro, sua respiração. Então, pensei na página rasurada da instituição que Carlos encontrou, a ex-esposa, que ele ainda podia amar, a mulher em San Francisco e, claro, a coisa de submissa.

Respirei fundo antes de quebrar o silêncio.

— Não estamos dizendo a mesma coisa.

Se houvesse uma maneira de ouvir um sorriso do outro lado de uma linha de telefone, teria me deixado surda.

— Eu vou estar em casa umas dez, a menos que você queira que eu vá até aí.

Não me ocorreu fazer nada em casa, e a ideia era atraente, exceto o quarto vazio de Gabby e o envelope de Carlos, o que fazia uma enorme raquete mental para um objeto inanimado.

— Dez está bom.

Ele respirou. Foi um suspiro?

— Mal posso esperar.

Voltei para ver as outras duas fodas da minha vida conversando sobre a dialética da emoção.

Capítulo vinte e quatro

Saí de lá às 9h45 com a cabeça cheia de palavras multissilábicas e sem soluções. Os rapazes ainda estavam falando sobre o que tudo significava no grande esquema das coisas e pareciam estar gostando cada vez mais à medida que os cafés se esvaziavam. Quando entrei no Honda, decidi que, se eles acabassem dormindo juntos, eu me tornaria lésbica prontamente, então bani o pensamento.

O portão de Jonathan estava aberto como uma boca pronta para me engolir inteira. Estacionei na entrada e fechei carro. Fiquei sentada ali por um segundo observando as buganvílias balançando ao vento de outono. O bloco amarelo no qual eu estava trabalhando saiu da minha bolsa. Eu tinha rabiscado algumas notas durante minha conversa com Kevin e Darren, mas a página com meus medos em relação a Jonathan permanecia.

E se ele me puser uma coleira? Me der tapas? Me bater? Me morder? Comer a minha bunda? Me chicotear? Me machucar? Me exibir? Me amordaçar? Me vendar? Me dividir com outros? Me humilhar? Me amarrar? Me fazer sangrar? Pisar na bola comigo? Prender minha boca aberta. Puxar o meu cabelo. Foder a minha cara. Me chamar de puta. Me mandar lamber o chão. Me destruir. Me fazer me odiar. Me transformar em animal.

Enfiei a mão na bolsa para procurar um lápis. Apoiei o bloco no volante e risquei algumas das coisas. Provavelmente estava muito incompleto, mas era um começo.

E se ele ~~me puser uma coleira? Me der tapas?~~ Me bater? Me morder? Comer a minha bunda? ~~Me chicotear?~~ Me machucar? ~~Me exibir? Me amordaçar?~~ Me vendar? ~~Me dividir com outros? Me humilhar?~~ Me amarrar? ~~Me fazer sangrar? Pisar na bola comigo? Prender minha boca aberta.~~ Puxar o meu cabelo. Foder a minha cara. ~~Me chamar de puta. Me mandar lamber o chão. Me destruir. Me fazer me odiar. Me transformar em animal.~~

Minha lista restante não o deixava com muito espaço de manobra, mas eu não via nenhuma das coisas riscadas como negociáveis. A porta da frente se abriu, lançando uma luz mais brilhante no meu papel. Jonathan saiu e foi para a borda da varanda. Segurando firme meu bloquinho, eu saí do carro.

Ele se inclinou sobre o parapeito.

— Pensei que você tinha desmaiado aí. — Sua mão agarrou o parapeito, e, na luz, cada veia, cada osso, cada fio de cabelo, ganhava vida conforme eu os imaginava no meu corpo.

— Estou bem. — Subi os degraus da varanda como eu tinha feito duas vezes antes, mais reservada do que da primeira vez e mais excitada do que da segunda. Ele estava ao lado da porta, esperando que eu passasse, mas não fui.

— Você não vai entrar? — perguntou.

— Eu quero dizer uma coisa antes.

Ele se inclinou na porta de entrada.

— Tudo bem.

Eu tinha palavras. Eu tinha muitas palavras, mas todas se juntaram e não faziam sentido. Dei-lhe o bloco. Ele olhou para mim, depois para o objeto. Eu nunca me sentira tão nua na frente dele, mesmo estando completamente vestida de mangas compridas e calça. Ele estava olhando para os meus limites. Não podia imaginar nada mais íntimo. Senti um formigamento quentinho em todo o meu peito e nas bochechas quando ele olhou para mim.

— Você esqueceu de riscar o sexo anal.

— Eu tentei uma vez. Não gostei. Se você for melhor, posso tentar uma outra saída. — Hesitei. — Sem trocadilhos.

Ele puxou os lábios entre os dentes. Pisquei duro duas vezes, mas foi o máximo antes de nós dois começarmos a rir. A piada foi horrível, mas o alívio da tensão transformou o que deveria ter sido um gemido em uma gargalhada. Ele tentou olhar para a lista de novo, mas começou a rir, o que me fez incapaz de parar, e nós dois já estávamos enxugando as lágrimas antes que ele estendesse a mão para mim. Eu peguei sua mão.

— A sua lista é boa — ele disse.

— Sério? Parecia que eu não tinha deixado muito.

— Monica, isso é para ser divertido. Se não estivermos gostando, estamos fazendo errado. — Ele olhou para as nossas mãos entrelaçados e amoleceu um pouco. — Outro dia, eu disse tudo da pior maneira possível. Eu gosto de brincar e sei como fazê-lo com segurança, mas não tornei isso um estilo de vida. Eu não estava procurando uma submissa, e não prendi ganchos nos tetos.

— Então, não tem masmorra?

— A Sociedade Histórica não permitiria — ele brincou.

— Ah, fala sério, você poderia comprar e vender a Sociedade Histórica.

Inclinei a cabeça para cima. Ele captou o sinal e me beijou.

Ele envolveu os braços ao redor dos meus ombros e me puxou para perto.

— Jessica foi a última mulher com quem eu me importei e com quem discuti essas coisas. Só que as coisas não foram bem. Nada foi. Eu tinha medo que você tivesse fugido.

— E eu fugi.

— Caralho, fugiu mesmo. Fiquei bem chateado.

— Você não parecia chateado.

— Tenho uma rica vida interior, mas é onde ela permanece.

— Sério? Ninguém entra? — Passei os braços em torno de sua cintura.

— Você pode viver com isso? — Ele colocou as mãos no meu rosto e me beijou. Sua barba arranhou meu rosto, um contraponto áspero para a suavidade de seus lábios e a maciez molhada de sua língua.

— Não. Não por muito tempo.

— Eu gostaria de ver quanto tempo. — Ele me beijou a sério, pressionando seu corpo no meu. Era gostoso. Delicioso. Quente e macio com suas mãos nas minhas costas e sua boca aberta na minha.

Eu poderia tê-lo beijado por horas, mas não podia me dar ao luxo.

Eu mantive meu corpo perto dele enquanto movia minha boca para longe.

— Preciso de uma noite de testes. Como fazer um teste drive. Para ver se estou com medo.

— Buu! — Ele deslizou os lábios no meu pescoço e empurrou as mãos dentro da minha blusa.

— Estou falando sério.

— Tudo bem. Seu cheiro é perfeito. E também... — Ele se afastou o suficiente para olhar nos meus olhos. — Estou bloqueado. Eu tenho tudo o que quero de você, e não consigo pensar em fazer mais nada. Tenho opções demais.

Afastei-o, sorrindo.

— Era para você ficar na porta e me mandar tirar roupa.

Ele riu e ficou enquadrado na luz morna da porta aberta. Ele me olhou de cima a baixo. Eu vinha da reunião em jeans apertado, botas, uma camisa de malha de manga comprida e um número assustador de botões.

— Essa roupa é à prova de balas — ele disse.

— Desculpe. — Comecei a desabotoar a camisa.

— Não — ele disse. Seu sorriso era uma doença infecciosa, se espalhando por todo o seu rosto. — Pare. Vamos começar de novo. Suba os degraus.

Ele entrou na casa e fechou a porta atrás de si. Tudo bem. Ele queria recomeçar no estado certo de espírito. Desci os degraus da varanda e os subi de novo, devagar. Bati na porta e recuei um passo. Fiz um *hum-hum* para começar a falar. Pareceram se passar dois minutos inteiros antes de a porta se abrir, e ele estava ali de novo, vestindo a mesma camisa e a mesma calça de linho, de meias, sorriso latente, mas aparecendo nos cantos da boca.

— Monica.

— Jonathan.

— Que bom ver você.

— E você também.

— Vire-se.

Minha respiração ficou imediatamente mais pesada, reunindo-se entre as minhas pernas enquanto eu virava as costas para ele.

— Desabotoe as calças. — Sua voz tinha ficado meia oitava mais grave e mais pronunciada nas consoantes duras. A mudança nele fez o riso impossível.

Puxei meu cinto de uma vez, desabotoei o jeans e desci o zíper, depois coloquei as mãos de volta ao lado do corpo.

— Boa menina.

Senti que ele se aproximava mais de mim pelas costas. Ele enfiou os polegares na minha cintura e puxou meu jeans para baixo. Em três movimentos, a calça estava no meio das minhas coxas, com a calcinha ainda protegendo a bunda.

— Agora — ele disse, colocando a mão nas minhas costas —, quando eu digo dobra, você inclina o corpo a partir da cintura.

— Tudo bem.

— Dobra.

Eu me inclinei até que meu nariz estivesse a centímetros dos meus joelhos. Ele colocou a mão na minha bunda e um dedo na minha calcinha para me sentir. Ofeguei.

— Você está molhada.

— Sim.

— Em que você estava pensando enquanto esperava aqui fora?

— Nada.

— Isso é divertido se formos honestos. — Ele puxou minha calcinha e rodeou minha abertura com a ponta do dedo. — Então diga.

Através dos joelhos, eu podia ver suas pernas atrás de mim e a porta aberta da casa. Fechei os olhos.

— Eu estava imaginando que você viria através da porta. Você colocou a mão na parte de trás do meu pescoço e agarrou meu cabelo. Você me beijou. Então me puxava para baixo até que eu estar ajoelhada no chão. Você estava com o pau para fora. Não sei como, mas é uma fantasia, e você fez isso muito rápido. E você colocou o pau entre os meus lábios, e eu te tomei na minha boca. Você suspirou bem alto.

— Então o quê?

— Eu comecei de novo. Fiz um pouco diferente. Talvez mais beijos. Ou eu fiquei com um joelho só apoiado, em vez os dois.

— Então foi nesse momento.

— Sim.

Ele colocou dois dedos em mim. Eu gemi.

— Uma outra hora. Talvez. Quando você confiar em mim completamente.

Ele se inclinou, roçando a mão livre contra meu pescoço e ombro, e me puxou para ficar de pé, me dizendo o que queria com uma ligeira pressão. Ele tirou os dois dedos e colocou a outra mão debaixo do meu queixo.

— Abra.

Abri a boca, e ele colocou os dois dedos que tinha acabado de tirar do meu sexo.

— Esse é o gosto quando eu te chupo.

Eu chupei seus dedos, saboreando o sexo neles. O gosto de tesão encheu a minha boca. Minha língua lambeu seus dedos duros. Sua ereção pressionava minha bunda. Sua outra mão pressionava minha barriga, puxando-me contra ele. Ele tirou os dedos da minha boca e colocou-os de volta na minha bochecha, deixando ali um rastro de umidade.

— Está excitada? — ele perguntou.

— Estou.

— Se eu fizer alguma coisa que mude isso, me avise.

Fiz que sim.

— Não ouvi.

— Sim.

— Sim, o quê?

Na mesma hora, me rebelei contra a sugestão de que eu o chamasse por algum tipo de honorário, mas, ao mesmo tempo, eu queria desesperadamente completar o ato de rendição.

— Sim, senhor.

— Você acabou de me dar um pouco de palpitação.

— Estou a seu serviço.

Ele afastou meu cabelo da minha orelha e falou baixinho.

— Seus joelhos, querida. Vire-se e faça uso deles.

Eu me atrapalhei um pouco para tentar me ajoelhar com a calça meio abaixada. Ele pegou meu cotovelo e me ajudou. Ajoelhada ao nível de sua virilha, eu o vi abrir a calça e colocar o pau para fora. Eu o queria. Eu queria chupá-lo todo. Ele me pegou pela parte de trás da cabeça e levou o membro aos meus lábios. Esperei um segundo antes de abrir a boca e lhe dar o poder total sobre mim.

— Como você fez no clube — ele disse. — Abra todo o caminho para mim.

Ele empurrou seus quadris para frente, e eu o peguei na boca, inteiro, até descer pela garganta. Eu gemi por ele, vibrando, concentrando-me em manter a garganta aberta, aceitando, concentrando-me no prazer dele, o que também potencializava o meu. Não demorou muito para que as estocadas se tornassem menos gentis, mais erráticas.

— Deus, Monica. Prepare-se... — Ele gemeu alto, e a fisgada pegajosa de seu sêmen encheu minha boca e minha garganta. Ele ficou mais lento, ainda no clímax.

Eu não conseguia fechar os lábios, então da minha boca pingava o seu fluido. Ele penetrou mais duas vezes, depois caiu por cima de mim.

Olhei para ele enquanto ele acariciava meu cabelo.

— Obrigado.

— De nada, senhor.

Ele tirou um desses lenços caros e enxugou a minha boca. A sensação foi macia e aconchegante.

— Você muda quando me chama de senhor — ele disse enquanto me ajudava a me levantar.

— Isso me excita.

— É só para quando estivermos juntos assim.

Fiz que sim. Ele me puxou até ele pela cintura e me beijou com força e profundidade. Eu não sabia se devia colocar os braços ao redor dele, então os mantive ao lado do corpo até que ele os levantasse sobre seus ombros, e eu o abracei completamente.

— Você é a melhor e a pior submissa que eu já conheci.

— E você é o único dominante que eu já conheci.

— Eu quero ser o último. Quero te arruinar para os outros homens.

— É melhor pôr a mão na massa, então, Drazen.

— Senhor.

— Drazen, senhor.

Ele sorriu maliciosamente.

— Deixe suas roupas na varanda. Depois pode subir. Há uma porta aberta.

Ele observou enquanto eu tirava as botas, dava uma dançadinha para me livrar do jeans e desabotoava a camisa. Eu não fiz isso de forma lasciva. Usei apenas os movimentos mais funcionais necessários para completar a tarefa. Quando estava nua da cabeça aos pés, ele se moveu para o lado para que eu pudesse passar por ele. Ele pegou minha mão, e eu subi na frente dele.

Meu coração batia tão forte que eu mal conseguia respirar. Eu ia mesmo fazer aquelas coisas. Na varanda, foi só um aperitivo. Lá em cima, eu seria completamente dele. Eu conseguiria. Eu precisava. Meu sexo encharcado e pulsante exigia que eu fizesse. Meus mamilos duros insistiam. Minha garganta revestida dos fluidos dele exigia.

Senti seus olhos na minha bunda quando cheguei ao topo das escadas. Todas as portas do corredor estavam fechadas, exceto uma, e não era a que eu tinha visitado duas vezes antes.

— Entre — ele disse.

Atravessei a porta aberta. A diferença entre os dois quartos que eu tinha visto era mais do que o tamanho, sendo que esse novo era cinquenta por cento maior. O quarto estava todo montado, tinha vida ali dentro, era cheio de objetos pessoais e de fotografias. O tapete tinha cara de usado, onde um homem colocava seus pés de manhã e de noite. A mesa de cabeceira de um lado tinha livros, um copo de água meio vazio e uma caixa de lenços de papel.

— Este é o seu quarto.

— Sim, querida. — Ele passou a ponta dos dedos pelos meus braços.

— Suba na cama. De costas, por favor.

A cama era maior do que a outra. Subi e rolei de costas. O edredom era fresco nas minhas costas, macio na cama de penas.

Jonathan colocou as mãos entre os meus joelhos e separou-os, depois puxou-os para cima, dobrando-os até os meus calcanhares tocarem o meu traseiro. Eu gemia com seu toque e o ato de obedecê-lo.

— Fique aí — disse ele. Ele se despiu, jogando suas coisas em uma poltrona de couro, enquanto eu ficava deitada, com a vagina e o ânus expostos no ar. Vi seu bíceps flexionar e relaxar no movimento de tirar a camisa. Seu pênis saltou das calças novamente. Pelado, ele deslizou em cima de mim, beijou meus seios e o diamante no meu umbigo. Eu coloquei as mãos na cabeça dele, tentando empurrá-lo para baixo, mas ele não ia se deixar ser manipulado.

— Então, a receita da clínica? — ele começou.

— Sim?

— Quando é que essa coisa de anticoncepcional faz efeito? — ele perguntou, ficando cara a cara comigo.

— Como meu ciclo dura... hummm... Eu tenho que fazer as contas, porque o médico disse que era muito importante. — Fingi contar com os dedos e bati na minha bochecha como se estivesse pensando, revirando os olhos.

— Monica, por favor. — Ele brincou de estar bravo, mas estava sorrindo.

— Imediatamente.

Ele enterrou o rosto no meu pescoço.

— E estou limpo. O que você acha?

— Você é o chefe.

— Tinha que ser mais um consenso.

Toquei seu rosto. Ele já tinha me arruinado para outros homens.

— Sim — eu disse. — Eu quero te sentir.

— Você me deixou emocionado duas vezes em uma noite.

— Não vá congelar em mim na minha primeira noite de submissão.

Ele endireitou os braços, sustentando o corpo sobre mim.

— O que aconteceu com a Monica apavorada?

— Ela se transformou na Monica excitada.

Ele deslocou-se para o meu lado e se sentou.

— Então vira, Monica excitada.

Eu rolei de barriga para baixo e me apoiei nos cotovelos. Ele colocou a palma nas minhas costas, subiu até as omoplatas, acompanhou a curva da minha coluna e parou nas nádegas, que ele apertou antes de se levantar atrás de mim.

— Certo, vou te mostrar uma coisa. — Ele levantou meus quadris do colchão. — Dobre seus joelhos embaixo de você.

Dobrei. Eu tinha um lado do meu rosto sobre o edredom, observando-o enquanto ele me tocava e movia meu corpo da maneira que achava necessário.

— Agora, segure a sua bunda. Até em cima.

Eu fiz como ele me disse, arrumando meus joelhos nos ângulos certos.

— Mais alto. — Ele deu um tapa na minha bunda que me fez gemer, então puxou a mão ao longo das costas, como se estivesse sentindo a curva certa. — Coloque suas mãos debaixo de você, entre os joelhos.

Eu me contorci para colocá-las debaixo do meu corpo.

— Toque os tornozelos.

— Assim?

— Exatamente assim.

Ele me tocou toda, e eu me senti como sua obra de arte, sua obra viva com minha bunda para o ar, tão para cima, e eu tão dobrada, que meu sexo devia estar dando oi para o quarto.

— Fisicamente — ele disse —, você está confortável?

— Não, na verdade, não.

— E emocionalmente?

— Não estou com medo, mas me sinto exposta.

Ele beijou minha bunda, usando a língua ao longo das nádegas. Minha vagina se contraiu de antecipação, mas ele se levantou. Ouvi o tecido se mexer atrás de mim e ouvi os movimentos dele, mas não olhei. Quando ele entrou em meu campo de visão, estava usando calças de moletom.

— Fique aí — disse ele. — Não se mexa.

— Aonde você vai?

— Você não pode fazer perguntas. Você tem que esperar.

E ele me deixou ali, bunda para cima, porta do quarto aberta atrás de mim. Eu não estava com medo, mas deveria ter ficado. Senti arrepios no meu traseiro. Ele ia pegar alguma coisa para me bater? Alguma corda áspera? Algemas? Ganchos? Sim, eu pensei que deveria estar apavorada, mas só conseguia pensar no quanto eu queria que ele voltasse e me fodesse até eu ficar inconsciente.

Eu ouvi cliques e passos lá embaixo, depois mais nada.

Você está com a bunda exposta a um psicopata.

Você não sabe isso. Ele poderia ter sido internado na instituição por qualquer motivo.

Aos dezesseis anos? Drogas. Suicídio. Depressão.

Violência?

Eu ouvi-o na escada de madeira, que rangia. Seus pés ecoaram pelo corredor e então senti seu perfume amadeirado.

— Muito bom. — Sua voz estava perto de mim. — Quando eu disser para você subir e ficar pronta, é isso que eu quero dizer, tudo bem?

— Sim, senhor.

— Como foi? A espera?

— Não foi a minha favorita, mas também foi meio bom, porque eu fiquei na expectativa, pensando no que você ia fazer comigo.

Ele acariciou a minha bunda, deixando a ponta dos dedos roçar a abertura, dentro dela, tocando onde eu estava mais molhada.

— Me excita saber que você está aqui em cima fazendo o que eu te mando fazer. — Ele colocou as duas palmas nas minhas nádegas. Senti algo em sua mão direita.

Ele colocou a boca em mim, e eu gemi quando ele beijou entre as minhas pernas. Ele passou a língua pelo meu clitóris. Eu me contraí um pouco. Eu sabia que não estava perto disso ainda, mas senti como se pudesse gozar com uma brisa quente.

Ele me colocou de costas. Jonathan segurava um cordão de couro na mão direita. Poderia ter feito parte de uma bolsa de franjas, ou talvez um cadarço. Ele me observou com um olho clínico de novo, como se eu fosse um problema a ser resolvido, depois voltou aos meus olhos.

— Você está pronta?

— A expectativa está me matando.

— A mim também. — Ele pegou meu pulso esquerdo e o colocou contra o meu joelho esquerdo, então enlaçou um pedaço de couro ao redor deles, formando um número oito, unindo-os. — Muito apertado?

— Não.

Ele o atou, depois pegou minhas costas e passou o resto do carretel debaixo de mim. Ele puxou, brincando com o comprimento até meu joelho e meus pulsos amarrados ficarem esticados.

— Eu quero dizer — ele começou, enquanto unia meu pulso e meu joelho direitos —, se você me pedir para parar, pra mim já vale, mas pode ser que a gente queira combinar uma palavra de segurança. — Ele abriu minhas pernas para posicionar o comprimento debaixo das minhas costas e amarrou todo o meu lado direito, deixando o laço cair pela beirada da cama.

— Tangerina — eu disse.

— Tangerina?

— Duvido que você consiga fazer seja lá o que você quiser fazer se eu disser tangerina.

— Muito bem, engraçadinha. — Ele se inclinou sobre mim e beijou meus lábios tão docemente que eu tive vontade de abraçá-lo com os braços e as pernas, mas não dava.

Ele saiu da cama e olhou para mim. Eu não poderia fechar ou abaixar as pernas, nem podia mover os braços. Um gotejamento desceu pela minha fenda, e o desconforto era sublime. Ele se inclinou e beijou entre os meus seios, arrastando a língua para o meu mamilo, sugando-o de leve.

— Estou ouvindo — ele sussurrou. — Estou ouvindo a sua respiração, os seus batimentos cardíacos. Estou ouvindo sua pele nos lençóis. Se precisar de algo, fale. Sou todo ouvidos.

— Eu aviso.

— Em palavras. — Ele chupou o outro mamilo, que estava duro e apertado. Ele apertou os lábios ao redor e puxou.

— Vou dizer: "Sai de mim e me desamarra, porra, seu animal", mas não quando você fizer isso. Isso é gostoso.

— E isto? — Ele beijou, circulando meu piercing incrustrado de diamantes e depois pela minha coxa esquerda. A língua passou sobre meu púbis e foi para a outra coxa.

— Isso precisa de uma palavra de segurança.

Ele lambeu meu clitóris com a ponta da língua.

— O que deveria ser? — ele perguntou antes de lamber de novo e, em seguida, dar uma leve sucção.

— Ah, Deus.

— Então vai ser "Ah, Deus". — Ele ficou em cima de mim, seu pau apenas tocando minha boceta exposta.

Ele me beijou. Movi os quadris contra ele, e ele se afastou, mantendo a cabeça na entrada da minha vagina, esperando. Ele me viu ofegar quando empurrou um pouco. Ele deve ter sentido a maneira como me fechei ao redor dele, como se eu fosse sugá-lo para dentro de mim.

— Por favor — eu disse. — Por favor, me come. Senhor, por favor.

Ele deslizou o pênis dentro de mim tão lentamente que pareceu ter três metros de comprimento. Centímetro a centímetro, macio sobre escorregadio, até chegar ao fundo, e ele pressionou-se contra mim, friccionando também enquanto meu clitóris explodia. Então ele saiu com a mesma lentidão, e a sensação foi devastadoramente intensa no prazer da perda. O tormento intensificado continuou quando ele deslizou de novo, e eu não conseguia agarrá-lo ou me mexer. Todas as outras coisas eram ensaios para o controle que ele tomava, me torturando com estocadas comedidas, sem pressa, e a fricção lenta do seu corpo contra meu clitóris.

— Jonathan, Jonathan, Jonathan... — Esqueci de chamá-lo de senhor ou qualquer outra coisa além do nome dele.

Ele acelerou, mergulhou sobre mim, uma coisa esticada, aberta, amarrada, servil massa totalmente complacente de terminações nervosas e carne apertada e molhada. Seus movimentos se transformaram em pancadas, em sexo forte que me deixou perto de gritar.

Ele diminuiu o ritmo, esticando os braços acima de mim e mudando a rotação para que eu sentisse seu pau, mas não o suficiente para me estimular ao orgasmo.

— Não — eu disse em uma voz tão desesperada que fiquei chocada ao ouvi-la.

— Calma, Monica.

— Jesus.

— Você é minha. Seus orgasmos são meus. Seu prazer sou eu que dou.

Eu queria protestar. Eu queria exigir, mas não só isso não me levaria onde eu queria, como não era como eu desejava que acontecesse. Eu queria aceitar tudo.

— Sim, senhor. — Dizer isso me acalmou.

— Respire devagar.

Fiz como ele me dizia.

Ele se moveu contra mim, gradualmente, como antes.

— Olhe para mim.

Eu fiz, vendo o suor na sua testa e o prazer no seu rosto. Esse prazer me trouxe a maior satisfação. Era eu que tinha provocado. Eu tinha lhe dado o que ele estava me dando.

Como se pudesse sentir meus pensamentos, ele se inclinou e me beijou.

— Você goza para mim? — ele perguntou, sua voz baixa, um rosnado.

— Sim, ele é seu.

— Meu — ele sussurrou.

Então ele me fodeu com tudo. Ele me fodeu com vontade, forte, acertando os lugares certos como se fosse assim que ele iria chegar aonde queria. Meus seios pulavam com o movimento. Minha boceta era uma tira pulsante de carne debaixo dele, um raio de necessidade. Então, como um jorro de mangueira de incêndio, eu gozei, franzindo todo o meu sexo sem parar, gritando e me libertando totalmente. Ele continuou, acima de mim, bombeando, e o clímax continuou ao ponto onde o prazer encontrava a dor, e eu gozei de novo, levantando os quadris de encontro a ele, que abria a boca e soltava um grunhido áspero, seguido de um gemido. Ele desacelerou, girou novamente, então caiu sobre mim com um peito arfante e respirações quentes no meu pescoço.

Ele estendeu a mão esquerda e desamarrou meu pulso e joelho direitos. Eles se separaram com uma dor de cãibra. Em seguida, ele se sentou e soltou o outro lado. Esfreguei meus pulsos.

— Então? — ele perguntou.

— Então, o cravo brigou com a rosa. Você me arruinou.

Ele afastou o cabelo do meu rosto, e eu fiz o que eu estava querendo fazer. Passei meus braços e pernas ao redor dele.

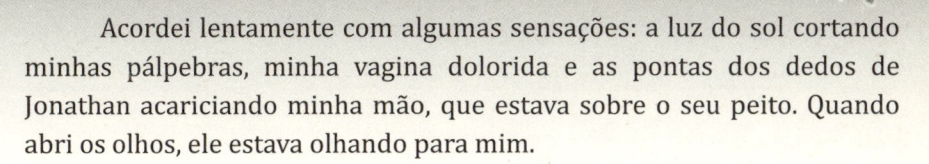

Capítulo vinte e cinco

Acordei lentamente com algumas sensações: a luz do sol cortando minhas pálpebras, minha vagina dolorida e as pontas dos dedos de Jonathan acariciando minha mão, que estava sobre o seu peito. Quando abri os olhos, ele estava olhando para mim.

— Bom dia.

Resmunguei e me arrumei para ficar mais perto dele.

— Você trabalha hoje? — ele perguntou.

— Turno do almoço. — Abri a mão sobre o peito dele, penteando os pelos entre meus dedos. — Depois, eu tenho que ir para o Frontage e ver se conseguimos fazer alguma coisa. Não quero tocar lá sem a Gabby, mas não quero ser idiota.

Ele me puxou em cima dele.

— Não há nada de idiota em você.

Beijei-o, e aquele beijo se tornou mais profundo e mais urgente. Meu sexo dolorido deu um espasmo quando senti Jonathan ficando duro. Ele passou as mãos por cima de mim, depois sobre os meus braços, que ele guiou sobre a cabeceira da cama, até que eu estar esticada sobre ele.

— Ah, Jonathan. Estou toda dolorida.

— Isso é um não?

— Seja bonzinho.

Ele se guiou dentro de mim, e doeu, mas com a mais deliciosa dor. Eu usei a cabeceira da cama para me alavancar, e Jonathan guiou meus quadris e, em seguida, girou o dedo no meu clitóris até que eu lhe dar um doce orgasmo que pareceu mais uma brisa longa do que um tornado.

Com seu rosto debaixo de mim, no auge do seu próprio prazer, eu sabia de algo com certeza, e sussurrei para mim mesma quando ele gozou. *Eu te amo, eu te amo, eu te amo.*

implore. excite. submeta.

Capítulo vinte e seis

Minhas roupas tinham sido lavadas novamente e esperavam por mim quando eu saí do chuveiro. Vivendo em uma porcaria de um morro a minha vida inteira, eu nunca tive água com pressão industrial, e parecia que um bom aquecedor de água era bem importante se você queria um bom banho escaldante. Vesti minhas roupas, e, me sentindo tão revigorada, quase desci as escadas de dois em dois degraus, onde vi Ally Mira varrendo os cantos.

— Oi — eu disse.

— Bom dia. — Ela falava com sotaque, mas não parecia muito ruim.

— Você lavou as minhas roupas?

— O Sr. Drazen deixou-as para mim. Acordei cedo e lavei.

— Obrigada. É muita gentileza sua.

— De nada. Tenho chá para você na sala de estar.

— Na o quê?

Ela inclinou a vassoura contra a parede e fez sinal para que eu a seguisse. Descemos as escadas, entramos na sala de TV e atravessamos um arco que eu não tinha notado antes, passamos um pequeno hall e entramos em um alpendre fechado na lateral da casa, que fazia frente para um jardim de flores. Uma bandeja de chá prateada estava na mesa baixa. Eu podia ouvir Jonathan falando ao telefone em outro cômodo que eu não conseguia identificar. Ally Mira indicou o sofá.

Eu me sentei.

— Obrigada. — Peguei o bule para informá-la de que eu mesma serviria.

Ela assentiu, sorriu e saiu discretamente. Percebi que a voz de Jonathan vinha através das portas deslizantes de madeira na lateral da sala. O som dos pássaros matutinos era ensurdecedor, e, embora fosse um lindo ruído branco para me distrair do telefonema de Jonathan, sua voz era audível. Ele não parecia feliz. Tentei dizer a mim mesma que eu não estava escutando atrás das portas, mas, quando ouvi o nome dela, parei de fingir que não estava ouvindo e fiz um esforço para bloquear o canto dos pássaros.

— Jess — ele disse —, isso é você com medo de ficar sozinha. — Pausa. — Não, você não vai. É isso mesmo. Eu estou te dizendo como você se sente.

Houve uma pausa mais longa, durante a qual bebi meu chá e esperei que a conversa terminasse em breve, mas a voz de Jonathan ficou mais forte.

— Não se atreva. — Pausa. — Jessica, me deixa ser claro. Se você fizer algo desse tipo, eu vou destruir você. Eu. Vou. Destruir. Você.

Aquela voz. Era a voz da serragem e do couro, a voz que me levava a abrir, sem questionar, as pernas ou me dobrar na cintura. Eu nunca o ouvi usá-la fora de um contexto sexual. Sua voz ficou muito baixa para ouvir depois, então as portas se abriram.

Ele entrou parecendo como se um cobertor de tristeza tivesse sido jogado sobre ele e amarrado no pescoço.

— Você está acordada — disse ele.

— Sobrou chá, se você quiser um pouco.

Ele deu um passo à frente até estar parado acima de mim.

— O quanto você ouviu?

— Eu sei quem era, mas não o que era.

Ele fez uma pausa, depois se ajoelhou diante de mim entre o sofá e a mesa. Coloquei a mão na sua bochecha e me inclinei para a frente. Seus olhos brilhavam em um verde turvo, e sua boca se apertou em uma linha.

— Jonathan, o que se passa?

— Não vou permitir que ninguém se coloque entre nós. Quero que você saiba disso.

— Ela não vai se você não a deixar.

— Se ela disser alguma coisa a você, venha falar comigo imediatamente. Está entendendo?

— O que aconteceu, Jonathan?

— Só me fala que você vai me ligar.

— Eu não entendo. — Segurei o rosto nas mãos, acariciando suas bochechas com os polegares.

— Onde quer que eu esteja no mundo, antes de você pensar que sabe alguma coisa, não hesite em me ligar. Diga que você vai. — Ele não estava usando sua voz dominadora, mas a voz de um homem que precisava desesperadamente ser acalmado.

— Eu vou.

Ele esfregou as palmas das mãos ao longo das minhas coxas e subiu ao redor da minha cintura. Deitou a cabeça no meu colo e não disse nada enquanto eu acariciava seus cabelos e cantarolava uma melodia que me lembrava das cadências de sua voz.

Ficamos sentados assim, eu no sofá, murmurando uma melodia, e ele de joelhos diante de mim, muito depois de o meu chá ficar frio e os pássaros matutinos silenciarem por aquele dia.

Continua...

Entre em nosso site e viaje no nosso mundo literário.
Lá você vai encontrar todos os nossos
títulos, autores, lançamentos e novidades.
Acesse www.editoracharme.com.br

Além do site, você pode nos encontrar em nossas redes sociais.

 https://www.facebook.com/editoracharme

 https://twitter.com/editoracharme

 http://instagram.com/editoracharme